LE TRAÎTRE

Les secrets de l'immortel
NICOLAS FLAMEL

L'auteur

Michael Scott vit à Dublin. Spécialiste de mythologie et de folklore, il a déjà écrit de nombreux textes de fantasy, d'horreur ou de science-fiction, qui ont remporté un tel succès qu'il est considéré en Irlande comme le « roi de la fantasy » (*Irish Times*).

Du même auteur :

Les secrets de l'immortel Nicolas Flamel

Livre I. *L'Alchimiste*
Livre II. *Le Magicien*
Livre III. *L'Ensorceleuse*
Livre IV. *Le Nécromancien*
Livre V. *Le Traître*
Livre VI. *L'Enchanteresse*

Michael Scott

LE TRAÎTRE

Les secrets de l'immortel NICOLAS FLAMEL

LIVRE V

Traduit de l'anglais par Frédérique Fraisse

pocket JEUNESSE
PKJ·

Directeur de collection :
XAVIER d'ALMEIDA

Titre original :
The Warlock
The Secrets of the Immortal Nicholas Flamel

Publié pour la première fois en 2011
par Delacorte Press,
an imprint of Random House Children's Books,
a division of Random House, Inc.,
New York.

Loi n° 49 956 du 16 juillet 1949 sur les publications
destinées à la jeunesse : janvier 2015.

Text copyright © Michael Scott, 2011.
Jacket Illustration copyright © Michael Wagner, 2010.
© 2012, éditions Pocket Jeunesse, département d'Univers Poche,
pour la traduction française.
© 2015, éditions Pocket Jeunesse, département d'Univers Poche,
pour la présente édition.

ISBN : 978-2-266-25566-0
Dépôt légal : janvier 2015

À Anna
Sapientia et eloquentia.

*N*icolas Flamel se meurt.

Voici le moment que j'appréhende depuis si longtemps, la nuit où je deviendrai veuve.

Bien qu'âgé, affaibli et épuisé, Nicolas est resté avec Prométhée et moi hier soir et a déversé ses dernières forces dans le crâne de cristal afin de suivre Josh au cœur de San Francisco, dans l'antre du Dr John Dee.

Sous nos yeux horrifiés, Josh a appelé Coatlicue, la hideuse Archonte surnommée la Mère de Tous les Dieux. Nous avons essayé de l'en empêcher mais Dee s'est interposé et a coupé tout lien entre le garçon et nous. Quand Aifé, Niten et Sophie sont arrivés, au lieu de combattre avec eux, Josh s'est rangé aux côtés de Dee et de sa dangereuse comparse, Virginia Dare.

Mon époux n'a pas supporté de voir Josh, notre dernier espoir, notre seule chance de battre les Ténébreux et de protéger ce monde, partir avec l'ennemi. Il a perdu connaissance et il ne s'est toujours pas réveillé. Malheureusement, je n'ai plus la force de le ranimer. Par ailleurs, je dois absolument conserver le peu de pouvoir dont je dispose encore pour la journée à venir.

Le traître

Les uns après les autres, nous avons perdu ceux qui auraient pu nous épauler dans ce combat : piégée à tout jamais dans un royaume des Ombres digne de l'enfer, Aifé affronte l'Archonte. Scathach et Jeanne ont été expédiées dans un passé lointain, nous n'avons plus de nouvelles de Saint-Germain et nous avons perdu le contact avec Palamède et Shakespeare. Prométhée est si affaibli après avoir manipulé le crâne que son royaume commence à se désintégrer autour de lui.

Il nous reste Sophie, qui est détruite par la trahison de son frère. Elle se trouve quelque part à San Francisco. Je ne parviens pas à la localiser mais je sais que Niten la protège.

Tout repose sur moi à présent, comme je l'avais prévu depuis le début.

Il y a plus de six cent quatre-vingts ans, quand j'étais enfant, ma grand-mère m'a présenté un homme au visage masqué par une capuche, un crochet en guise de main gauche. Il a prédit mon avenir et celui du monde. Puis il m'a fait jurer de garder le secret. Je suis demeurée silencieuse pendant des siècles.

Maintenant que notre fin arrive, je sais ce que je dois faire.

Extrait du journal de Nicolas Flamel, Alchimiste
Rédigé en ce mercredi 6 juin
par Pernelle Flamel, Ensorceleuse,
dans le royaume des Ombres de l'Aîné Prométhée,
non loin de San Francisco, ma ville d'adoption

MERCREDI 6 Juin

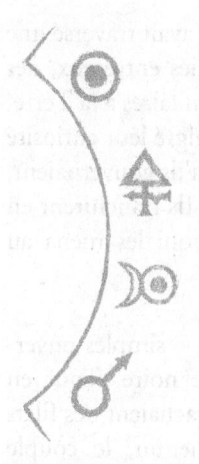

CHAPITRE PREMIER

Les guerriers anpous apparurent en premier. Les grandes créatures à la tête de chacal, aux yeux rouges et aux dents de sabre, vêtues d'une armure en verre noir poli, jaillirent d'une grotte enfumée et se dispersèrent aux quatre coins de Xibalba. Certains prirent position devant les neuf portes de l'immense grotte, d'autres sillonnèrent le royaume des Ombres primitif pour s'assurer qu'il était désert. Fidèles à leur habitude, ils se déplaçaient dans un silence absolu, quand, soudain, ils se lancèrent dans la bataille. Leurs hurlements glaçaient le sang.

Le couple s'avança une fois les lieux nettoyés.

Comme les anpous, ils portaient une armure de verre et de céramique, bien que la leur fût plus ornementale que pratique et que son style datât de l'Égypte antique.

Quelques minutes plus tôt, le couple avait quitté une

Le traître

copie presque parfaite de Danu Talis et avait traversé une douzaine de royaumes des Ombres reliés entre eux, des mondes pour certains étonnamment similaires à la Terre, totalement différents pour d'autres. Malgré leur curiosité naturelle pour la myriade de mondes qu'ils gouvernaient, ils ne traînèrent pas, bien au contraire. Ils franchirent en vitesse un réseau complexe de nexus qui les mena au Carrefour.

Il restait si peu de temps.

Neuf portails ouvraient sur Xibalba – simples ouvertures à peine sculptées dans la roche noire. Tout en évitant les cratères bouillonnants qui crachaient des filets gluants de roche fondue sur son chemin, le couple emprunta la neuvième porte pour se rendre à l'autre bout du royaume et arriva par la troisième, dite le Portail des Larmes. Les anpous, qui n'avaient pourtant peur de rien, refusèrent d'approcher de la grotte. De vieux souvenirs gravés à jamais dans leur ADN leur indiquaient qu'à l'intérieur de cet antre leur race avait quasiment été exterminée après qu'ils avaient fui le monde des humani.

Tandis que le couple s'avançait vers l'entrée de la grotte, les glyphes grossiers et carrés gravés au-dessus de l'ouverture émirent une faible lumière blanche. Elle se refléta sur leur armure, éclaira l'intérieur de la cavité, peignit le couple en noir ébène et en blanc. Un instant, ils furent... beaux.

Sans se retourner, ils pénétrèrent dans la grotte obscure...

Mercredi 6 Juin

... et un millième de seconde plus tard, deux personnes vêtues d'un jean et d'un tee-shirt blancs apparurent sur la pierre circulaire, plus connue sous le nom de point zéro, devant la cathédrale Notre-Dame de Paris. L'homme prit la main de la femme dans la sienne et, ensemble, ils se frayèrent un chemin parmi les pierres et les statues brisées qui encombraient le parvis.

Paris étant Paris, personne ne prêta attention à ce couple portant des lunettes de soleil en pleine nuit.

CHAPITRE DEUX

Le feu faisait rage dans le bâtiment. Des dizaines d'alarmes mugissaient ; une épaisse fumée noire, mélange nauséabond de caoutchouc brûlé et de plastique fondu, coupait la respiration.

– On sort ! ordonna le Dr John Dee. Par l'escalier !

Sa courte épée dans la main droite, il fendit en deux la lourde porte d'acier et de bois comme s'il s'agissait d'une feuille de papier.

Virginia Dare bondit à travers l'ouverture sans la moindre hésitation. Des étincelles crépitaient dans ses longs cheveux bruns.

– Suis-moi, cria Dee à Josh avant de franchir, tête baissée, la porte déchiquetée.

L'aura jaune qui s'échappait de la chair du docteur enveloppa Josh quand il se précipita à sa suite.

Mercredi 6 juin

Josh souffrait de nausées qui n'étaient pas uniquement dues à cette odeur fétide d'œuf pourri. Une migraine tambourinait sous son crâne et de petits points colorés dansaient devant ses yeux. Hébété, il tremblait encore à la suite de sa rencontre avec la sublime Archonte Coatlicue. Il avait beau se creuser la cervelle, il ne saisissait toujours pas le sens des événements survenus ces dernières minutes. Il avait une vague idée de la manière dont il avait atterri dans cet endroit – il se souvenait avoir roulé dans la campagne, sur la voie express, en ville. Mais il ignorait où il se rendait. Quelque part, très certainement.

Josh essaya de se concentrer sur le déroulement des faits ayant conduit à l'incendie du bâtiment ; cependant, plus il fouillait sa mémoire, plus la journée lui paraissait floue.

Tout à coup, Sophie avait surgi. Josh avait d'abord été stupéfait par le changement horrible survenu chez sa jumelle. À l'instant où elle avait pénétré dans l'appartement de Dee, Josh avait bondi de joie malgré sa confusion. Pourquoi se trouvait-elle là ? Comment avait-elle su où il était ? À cause de Nicolas et Pernelle Flamel. Mais peu importait, ils étaient réunis et elle l'aiderait à ramener Coatlicue dans ce monde, c'était l'essentiel.

Seulement, sa joie avait tourné court et s'était transformée en peur, en dégoût, voire en colère : Sophie n'était pas venue pour l'aider, elle... Elle... Eh bien, Josh ne savait même pas ce qu'elle voulait. Sous ses yeux ébahis, l'aura argentée avait paré sa sœur d'une armure sinistre, puis, à l'aide d'un ignoble fouet, Sophie avait cinglé la belle Archonte sans défense. Les cris d'agonie de Coatlicue avaient brisé le cœur du jeune homme. Pour couronner le tout, quand Sophie s'était tournée vers lui, la main tendue, il n'avait pas supporté le mélange de douleur et de trahison dans ses grands yeux. C'était lui qui avait demandé à l'Archonte de quitter son royaume, il se sentait responsable d'elle. Comment l'aider ?

Aifé avait bondi sur le dos de Coatlicue et, pendant qu'elle l'immobilisait, Sophie l'avait cravachée à de multiples reprises avec son maudit fouet. Puis Aifé avait contraint l'Archonte blessée à retourner dans son royaume des Ombres – une perte effroyable pour Josh, lui qui était sur le point d'accomplir un geste remarquable. Si Coatlicue avait pu revenir dans ce monde, elle aurait... Les yeux humides, Josh avala une bouffée de fumée au goût de caoutchouc et toussa. Il ne savait pas trop ce qu'elle aurait fait.

Deux marches plus bas, Dee se tourna vers lui, les yeux écarquillés, le regard furieux dans la pénombre.

– Ne traîne pas ! grogna-t-il.

Du menton, il désigna la pièce en flammes.

– Tu vois ! Ça recommence. Mort et destruction suivent les Flamel et leurs larbins.

Josh toussa à nouveau sans parvenir à s'aérer les poumons. Ce n'était pas la première fois qu'il entendait cette accusation.

– Scathach a dit la même chose.

– L'Ombreuse a fait l'erreur de choisir le mauvais camp, commenta Dee avec un sourire hideux. Tu as failli commettre la même.

Mercredi 6 Juin

– Que s'est-il passé, là-haut ? l'interrogea Josh. Tout est allé si vite. Sophie...

– Plus tard, Josh, ce n'est pas le moment.

– Non ! Maintenant ! s'emporta le jeune homme.

Et soudain, une odeur d'orange parfuma l'air.

Dee s'arrêta. Son aura brillait tellement que ses yeux et ses dents paraissaient jaunes.

– Josh, il s'en est fallu de peu que tu changes le monde à jamais. Nous allions démarrer un processus qui aurait transformé cette planète en paradis et tu aurais été l'instrument de ce changement.

Le masque de la colère couvrait le visage de Dee.

– Aujourd'hui, mon plan a échoué à cause des Flamel. Et tu sais pourquoi ? Parce que ces misérables et ceux de leur espèce ne veulent pas d'un monde meilleur. Les Flamel se complaisent dans l'ombre, prospèrent à la marge de la société, vivent dans la clandestinité. Leur existence n'est que mensonge. La douleur, les besoins des autres les rendent plus forts. Ils savent que, dans mon monde, il n'y aura pas d'ombres pour les cacher, pas de souffrances à exploiter. Ils ne veulent surtout pas que je réussisse, que nous réussissions. Avant toi, nous n'étions jamais parvenus aussi loin.

Josh fronça les sourcils, tâchant de comprendre le sens de ces paroles. Dee mentait-il ? Certainement... même si Josh sentait un fond de vérité dans ces accusations. Qu'en conclure sur les Flamel ?

– Dis-moi, poursuivit l'immortel, tu as vu Coatlicue ?

Josh répondit par l'affirmative.

– Était-elle belle ?

Le traître

— Oui.

Son souvenir lui fit cligner des yeux. Jamais il n'avait vu beauté aussi renversante.

— Moi aussi, j'ai vu son vrai visage. C'était l'une des Archontes les plus puissantes qui existaient – une race ancienne, peut-être extraterrestre, qui régnait sur ce monde pendant le Temps avant le Temps. Scientifique, elle utilisait une technologie si avancée qu'on ne la distinguait pas de la magie. Elle manipulait la matière à l'état pur. Coatlicue aurait pu remanier le monde aujourd'hui, le réparer, le restaurer. Si cette Aifé ne l'avait pas...

Josh avala sa salive. La sœur de Scathach avait bondi sur le dos de l'Archonte et l'avait entraînée de force dans le royaume des Ombres qu'elle venait de quitter. Il hocha la tête.

— Quant à ta sœur...
— Ne m'en parlez pas.
— Sophie l'a frappée avec un fouet et celui-ci n'avait rien d'ordinaire, crois-moi. Je parie que cette arme tressée avec des serpents arrachés à la chevelure de la Méduse appartient à Pernelle. Le moindre effleurement provoque une douleur atroce.

Dee posa la main sur l'épaule de Josh, qui sentit une intense chaleur lui envahir le bras.

— Josh, considère désormais que tu as perdu Sophie. Elle est sous la coupe des Flamel ; ils en ont fait leur marionnette, leur esclave. Ils l'exploiteront jusqu'au bout, comme ils ont abusé de tant de jumeaux par le passé.

Josh hocha de nouveau la tête. Il connaissait l'histoire : aucun n'avait survécu.

Mercredi 6 Juin

— Me fais-tu confiance, Josh Newman ? demanda soudain Dee.

Josh regarda le Magicien, ouvrit la bouche, mais ne répondit pas.

— Ah ! Bonne réponse.

— Je n'ai rien dit.

— Parfois, aucune réponse équivaut à une bonne réponse, expliqua l'immortel. Laisse-moi reformuler ma question. En qui as-tu le plus confiance : moi ou les Flamel ?

— En vous, répondit Josh du tac au tac.

— Et que veux-tu ?

— Sauver ma sœur.

— Évidemment, répliqua Dee, une note de mépris dans la voix. Tu es un humani.

— Ils lui ont jeté un sort, c'est ça ? Comment puis-je le lever ?

Les yeux gris de Dee se transformèrent en pierres jaunes.

— Il n'y a qu'une manière : tu dois tuer celui ou celle qui la contrôle. Nicolas Flamel, Pernelle Flamel, ou les deux.

— Mais comment... ?

— Je t'apprendrai, lui promit Dee. Je te demande simplement de me faire confiance.

Des vitres explosèrent dans l'immeuble – le tintement leur parut presque musical. Puis une porte à l'étage s'ouvrit en grand à cause de la chaleur et un courant d'air s'engouffra dans la cage d'escalier. Quand une série d'explosions

Le traître

secoua le bâtiment, les plâtres se fissurèrent. La rampe fut soudain brûlante sous leurs mains.

— Qu'est-ce que tu gardes là-haut ? hurla Dare quelques marches plus bas.

L'immortelle était entourée d'une aura verte translucide qui soulevait ses fins cheveux noirs.

— De petites expériences alchimiques…, commença Dee.

Une explosion monumentale fit tomber le trio à genoux. Des morceaux de plâtre dégringolèrent du plafond et une puanteur d'égout envahit l'espace.

— Et deux ou trois plus grosses.

— Fichons le camp avant que le bâtiment s'effondre, déclara Dare.

Elle dévala les marches, suivie de près par Dee et Josh. Ce dernier prit une profonde inspiration.

— C'est moi ou ça sent le pain brûlé ?

Dare se tourna vers Dee.

— Je ne veux pas savoir d'où vient cette odeur, lui lança-t-elle.

— Comme tu voudras !

Quand ils atteignirent le rez-de-chaussée, Virginia donna un coup d'épaule dans la porte à double battant sans parvenir à l'ouvrir. Une chaîne épaisse fermée par un cadenas bloquait les poignées.

— Sûrement pas conforme, murmura Dee.

Virginia Dare utilisa alors une langue que personne n'avait parlée depuis des siècles sur le continent américain avant de poursuivre en anglais :

— La journée ne peut pas être pire, marmonna-t-elle.

Mercredi 6 Juin

Et tout à coup, il y eut un déclic suivi d'un chuintement. Les sprinklers s'animèrent au plafond, arrosèrent le trio et recouvrirent les lieux d'une pellicule aux relents âcres.

— Eh bien si, conclut-elle avant d'enfoncer son index dans la poitrine de Dee. Tu ressembles davantage aux Flamel que tu ne veux l'admettre, docteur. Mort et destruction te suivent également.

— Je n'ai rien à voir avec eux.

Il posa la main sur le cadenas et serra. Son aura jaunit autour de ses doigts et dégoulina sur le sol en longs fils visqueux.

— Je croyais que tu ne voulais pas utiliser ton aura ! fit remarquer Dare.

— Au point où nous en sommes, cela n'a plus d'importance.

Il arracha le cadenas tel un vulgaire bout de carton et le jeta dans un coin.

— Maintenant, ils savent où vous êtes, affirma Josh.

— Qu'ils viennent !

Dee écarta les deux battants et s'effaça pour laisser passer sa camarade immortelle et Josh. Puis, après un dernier coup d'œil aux flammes vigoureuses malgré les sprinklers, il se rua à l'extérieur et heurta Josh et Dare, immobiles sur le seuil.

— Je crois qu'ils sont déjà là, grommela Josh.

CHAPITRE TROIS

— *Mars Ultor.*

Il était emprisonné depuis si longtemps qu'il ne différenciait plus ses rêves de ses souvenirs. Les images et les pensées qui tourbillonnaient dans sa tête étaient-elles les siennes ou Clarent les avait-elle implantées en lui ? Ces réminiscences appartenaient-elles à l'épée ou à ceux qui avaient manié l'épée ? Où se trouvait la vérité ?

Malgré ces doutes, Mars s'accrochait à quelques souvenirs, tels des composants essentiels de son être.

D'abord ses fils, Romulus et Remus. Jamais il ne les avait oubliés. Par contre, il avait beau se concentrer, il ne se rappelait pas le visage de son épouse.

— *Mars.*

Il revivait certaines batailles en détail. Il connaissait le nom de chaque roi, de chaque paysan qu'il avait affronté,

Mercredi 6 Juin

de chaque héros qu'il avait tué, de chaque lâche qui lui avait échappé. Il se souvenait des voyages et des découvertes que Prométhée et lui avaient faits quand ils avaient sillonné le monde jusqu'alors inexploré et les royaumes des Ombres nouvellement créés.

– *Seigneur Mars.*

Il avait vu des merveilles et des horreurs. Il avait combattu des Aînés et des Archontes, des Anciens et ce qui restait des légendaires Seigneurs de la Terre. En ces temps-là, on le vénérait tel un héros, le sauveur des humani.

– *Mars. Réveille-toi.*

Il n'aimait pas se réveiller à cause de la douleur que cela engendrait. Et il y avait pire que cette douleur : le fait de savoir qu'il était prisonnier et le resterait jusqu'à la fin des temps. Lui revenait alors en mémoire l'époque où les humani le craignaient et le détestaient.

– *Réveille-toi.*

– *Mars... Mars... Mars...*

Cette voix – ces voix ? – insistante et familière l'agaçait.

– *Réveille-toi !*

Dans sa prison en os, au cœur des catacombes de Paris, l'Aîné ouvrit les yeux. Ils furent bleu vif pendant un instant avant de devenir rouge ardent.

– Quoi, encore ? grogna-t-il, sa voix résonnant dans le casque qui ne quittait jamais sa tête.

Devant lui se tenait un couple humani. Grands et minces, très bruns, la peau cuivrée, ils portaient un jean, un tee-shirt et des baskets d'un blanc immaculé. La femme avait les cheveux courts, l'homme arborait un crâne rasé. Leurs yeux étaient cachés par des lunettes de soleil assorties.

Ils les ôtèrent en même temps et le dévisagèrent. Leurs yeux étaient d'un bleu brillant. Malgré la douleur infligée par son aura qui brûlait et durcissait sans répit, Mars Ultor se souvint d'eux. Des Aînés et non des humani.

– Isis ? demanda-t-il d'une voix rauque dans l'ancienne langue de Danu Talis.

– Quel plaisir de te voir, mon vieil ami ! répondit la femme.

– Osiris ?

– Nous te cherchons depuis très longtemps, déclara l'homme. Et nous t'avons enfin trouvé.

– Regarde ce qu'elle t'a fait, marmonna Isis, bouleversée.

La Sorcière d'Endor avait emprisonné Mars au fond de cette cellule dans les catacombes de Paris. Le crâne d'une créature qui n'avait jamais vécu sur Terre avait été évidé afin de lui servir de prison. Ce châtiment ne lui suffisant pas, la Sorcière avait conçu un tourment supplémentaire : l'aura de Mars devait constamment brûler puis durcir à la surface de sa peau, telle de la lave au centre de la Terre. Le Dieu endurait une vraie torture sous cette lourde croûte.

Mars Ultor éclata d'un rire qui s'apparentait davantage à un grognement.

– Pendant des millénaires, je n'ai vu personne ! Serais-je à nouveau populaire ?

Isis et Osiris se séparèrent et se placèrent de chaque côté de l'immense statue grise qui tentait désespérément

Mercredi 6 Juin

de se lever. À partir de la taille, le corps de Mars Ultor s'enfonçait dans le sol, à l'endroit où Dee avait liquéfié le crâne avant de le solidifier à nouveau. Des stalactites en ivoire pendaient du bras gauche que Mars tendait. Gueule grande ouverte, les hideux satyres Phobos et Deimos étaient accrochés sur le dos de l'Aîné. Derrière lui, le long socle rectangulaire en pierre sur lequel il avait rongé son frein des milliers d'années était fendu en deux.

– Nous savons que Dee est venu ici, déclara Isis.

– Il m'a trouvé. C'est lui qui vous a dit où j'étais ? Nous nous sommes battus et il m'a piégé là.

– Non, Dee ne nous a pas parlé, répondit Osiris qui examinait les satyres dans les moindres détails. Il t'a trahi. Il nous a tous trahis.

Mars gémit de douleur.

– Je n'aurais jamais dû lui faire confiance. Il m'a demandé d'éveiller un garçon, un Or.

– Et il a utilisé l'Or pour faire venir Coatlicue dans ce royaume des Ombres, lui apprit Isis.

Une fumée rouge-noir s'échappa des yeux de Mars. Un spasme parcourut son corps, si bien que de gros morceaux d'aura durcie tombèrent pour être aussitôt remplacés. L'air confiné empesta la chair roussie.

– Coatlicue... J'ai combattu l'Archonte la dernière fois qu'elle a dévasté les royaumes des Ombres, haleta-t-il, meurtri par son aura incandescente. J'ai perdu de bons amis.

– Nous avons tous perdu des amis et des parents à cause d'elle. Le docteur a réussi à découvrir l'emplacement de sa prison et l'a appelée, précisa Isis.

Le traître

— Pourquoi ? Il n'y a pas assez d'Aînés dans ce royaume des Ombres terrestre pour satisfaire son appétit !

Osiris tapota le dos de Mars avec son index plié, comme pour tester sa résistance.

— Nous pensons qu'il voulait lui laisser quartier libre. Nous avons déclaré Dee *utlaga* pour le punir de ses nombreux échecs. Maintenant, il cherche à se venger et sa vengeance détruira tous les royaumes ainsi que ce monde. Sa folie nous annihilera tous.

Isis et Osiris avaient fait le tour complet de l'Aîné et étaient à nouveau face à lui.

— Nous avons pu le suivre jusqu'ici grâce à son odeur immonde, expliqua Isis.

— Libérez-moi ! les supplia Mars. Que je pourchasse le docteur.

Le couple secoua la tête de conserve.

— Impossible. Quand elle t'a emprisonné, Zéphanie a combiné des connaissances archontales et des sorts datant des Seigneurs de la Terre que lui avait enseignés Abraham. Nous en ignorons tout.

— Alors pourquoi êtes-vous ici ? grogna Mars. Qu'est-ce qui vous a poussés à quitter votre île ?

Une silhouette bougea à l'entrée.

— C'est moi qui leur ai demandé de venir.

Une femme d'un certain âge, vêtue d'une jupe et d'un chemisier gris, entra dans la grotte. Petite et rondelette, elle avait les cheveux bleutés et permanentés. De grosses lunettes noires lui couvraient la majeure partie du visage et elle tenait une canne blanche dans sa main droite.

Mercredi 6 Juin

— Qui êtes-vous ? demanda Mars quand l'extrémité de la canne heurta son socle.
— Tu ne me reconnais pas ?

Des volutes marron s'élevèrent de la peau de la vieille dame et, lentement, la cellule en os s'emplit d'une senteur automnale de feu de bois.

Mars prit une profonde inspiration et frémit quand les souvenirs enfouis dans sa mémoire resurgirent.

— Zéphanie !
— Époux.

Les yeux de Mars rougeoyèrent, bleuirent, rougirent à nouveau ; de la fumée s'échappa de sous son casque et sa peau de pierre se fissura à l'infini. Des pans entiers dégringolèrent. Il parvint à avancer d'un pouce avant que sa prison ne se referme à nouveau sur lui. Il hurla tandis que la grotte empestait la peur et la rage, un relent fétide qui évoquait la viande et les os carbonisés. Finalement, exténué, il regarda celle qui avait été sa femme, qu'il avait aimée plus que toute autre, celle qui lui avait infligé cette souffrance éternelle.

— Que veux-tu, Zéphanie ? Comptes-tu te moquer de moi ?
— Non, époux. Je suis venue te libérer, répliqua la vieille femme au sourire édenté. L'heure est venue : ce monde a de nouveau besoin d'un chasseur de démons.

CHAPITRE QUATRE

Deux policiers de San Francisco s'arrêtèrent quand l'étrange trio – une femme suivie d'un adolescent et d'un homme plus âgé – jaillit dans le hall ravagé du bâtiment en feu.

– Y a-t-il d'autres personnes à l'intér… ?

L'homme s'interrompit dès qu'il vit une courte épée dans la main du type et une autre à sa ceinture. Son collègue avait déjà remarqué que le garçon en portait une de chaque côté de la taille. Bizarrement, la femme aux cheveux longs avait pour seule arme une flûte en bois.

– Ne bougez plus, ordonna le premier, pistolet au poing. Lâchez vos armes.

– Messieurs, c'est un miracle que vous soyez là ! s'exclama le petit homme grisonnant en avançant néanmoins.

Mercredi 6 Juin

— Plus un pas !
— Je suis le Dr John Dee, propriétaire de cette société, Enoch Enterprises.
— Posez vos épées sur le sol, monsieur.
— Pas question. Ce sont des pièces uniques issues de ma collection personnelle.

Le Magicien esquissa un autre pas.

— Stop ! Je ne vous connais pas. Obéissez, et vite ! ajouta le policier, tandis qu'un filet de fumée âcre s'échappait entre les portes fermées de l'ascenseur.

Les derniers mots que les deux hommes entendirent furent prononcés par la femme :

— John, pourquoi contraries-tu ce jeune homme ? demanda-t-elle avant d'appliquer la flûte contre ses lèvres.

Ils ne perçurent qu'une seule note avant de sombrer dans l'inconscience.

— Assez perdu de temps ! cracha-t-elle.

Virginia Dare enjamba le corps des officiers, puis franchit le trou béant qui remplaçait à présent la porte principale du bâtiment.

— On s'en va.
— À la voiture ! ordonna Dee en prenant la direction de Telegraph Hill.

Il s'arrêta net quand il s'aperçut que Josh ne suivait pas. Il était penché au-dessus des deux hommes gisant à terre.

— Dépêche-toi ! Nous n'avons pas le temps !
— On ne peut pas les laisser là ! cria Josh, bouleversé.

Dee et Dare échangèrent un regard avant de hocher la tête en même temps.

Le traître

— Je refuse de les abandonner ici, décréta Josh. Le bâtiment risque de s'effondrer sur eux d'un moment à l'autre.

— Nous n'avons pas le temps, insista Dare.

— Josh ! s'exclama Dee dont l'aura crépitait autour de lui.

— Pas question.

Le jeune homme posa la main gauche sur la garde entourée de cuir de son épée. Aussitôt une riche odeur d'agrumes emplit le hall détruit et la lame en pierre se colora en cramoisi. Une chaleur frémissante s'empara de son bras gauche, remonta dans son épaule et se fixa dans son cou. Ses doigts se refermèrent autour de la garde familière de Clarent, l'épée antique surnommée la Lame du Lâche.

Les souvenirs affluèrent…

Dee, en costume d'une autre époque, courant dans une ville en feu, serrant contre lui une pile de livres.

Londres, 1666.

Josh plaqua son autre main contre sa hanche droite. Un frisson s'infiltra dans sa chair et il sut immédiatement son nom. Durandal. L'Épée de l'Air. Portée par les plus valeureux chevaliers que le monde avait connus.

De nouveaux souvenirs émergèrent…

Deux chevaliers en armures d'argent et d'or étincelantes, debout de chaque côté d'un guerrier mort, le protégeant des bêtes affamées rôdant dans l'ombre.

Une colère sourde se mit à brûler au creux de son estomac.

Mercredi 6 Juin

— Transportez-les à l'extérieur, ordonna-t-il. Ils ne mourront pas ici.

Un instant, il crut que le médecin anglais allait protester ; mais non, il secoua la tête et esquissa un sourire qui n'atteignit pas ses yeux.

— Bien entendu. Tu as raison. On ne peut pas les laisser ici, n'est-ce pas, Virginia ?

— Ça ne me dérangerait pas.

Dee la foudroya du regard.

— Moi, si.

Il rengaina son épée et retourna dans le bâtiment.

— Tu as une conscience, Josh, commenta-t-il en glissant les mains sous les aisselles d'un officier. Prends-en soin : j'ai vu de braves hommes mourir à cause de leurs scrupules.

Josh traîna sans peine le deuxième policier sur le sol en marbre.

— Mon père nous a appris, à Sophie et à moi, à écouter notre cœur et à faire ce qui nous semble juste.

— Un brave homme, apparemment, grommela Dee, hors d'haleine après avoir déposé l'homme inanimé derrière la voiture de police.

— Peut-être aurez-vous un jour l'occasion de le rencontrer.

— J'en doute.

Virginia Dare avait grimpé dans la limousine toujours garée dans la rue. Le toit était couvert d'une couche de poussière et de cendres qui brillait sous une fine épaisseur de verre brisé.

— On file !

Le traître

Dee se glissa à l'arrière aux côtés de Dare ; Josh sortit ses deux épées de sa ceinture afin de les déposer par terre, devant le siège passager, puis il s'installa au volant.
– On va où ?
Virginia se pencha en avant.
– Éloignons-nous d'abord de Telegraph Hill, d'accord ?
À cet instant, un panache de fumée verdâtre apparut au sommet de l'immeuble et leurs trois auras clignotèrent – jaune, vert pâle et or.
– Il faut absolument qu'on quitte cette ville. Les explosions auront ameuté toute la côte Ouest de l'Amérique.
L'air matinal s'anima. Des sirènes mugirent au loin.
– Et je ne parlais pas de la police, ajouta-t-elle.

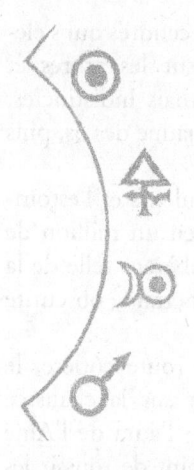

CHAPITRE CINQ

Le monde touchait à sa fin.

Une jeep Wagoneer de 1963 traversait à toute allure un paysage qui perdait rapidement toute trace de couleur. Prométhée serrait si fort le volant entre ses grosses mains que le plastique et le métal en craquaient. Assise derrière lui, Pernelle Flamel soutenait la tête de Nicolas allongé à côté d'elle.

Le royaume des Ombres de Prométhée s'effondrait. Le ciel bleu-vert était devenu aussi pâle que de la craie, les nuages avaient pris l'apparence d'un tissu froissé aux taches monochromes. En l'espace d'un claquement de doigts, la mer avait cessé de bouger. Les vagues turquoise s'étaient figées dans les airs avant de dégringoler en cascades de poussière grise, tandis que le sable doré et les galets polis ressemblaient à du papier brûlé et du charbon de bois. Un vent fantôme éparpillait les cendres qui s'élevaient en spirale. Elles retombaient sur les arbres et l'herbe parcheminés aux formes désormais indistinctes. Tout ce qui poussait prenait la couleur jaune des os, puis se transformait en craie grise.

Après la disparition de toutes les couleurs et l'estompement des gris, l'horizon se fractura en un million de grains de poussière étincelants qui tombèrent telle de la neige sale et ne laissèrent qu'une impénétrable obscurité derrière eux.

Le Wagoneer cahotait sur l'étroite route côtière, le moteur gémissait, les roues patinaient sur la chaussée pâlissante. L'habitacle empestait l'anis ; l'aura de l'Aîné brillait autour de lui, flamboyait au point de roussir les sièges et de faire fondre le toit du véhicule. Il tentait avec l'énergie du désespoir de maintenir son monde assez longtemps pour ramener la jeep dans le royaume des Ombres terrestre, à Point Reyes. La bataille, hélas, était perdue d'avance : l'univers créé plusieurs millénaires auparavant mourait, retournait au néant.

Les événements des heures précédentes avaient épuisé Prométhée. L'utilisation du crâne de cristal pour permettre aux Flamel de suivre Josh dans San Francisco avait agi comme un vampire et sapé sa vigueur. Il connaissait la dangerosité du crâne – sa sœur Zéphanie l'avait mis en garde contre l'objet assez souvent –, mais il avait choisi d'aider l'Alchimiste et l'Ensorceleuse. Toute sa vie, Prométhée avait pris le parti des humani.

Ainsi il avait posé les mains sur le cristal antique et utilisé ses pouvoirs... En échange, le crâne avait absorbé

Mercredi 6 Juin

ses souvenirs, s'était repu de son aura. Extrêmement affaibli, l'Aîné était à deux doigts d'être submergé par cette même aura, qui le réduirait en cendres. En quelques heures à peine, sa chevelure rousse avait blanchi et même le vert lumineux de ses yeux s'était terni.

Il était si près de la lisière de son monde... Alors que cette pensée se formait dans son esprit, une brume grise et opaque enveloppa soudain la voiture.

Surpris, Prométhée manqua quitter la route. Un instant, il crut que la dissolution de son royaume l'avait rattrapé. Il inspira une bouffée d'air froid et salé, et se rendit alors compte qu'il s'agissait uniquement du brouillard qui recouvrait régulièrement Point Reyes dans le royaume des Ombres terrestre. De temps en temps, il passait d'un monde à l'autre. C'était encore un signe qu'il s'approchait de la frontière.

De vagues formes humaines émergèrent soudain du brouillard, simples ombres dans la pénombre.

— Mes enfants, lâcha Prométhée.

Les derniers membres du Peuple Premier. Il y avait très longtemps, dans la Cité sans Nom en bordure du monde, l'aura flamboyante de l'Aîné avait introduit une étincelle de vie dans un morceau d'argile inerte. Ces êtres de glaise étaient devenus le Peuple Premier – des monstres en apparence seulement, un peuple différent de ce que le monde avait connu jusqu'alors. Créatures de boue difformes, au crâne chauve et trop large pour leur cou étroit, au visage vierge et inachevé comportant une esquisse de bouche et d'yeux, ils avaient suivi Prométhée à travers les royaumes des Ombres, inspiré des mythes,

Le traître

des légendes et semé la terreur dans leur sillage. Ils avaient survécu des millénaires et, aujourd'hui, il n'en restait qu'une poignée qui errait dans le monde de Prométhée à la recherche de la vie et de la lumière des auras. Le bruit de moteur les avait attirés et, telles des fleurs tournées vers le soleil, ils tendaient leur visage vers le riche fumet des auras des passagers de la jeep et particulièrement l'odeur familière d'anis, la source de leur vie éternelle.

Malheureusement, depuis que l'Aîné avait perdu cette volonté monumentale de maintenir en vie ce monde et ses habitants, leur peau de boue s'était mise à se craqueler ; des morceaux entiers se détachaient et se réduisaient en poussière dès qu'ils touchaient le sol. Tandis que les derniers représentants du Peuple Premier se désagrégeaient sous ses yeux, des larmes rouge sang coulaient doucement sur les joues de Prométhée.

– Pardonnez-moi, murmura-t-il dans l'ancienne langue de Danu Talis.

Un des êtres se campa au milieu de la route derrière la voiture et leva un bras anormalement long, en signe d'adieu peut-être. L'Aîné inclina le rétroviseur pour mieux le voir. Il ne leur avait jamais donné de noms, mais il reconnut celui-ci à la cicatrice sur son torse. C'était l'un des premiers que son aura avait animés dans la cité déserte des Seigneurs de la Terre. Au fur et à mesure que le néant obscur se déployait derrière la silhouette, la boue brune prit la couleur du sel et la créature s'évanouit.

– Pardonnez-moi ! supplia à nouveau Prométhée.

Mercredi 6 Juin

Mais le dernier du Peuple Premier, la race à qui il avait offert une vie contre nature, avait disparu. Toute trace de son existence était balayée à jamais.

L'aura de l'Aîné illumina l'habitacle. De minuscules étincelles dansèrent sur les surfaces métalliques. Le bout de ses doigts incandescents creusa le rétroviseur quand il le pencha pour regarder ses deux passagers à l'arrière.

– Scathach avait raison, grogna-t-il. Elle répétait souvent que mort et destruction suivaient Nicolas Flamel.

CHAPITRE SIX

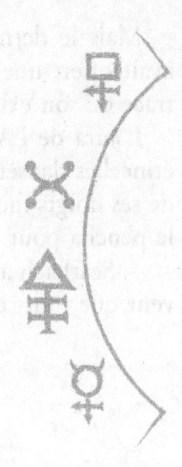

—Ne cours pas, ordonna Niten. Marche.

Ses doigts de fer s'enfoncèrent dans l'épaule de Sophie. Elle le repoussa.

— Nous devons…

— Éviter d'attirer l'attention, l'interrompit le Japonais. Cache le fouet sous ton manteau.

Sophie Newman ne s'était pas aperçue qu'elle tenait encore le fouet en cuir argent et noir de Pernelle. Après l'avoir enroulé, elle le coinça sous son bras gauche.

— Regarde autour de toi, continua Niten. Que vois-tu ?

Sophie pivota. Ils se trouvaient au pied de Telegraph Hill. Un panache de fumée noir graisseux jaillit, accompagné de flammes dansantes. Des sirènes et des klaxons mugissaient pendant qu'autour d'eux les curieux contemplaient

Mercredi 6 Juin

l'incendie qui ravageait un des élégants immeubles proches de la Coit Tower.

– Je vois du feu... de la fumée...

Un bruit sourd se fit entendre à l'intérieur du bâtiment et soudain des éclats de verre et des briques dégringolèrent sur le combi Volkswagen rouge et blanc garé en contrebas, pulvérisant les vitres du côté droit. Sur le visage habituellement impassible de Niten, Sophie put lire de la consternation.

– Observe les badauds, murmura-t-il. Un guerrier doit toujours garder un œil sur son environnement.

Sophie examina les visages.

– Tous les gens regardent l'incendie.

– Exact. Et nous devons les imiter si nous ne voulons pas nous faire remarquer. Tourne-toi et regarde.

– Mais Josh...

– Josh est parti.

Sophie secoua la tête.

– Retourne-toi, insista Niten. Si la police t'arrête, il ne sera plus question d'aider ton frère.

La jeune fille obéit à contrecœur. Niten avait raison, même si rester là les bras croisés était une torture. Chaque seconde l'éloignait de Josh. L'image de l'immeuble en feu se fragmenta, puis disparut quand ses yeux se remplirent de larmes. Elle les frotta avec la paume des mains, laissant des traînées noires sur ses joues. Lorsqu'une odeur âcre de caoutchouc brûlé, de gasoil et de métal mélangée à d'autres vapeurs toxiques les survola, tout le monde recula. Niten et Sophie furent entraînés par la foule.

Le traître

Josh est parti.

Ces trois petits mots n'avaient aucun sens et pourtant il l'avait bel et bien abandonnée. Quelques minutes plus tôt, elle le touchait presque, et là, alors qu'elle essayait de l'aider, il lui avait tourné le dos, l'air horrifié, dégoûté, avant de suivre Dee et Virginia Dare.

Josh est parti.

Un désespoir absolu s'empara d'elle. Son jumeau, son petit frère, avait pourtant juré qu'il ne la quitterait jamais ! Ses larmes discrètes se transformèrent en gros sanglots qui la secouèrent de la tête aux pieds et la laissèrent hors d'haleine.

– Tu vas attirer l'attention…, chuchota Niten qui s'approcha doucement d'elle et posa la main sur son bras.

Aussitôt, un riche parfum boisé et épicé de thé vert enveloppa Sophie et l'apaisa.

– Je te demande d'être courageuse. Les plus forts survivent, mais les braves triomphent.

La jeune fille prit une profonde inspiration et scruta les yeux marron de Niten. Quelle ne fut pas sa stupéfaction quand elle les vit baignés de larmes. L'Escrimeur battit des paupières et le liquide bleuté roula sur ses joues.

– Tu n'es pas la seule à avoir perdu un être aimé aujourd'hui. Je connais Aifé depuis plus de quatre cents ans. Elle était…

Il fit une pause, ses traits s'adoucirent.

– … exaspérante, excessive, exigeante, égoïste, arrogante… et très, très chère à mon cœur.

Une fumée bleu-vert monta en spirale au-dessus de l'immeuble embrasé et retomba sur la foule.

Mercredi 6 Juin

Pris de quintes de toux, les curieux se détournèrent ; comme la fumée et les cendres leur piquaient les yeux, les larmes de Niten passèrent inaperçues.

— Vous l'aimez, chuchota Sophie.

Il esquissa un signe de tête.

— Et à sa manière, elle m'aimait, même si elle ne l'aurait jamais avoué.

Les doigts de l'Escrimeur s'enfoncèrent un peu plus dans le bras de Sophie, puis il s'adressa à elle dans sa langue natale, précise et élégante.

— Mais elle n'est pas morte ! L'Archonte apprendra à ses dépens qu'il est impossible de tuer Aifé des Ombres. Il y a deux cents ans, elle n'a eu besoin de l'aide de personne pour traverser le royaume des Ombres de Jigoku. J'avais été kidnappé par les serviteurs de Shinigami, le dieu de la Mort, et elle m'a trouvé. Mon tour est venu de la secourir… Toi aussi, tu porteras bientôt secours à ton frère.

Sophie hocha la tête. Elle retrouverait Josh et elle le secourrait, peu importait comment.

— D'accord. Que dois-je faire ?

Sans s'en apercevoir, elle avait répondu dans un japonais parfait.

— Suis-moi.

Niten se fraya un chemin parmi la foule qui se dispersait et prit d'un pas pressé la direction de Lombard Street.

Sophie lui collait aux talons de peur de le perdre au milieu de l'attroupement. Niten se déplaçait sans effort entre les touristes et les badauds, n'en touchant aucun.

Le traître

— Où allons-nous ? dut-elle hurler pour être entendue au milieu des sirènes des camions de pompiers et des voitures de police.
— Chez Tsagaglalal.
— Tsagaglalal, répéta Sophie.
Ce mot trouva un écho dans les souvenirs de la Sorcière d'Endor.
— Celle qui Observe...

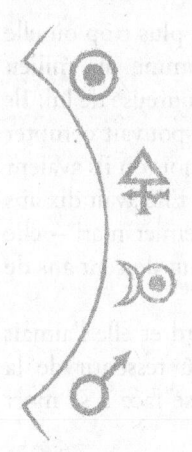

CHAPITRE SEPT

– Réserve ta colère pour ceux qui la méritent, gronda Pernelle Flamel. Ce n'est pas la faute de mon époux.

– Il en est le catalyseur, répliqua Prométhée.

– Cela a toujours été son rôle, affirma Pernelle, caressant le front de Nicolas.

Inconscient, l'Alchimiste avait la peau grise, les joues zébrées de mauve à cause des veines éclatées. Les poches sous ses yeux ressemblaient à des ecchymoses violettes et, chaque fois que Pernelle passait la main dans ses cheveux, des mèches entières se détachaient. Nicolas ne bougeait pas, respirait à peine. La seule manière qu'avait trouvée l'Ensorceleuse pour savoir s'il était vivant consistait à lui prendre le pouls du bout des doigts.

Nicolas se mourait et elle se sentait...

Elle se sentait...

Le traître

Pernelle secoua la tête. Elle ne savait plus trop où elle en était. Elle avait rencontré cet homme au milieu du XIVe siècle à Paris et était tombée amoureuse de lui. Ils s'étaient mariés le 18 août 1350 et elle pouvait compter sur les doigts de la main le nombre de mois où ils avaient été séparés au cours des siècles suivants. Elle avait dix ans de plus que lui et il n'était pas son premier mari – elle lui avait confié qu'elle était veuve au bout de cent ans de mariage.

Elle l'avait aimé dès le premier regard et elle l'aimait encore. Par conséquent, elle aurait dû ressentir de la contrariété, de la colère... de la tristesse face à sa mort prochaine.

Non.

Elle se sentait... plutôt soulagée.

Elle hocha la tête sans s'en rendre compte. Oui, elle était soulagée que cela se termine.

Le libraire était devenu alchimiste par accident. Il lui avait enseigné des merveilles, montré des prodiges. Ils avaient parcouru le monde et les royaumes des Ombres adjacents. Ensemble, ils avaient affronté des monstres et des créatures qui n'auraient pas dû exister en dehors des cauchemars. Et bien qu'ils aient eu de nombreux amis – des humani, des immortels, quelques Aînés et même certains de la Génération Suivante –, des expériences amères leur avaient appris à ne dépendre que d'eux-mêmes. Ils ne pouvaient faire confiance à personne. Du bout de l'index, Pernelle suivit les rides sur les joues de son époux, les contours de sa mâchoire. S'il devait mourir maintenant, ce serait dans ses bras, et savoir qu'elle ne

Mercredi 6 Juin

lui survivrait pas longtemps était une consolation. Après plus de six cents ans à ses côtés, elle ne supporterait pas de continuer sans lui. Mais il ne pouvait pas encore mourir, elle ne le permettrait pas. Elle ferait l'impossible pour le maintenir en vie.

– Je suis désolé, déclara soudain Prométhée.

– Tu n'as pas à t'excuser. Scathach avait raison : la mort et la destruction nous suivent depuis des siècles. Des gens sont décédés à cause de nous – parce qu'ils voulaient nous sauver, nous protéger, ou simplement parce qu'ils nous connaissaient.

La douleur altéra son visage. Au fil des années, elle avait créé une coquille protectrice autour d'elle pour ne pas souffrir à cause de ces morts, mais parfois, comme en cette occasion, quand la carapace se fendillait, elle se sentait responsable de la moindre disparition.

– Mais tu as sauvé des centaines de personnes, Pernelle.

– Je sais…, admit-elle, les yeux posés sur le visage de Nicolas. Nous avons éloigné les Ténébreux, tenu en échec Dee, Machiavel et leurs semblables pendant des siècles.

Elle se tortilla sur la banquette pour regarder la course infernale contre le néant.

– Nous n'en avons pas fini, Prométhée. Ne nous laisse pas mourir ici.

– Je roule aussi vite que je peux.

Une pellicule de sueur rouge sang brillait sur le visage de l'Aîné.

Le traître

– Si je pouvais assurer la cohésion de ce monde encore quelques minutes...

À l'extérieur, les nuages chargés de sel s'épaississaient, enveloppaient la voiture dans un cocon humide. Prométhée mit les essuie-glaces en marche.

– Nous y sommes presque.

Alors qu'ils quittaient le royaume des Ombres pour regagner Point Reyes, le brouillard se leva et une explosion de couleurs tapageuses les aveugla. L'Aîné écrasa la pédale de frein et la lourde jeep dérapa sur le chemin de terre. Il coupa le moteur et sortit de la voiture. Un bras posé sur le toit, il se tourna vers les bancs de brume qui tourbillonnaient et se transformaient en minces volutes.

Il avait passé une éternité à créer ce monde, à le façonner. Il faisait partie de lui. Et voilà que, sous ses yeux, son royaume des Ombres était réduit à néant... Maintenant que son aura était réduite au minimum, ses souvenirs dépouillés et pulvérisés par le crâne de cristal, il se savait incapable de le recréer. Un instant, le brouillard se déploya et lui offrit un dernier aperçu de son royaume si beau et si serein...

Adieu.

Prométhée remonta en voiture et se tourna vers Nicolas et Pernelle.

– C'est la fin, cette fois-ci ? Abraham en a parlé.

– Bientôt, répondit Pernelle. Il nous reste une chose à accomplir.

– Tu as toujours su que cela se terminerait ainsi, pas vrai ?

– Toujours.

Mercredi 6 juin

— Tu as le don de Vue, soupira l'Aîné.

— Oui, mais ce n'est pas tout. On m'a raconté certains événements qui viennent de se passer.

Les yeux verts de l'Ensorceleuse brillaient dans la pénombre.

— Mon pauvre Nicolas. Il n'a pas vraiment eu sa chance : son destin a été modelé à la seconde où l'homme au crochet lui a vendu le Codex. Le manuscrit a changé le cours de sa vie – de nos deux vies – et ensemble, nous avons changé le cours de l'histoire des hommes. Alors que je n'étais qu'une enfant – Nicolas n'était pas encore né –, le même homme m'a fait voir mon avenir et celui du monde. Un avenir possible. Au fil des années, j'ai vu cet avenir s'accomplir. L'homme m'a décrit ce que je devrais faire – si l'espèce humaine devait survivre. Il a agi en marionnettiste au cours des millénaires ; il nous a poussés, bousculés, jusqu'à ce que nous atteignions ce point. Même toi, Prométhée.

L'Aîné secoua la tête.

— Je ne pense pas.

— Même toi. À ton avis, qui a encouragé ton ami Saint-Germain à te voler le feu ? Qui lui a appris ses secrets ?

L'Aîné ouvrit la bouche, mais ne prononça pas un mot.

— L'homme au crochet m'a dit qu'il était là depuis le début et qu'il serait présent à la fin. Tu te trouvais sur Danu Talis, Prométhée, pour la Bataille Finale. Il prétend y avoir été, lui aussi. Tu as dû le croiser.

Le traître

Prométhée secoua lentement sa grosse tête et esquissa un sourire triste.

– Je ne me le rappelle pas. Le crâne en cristal s'est nourri de mes souvenirs les plus anciens. Je regrette, Ensorceleuse... je ne me souviens pas de cet homme à une main.

Son sourire s'effaça. L'amertume se lut sur son visage.

– Sache que de nombreux événements de cette journée sont confus pour moi, avec ou sans crâne de cristal.

– Fais un effort : des yeux bleu vif, un crochet en argent à la place de la main gauche.

– Non, désolé. Je me souviens des bons amis que j'ai perdus, même si j'ai oublié leur nom. Je me souviens de ceux qui se sont dressés contre moi et de ceux que j'ai tués.

Les sourcils froncés, il prit une voix douce et lointaine.

– J'entends encore les hurlements et les cris, le fracas de la bataille, le choc du métal, je sens la puanteur de la magie ancienne... je revois le ciel en feu... le moment où le monde s'est brisé en mille morceaux et où la mer a déferlé.

– Il était là.

– C'était la Bataille Finale, Ensorceleuse. Tout le monde était là !

Pernelle s'adossa à la banquette.

– La première fois que je l'ai rencontré, je n'étais qu'une gamine. Je lui ai demandé son nom. Il a dit s'appeler Marethyu.

– Ce n'est pas un nom. C'est un titre qui signifie « la

Mercredi 6 Juin

Mort ». Mais il peut aussi vouloir dire « homme », traduisit l'Aîné.

— Je le prenais pour un Aîné...

Prométhée se renfrogna quand des fragments de souvenirs l'assaillirent par surprise.

— Marethyu, murmura-t-il. La Mort.

— Ça te revient ?

— Quelques bribes. Ce n'était pas l'un d'entre nous, ni un Aîné, ni un de la Génération Suivante, ni un Archonte, ni un Ancien. Il était... il est à la fois quelque chose de plus et de moins que nous tous. Je pencherais pour un humani.

Prométhée se tourna et posa ses grosses mains sur le volant.

— Où souhaites-tu aller, Ensorceleuse ?

— Chez Tsagaglalal.

CHAPITRE HUIT

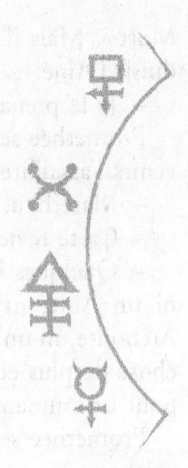

– La vache ! Qu'est-ce que ça pue, ici ! s'exclama Billy the Kid qui éternua très fort. Je rigole pas, ça fouette !

Il appuya la paume de ses mains sur ses yeux remplis de larmes et éternua à nouveau.

– Honnêtement, ça va. J'ai connu pire, répliqua Niccolò Machiavelli.

Les deux hommes se trouvaient dans un tunnel creusé sous la prison d'Alcatraz. Des gouttes d'eau tombaient du plafond bas et des vaguelettes clapotaient autour de leurs chevilles. L'air empestait le poisson pourri et les algues fétides, l'odeur piquante des fientes d'oiseaux et celle, plus acide, du guano de chauve-souris. La seule lumière provenait de l'ouverture au-dessus de leurs têtes, étonnant carré de bleu dans l'obscurité.

L'homme, grand et élégant dans son costume couvert de poussière, prit une profonde inspiration.

Mercredi 6 Juin

— En fait, cela me rappelle la maison.

— La maison ? s'exclama Billy qui sortit un bandana à carreaux rouges de la poche arrière de son jean et se le noua sur le nez et la bouche.

— Ta maison sent les toilettes d'un animal sauvage ?

Machiavel lui décocha un rapide sourire.

— Eh bien... aux XVe et XVIe siècles, Rome et Venise – ah, douce Venise ! – sentaient assez mauvais. Enfin, pas autant que Paris au XVIIIe ou Londres au milieu du XIXe. J'étais là-bas en 1858 et la pestilence nous empêchait quasiment de respirer. On l'a même surnommée « la Grande Puanteur » !

— Je ne suis pas aussi enthousiaste que toi... J'aime l'air frais, moi, et à profusion.

Billy the Kid claqua des doigts et le remugle fut remplacé par une odeur exotique de piment rouge. Une volute bordeaux s'enroula autour de ses doigts, puis un globe de feu rouge translucide s'éleva de ses mains et demeura à la hauteur de leurs têtes. Il rebondissait et flottait comme une bulle de savon au gré de la brise marine qui sifflait le long du tunnel.

— Un guérisseur indien m'a enseigné ce tour, expliqua Billy avec fierté. Pas mal, hein ?

— Pas mal du tout, acquiesça Machiavel.

Il serra les mains et l'aura parfumée de Billy fut balayée par l'odeur écœurante du serpent. Une lumière blanche et crue éclaira le tunnel dans ses moindres reliefs. Aussitôt, la bulle rouge éclata.

— Mon maître Aton m'a montré ceci.

Le traître

Billy the Kid s'empressa de se frotter les mains. Des brins de son aura bordeaux dégoulinèrent dans l'eau.

– Joli, admit-il, la voix étouffée par son bandana.

Machiavel lui jeta un regard en coin.

– Tu ressembles à un bandit, avec ce bout de tissu.

– Je trouve que ça me va bien !

Les deux hommes, l'un en costume et en chaussures italiennes de luxe irrécupérables, l'autre en jean et en bottes plus qu'usées, pataugeaient dans le boyau. Surpris par la lumière blanche qui les suivait de près, les rats aux yeux rouges détalaient dans l'obscurité.

– Je déteste les rats, marmonna Billy.

– Ils sont pourtant utiles, répliqua Machiavel. Ce sont d'excellents espions.

– Ah oui ? s'étonna le Kid, qui s'immobilisa.

L'Italien s'arrêta un peu plus loin et se retourna vers son comparse.

– As-tu déjà regardé au travers des yeux d'un animal ?

– Non, mais une Navajo m'a dit qu'elle pouvait voir à travers ceux d'un aigle. Je l'ai crue quand elle m'a annoncé qu'à cinquante kilomètres de nous un shérif constituait un groupe pour partir à ma recherche. D'après elle, il leur fallait deux jours pour me rejoindre, et en effet, deux jours plus tard, ils m'avaient retrouvé.

– C'est assez simple de projeter sa volonté dans un animal... ou un être humain, d'ailleurs. Ton maître ne t'a donc rien appris ?

Billy pencha la tête.

– On dirait que non.

Mercredi 6 Juin

Puis il se dépêcha d'ajouter, un peu timide :
— Vous pourriez devenir mon professeur ?
L'Italien ne cacha pas sa surprise.
— Moi ?
Mal à l'aise, Billy haussa les épaules.
— Eh bien, ça fait un moment que vous vivez dans ce royaume. Vous êtes... médiéval. C'est très vieux.
— Merci.
— Et vous autres Européens avez tous été formés par vos anciens maîtres...
— Le tien, Questa... Quezza...
— Quetzalcóatl, l'aida Billy.
— Il est aussi âgé que mon maître. Quetaz... Quezta...
— Appelons-le Kukultan.
— Kukultan est un Aîné extrêmement puissant. Tu le sais, il était sur Danu Talis lors de sa chute. Il pourrait t'enseigner des merveilles. Des milliers de fois plus que moi.
Billy enfonça les mains dans les poches arrière de son jean et, soudain, il parut beaucoup plus jeune que son âge.
— Ben, pour être honnête, il ne m'a pas appris grand-chose. Je lui ai sauvé la vie et, en récompense, il m'a rendu immortel. Ensuite, je ne l'ai pas vu pendant une bonne cinquantaine d'années. Tout ce que je sais sur les Aînés et l'immortalité, je l'ai appris par moi-même, sur le tas.
— Mon parcours ressemble au tien. Mon maître m'a laissé me débrouiller seul pendant un demi-siècle. Tes recherches ont dû te conduire à d'autres immortels, non ?

Le traître

— Pas tant que ça et pas avant un long moment. J'ai pris conscience de mon état d'immortel le jour où je suis tombé de cheval sur une piste de la Sierra Madre et que j'ai dévalé un canyon. J'ai entendu chacun de mes os se briser dans ma chute. Alors que je gisais au fond du ravin, une fumée bordeaux s'est échappée de ma peau, mes os se sont mis à craquer avant de se ressouder. Mes coupures se sont refermées, la peau s'est cicatrisée sans laisser la moindre marque. Au final, comme unique preuve de ma chute, il me restait mes vêtements en lambeaux.

— Ton aura t'a guéri.

— J'étais bien en peine de la nommer, à l'époque !

Billy tendit la main et des volutes bordeaux s'enroulèrent au bout de ses doigts.

— Par la suite, j'ai commencé à voir l'aura des gens et pu ainsi distinguer les bons des méchants, les puissants des faibles, les bien portants des malades.

— Je pense que tous les hommes avaient autrefois cette capacité de voir les couleurs autour des corps.

— Et puis un jour, alors que je me trouvais à Deadwood, dans le Dakota du Sud, j'ai croisé cet homme à l'aura d'une puissance incroyable, gris acier. Il grimpait dans un train. J'ignorais complètement qui il était, mais j'ai couru le long des wagons et j'ai tapé à sa vitre. Quand nos regards se sont croisés, il a écarquillé ses grands yeux gris, et aussitôt, j'ai deviné qu'il percevait la couleur autour de moi. Ce jour-là, j'ai découvert que je n'étais pas seul, qu'il existait d'autres immortels comme moi.

— As-tu su son nom ?

Mercredi 6 Juin

— Oui, un siècle plus tard, quand je l'ai revu. Il s'appelait Daniel Boone.

— En effet, son nom figure parmi la liste des Américains immortels.

— Et le mien ?

— Non, répondit Machiavel.

— Dois-je le prendre comme une insulte ou en être reconnaissant ?

— J'aime beaucoup ce vieux proverbe celte qui dit : « Il est préférable de ne pas exister aux yeux de la justice. »

— Pas mal !

— C'est le devoir d'un maître de former son serviteur, continua Machiavel. Kukultan n'aurait pas dû te lâcher ainsi dans la nature.

Billy haussa les épaules.

— Ce n'est pas entièrement sa faute. J'ai toujours eu des difficultés avec l'autorité... Ça m'a causé pas mal d'ennuis quand j'étais plus jeune, et aujourd'hui encore ! Je n'ai jamais vraiment pu m'y faire. Black Hawk m'a formé... quand il n'essayait pas de me tuer ! Je tiens de lui le peu que je sais.

Billy fit une pause avant de reprendre :

— Il y a tant de choses que je connais uniquement par ouï-dire ou par les livres, tant de choses que j'aimerais voir. Les royaumes des Ombres, par exemple.

— J'en éviterais certains, à ta place, répondit Machiavel du tac au tac. Cela dit, d'autres sont magnifiques !

— Je pourrais tant apprendre de vous, insista Billy. Et, en échange, je vous enseignerais quelques trucs.

– Possible. Mais sache que je n'ai pas pris d'élève depuis longtemps.
– Pourquoi ?
– Je préfère ne pas en parler.

L'Italien s'interrompit, pencha la tête en arrière. Son long nez fin huma l'air.

– Billy, enchaîna-t-il rapidement, je te prendrai comme élève et t'enseignerai tout ce que je sais à une condition...
– Laquelle ? demanda Billy, prudent.
– Que tu ne dises pas un mot pendant les dix prochaines minutes.

Au même moment, une odeur fétide de poisson mort et d'algues pourries s'engouffra dans le tunnel.

Un monstre surgit de la pénombre.

Billy the Kid esquissa malgré lui un pas en arrière.

– Nom d'un chien, qu'il est moche, ce...
– Billy !

CHAPITRE NEUF

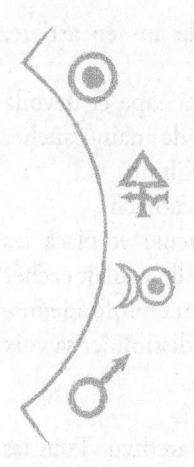

— L'île de Danu Talis, murmura Marethyu en se recroquevillant dans son long manteau. Une des merveilles perdues du monde.

Du haut d'une colline, Scathach, Jeanne d'Arc, Saint-Germain, Palamède et William Shakespeare contemplaient une immense cité d'or qui s'étendait à perte de vue. Une eau d'un bleu étincelant serpentait dans le labyrinthe circulaire, l'encerclait. Les rayons de soleil argentés ricochaient sur l'onde et les bâtiments en or avec un tel éclat qu'ils les aveuglaient.

Saint-Germain s'assit sur l'herbe verte et brillante ; Jeanne s'installa à côté de lui.

— Danu Talis n'existe plus, déclara-t-il. Je crois avoir lu quelque part que l'île avait sombré.

Le traître

– Nous sommes remontés dix mille ans en arrière, expliqua l'homme à la capuche.

Un vent chaud souleva l'ourlet de sa cape et dévoila le crochet plat en métal qui lui servait de main gauche.

– Voici Danu Talis, juste avant la Chute.

– Juste avant la Chute, murmura Scathach.

La Guerrière grimpa sur un monticule et plaça les mains en visière au-dessus de ses yeux. Elle voulait cacher ses larmes naissantes aux autres. Après une profonde inspiration, elle prit la parole, mais ne put dissimuler sa voix chevrotante :

– Mes parents et mon frère sont là ?

– Tout le monde est là, confirma Marethyu. Tous les Aînés demeurent sur l'île. Ils ne se sont pas encore éparpillés dans les divers royaumes des Ombres. Vous en avez croisé certains à votre propre époque – Prométhée et Zéphanie, par exemple –, mais ici, ils sont encore jeunes. Ils ne vous reconnaîtront pas, bien entendu, parce qu'ils ne vous ont pas encore rencontrés. Tes parents ignoreront ton identité, Guerrière, vu que tu n'es pas née.

– Mais je pourrais les revoir, chuchota Scathach, des larmes rouge sang ruisselant sur ses joues.

– Ce serait possible. Si nous avions le temps.

– Pourquoi ne l'aurions-nous pas ? l'interrogea Saint-Germain.

– Danu Talis est condamnée. Sa chute peut survenir dans un ou deux jours, peut-être trois. Je l'ignore. Bientôt, en tout cas.

– Et si rien ne se produit ? demanda Saint-Germain

Mercredi 6 Juin

en écartant une mèche de cheveux de son visage. Et si l'île survivait et prospérait ?

— Alors le monde tel que vous le connaissez cesserait d'exister ! s'exclama Marethyu. Il faut que l'île se brise en morceaux et que les Aînés se dispersent à travers le globe. La magie nécessaire à la destruction de Danu Talis doit empoisonner le sol de cette terre, l'air, l'eau de la mer et le feu des volcans. Ainsi, les enfants des Aînés qui naîtront après le désastre – la Génération Suivante – seront aussi différents de leurs parents que ceux-ci l'étaient des Anciens.

L'homme au crochet se tourna vers Scathach.

— Si l'île n'est pas ravagée, ni toi ni ta sœur n'existerez jamais.

— Mais je suis ici. L'île a donc dû sombrer.

— Dans ce couloir du temps, certainement…, commença Marethyu.

— Parlez-nous de ces couloirs, l'interrompit Shakespeare.

L'homme s'enveloppa dans sa cape, puis se tourna pour faire face au groupe.

— Il en existe de nombreux. Cronos l'Aîné peut voyager dans les deux sens à travers ces différents couloirs, mais uniquement en observateur. Il n'intervient jamais. Le moindre changement affecterait le passage modifié et tous ceux qui en découlent.

— Mon maître Tammuz se déplace dans le temps, affirma Palamède.

— En effet, mais il ne se rend que dans le passé. Cronos, lui, va dans le futur et voit ce qui pourrait se produire.

Le traître

— J'ai eu affaire à cette infâme créature autrefois, intervint Saint-Germain. On ne peut pas lui faire confiance.

Les yeux bleus de Marethyu se plissèrent quand il sourit.

— Il ne t'apprécie pas non plus ! Espérons que vos chemins ne se croiseront pas à nouveau.

— Bon, coupa le comte. Qu'est-ce qui rend ce couloir du temps si spécial ?

Marethyu pivota vers l'île dorée.

— Tout grand événement crée de multiples passages temporels, des possibilités variées et des éventualités.

Il balaya l'horizon de la main.

— Vous vous doutez bien que la destruction de cet endroit a donné naissance à un nombre extraordinaire de couloirs différents.

— Oui, et alors ? fit Saint-Germain, agacé.

— Nous avons franchi les treize portes des royaumes des Ombres pour parvenir jusqu'ici. Cronos les a alternées pour moi afin que nous remontions le temps et traversions aussi les passages temporels. Ici, maintenant, nous sommes dans le passage primaire, avant la chute de l'île et la division des passages.

— Pourquoi ? demanda Will. Si nous n'intervenons pas, Danu Talis sera engloutie et l'histoire se poursuivra normalement.

— Vous ignorez que les Aînés, sous la conduite d'Osiris et d'Isis, ont fomenté un plan qui changera la face du monde. Ils ont décidé que Danu Talis ne serait pas immergée.

Saint-Germain hocha la tête.

Mercredi 6 Juin

— J'agirais comme eux, à leur place. Je suppose qu'ils ont disposé de plusieurs millénaires pour perfectionner leur stratégie.

— Que se passera-t-il s'ils parviennent à leurs fins ? s'inquiéta Jeanne.

— C'est simple : le monde tel que vous le connaissez cessera d'exister, répéta Marethyu. La myriade de royaumes des Ombres également, des milliards de vies... des dizaines de milliards seront perdues. Vous tous ici présents avez le pouvoir de les en empêcher.

Assise sur la petite colline, les yeux tournés vers l'île, Jeanne d'Arc prit les mains de son mari dans les siennes et les serra fort. Il l'embrassa sur la joue.

— Considère cela comme une autre aventure, lui chuchota-t-il à l'oreille. Nous en avons tant vécu.

— Aucune de ce genre, murmura-t-elle en français.

Shakespeare s'approcha de Palamède.

— Je regrette de ne plus écrire. Quel récit cela ferait !

— C'est la fin de l'histoire qui m'inquiète, marmonna le Chevalier sarrasin. Moi qui rêvais d'une petite vie tranquille, je finis toujours par atterrir au milieu de guerres et de batailles.

— Quel âge a cette ville ? demanda Saint-Germain, les yeux plissés pour mieux voir le labyrinthe de rues et de voies d'eau. Elle me rappelle un peu Venise.

Marethyu haussa les épaules.

— Cette ville est plus jeune que l'île qui est plus jeune que la Terre. On raconte que les Grands Aînés l'ont bâtie en une seule journée en combinant les magies élémentaires. Le monde n'avait jamais vu une prouesse aussi spectaculaire.

– Possède-t-elle une bibliothèque ? s'enquit Shakespeare.

– Oui, Barde. L'une des plus remarquables au monde. La Grande Bibliothèque de Danu Talis occupe une immense pièce taillée dans les soubassements de cette pyramide. Le restant de tes jours ne suffirait pas pour explorer une étagère et on les compte en centaines de kilomètres. L'île est relativement moderne, mais la civilisation de Danu Talis est beaucoup, beaucoup plus ancienne. Les Grands Aînés régnaient avant les Aînés ; la liste de rois gravée dans les marches de la pyramide s'étend sur des centaines de milliers d'années. Et d'autres races précédèrent les Grands Aînés : les Archontes, les Anciens et, dans un passé très lointain, les Seigneurs de la Terre. Les civilisations se construisaient sur les ruines des autres.

Marethyu désigna avec son crochet l'immense pyramide à degrés.

– Voici la Pyramide du Soleil, le cœur de l'île, mais surtout de l'empire. La Bataille Finale se gagnera ou se perdra ici.

– Vous le savez parce que cela est déjà arrivé, commenta Scathach.

– Dans un couloir du temps, oui.

– Et que se passe-t-il dans les autres couloirs ?

– Il en existe tellement… mais nous sommes revenus au point précédant la scission de ces couloirs, où nos actes peuvent façonner l'avenir.

Mercredi 6 Juin

– Comment savez-vous que c'est vrai ? demanda Scatty.
– Parce que Abraham le Juif me l'a dit.
– Je crois que nous devrions aller voir cet Abra...

Le vampire ne termina pas sa phrase et fit volte-face, des flammes dans les yeux.

L'air paisible du matin s'emplit d'un léger bourdonnement, comme un essaim d'abeilles volant au loin.

– Baissez-vous, ordonna Marethyu qui s'étrangla et tituba quand une décharge électrique bleutée ondula sur son torse, jeta des étincelles et claqua sur son crochet.

Il s'écroula sur le sol. Une fumée pâle s'élevait de son corps, une lueur blanche courait sur les runes tracées sur sa main de fer.

Alors que Jeanne se précipitait à ses côtés, Saint-Germain lui prit le bras et la retint. Il secoua doucement la tête.

– Non. Attends.

Shakespeare et Palamède se séparèrent aussitôt. Le Barde se plaça derrière son ami, à sa gauche. En cas de bataille, Will protégerait ses arrières.

– Des vimanas ! grogna Scathach qui s'accroupit mais ne s'empara pas des épées assorties dans son dos. Ne bougez pas, ne touchez rien de métallique.

– Des quoi ? demanda Jeanne avant de regarder ce que pointait son amie.

L'air chaud trembla, se refroidit et soudain trois grandes toupies surgirent dans le ciel dégagé. Vibrantes et bourdonnantes, elles planèrent au-dessus de leurs têtes. Tous levèrent les yeux. Une carte de Danu Talis était gravée sous les disques en métal.

Le traître

– Des vimanas, expliqua Scathach. Des disques volants. Quelques-uns ont survécu à la Chute de Danu Talis et ont atteint le royaume des Ombres terrestre. Mon père en possédait un… jusqu'à ce qu'Aifé l'écrase. Elle m'a accusée à sa place, ajouta-t-elle, amère.

Le plus grand disque, qui mesurait près de quatre mètres de diamètre, descendit au ras du sol mais ne se posa pas. Il laissa une trace de givre dans l'herbe. Sous le dôme en cristal à son sommet, deux créatures noires à tête de chacal et aux yeux rouges les fixaient.

– Je déteste ces types, commenta Saint-Germain.

– Des anpous, chuchota Scathach. Les problèmes commencent…

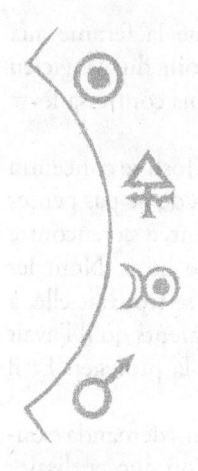

CHAPITRE DIX

— Tourne là !

Le Dr John Dee se pencha en avant et désigna une rue à droite.

— Prends Barbary Coast Trail jusqu'à l'Embarcadero. Ensuite suis les panneaux qui indiquent l'Oakland Bay Bridge.

Josh hocha la tête sans dire un mot. Il gardait les lèvres serrées et respirait par petites bouffées tellement l'haleine du Magicien empestait l'œuf pourri.

— Où allons-nous ? demanda Virginia Dare dans l'ombre.

— Loin d'ici, cracha Dee. Les rues ne vont pas tarder à grouiller de policiers et de pompiers.

Josh régla le rétroviseur pour mieux voir l'arrière du véhicule. Dee était assis quasiment derrière lui, sa silhouette

Le traître

à peine dessinée en jaune, pendant que la femme aux traits jeunes se tenait à droite, aussi loin du Magicien que possible. Elle tapotait sa flûte en bois contre sa lèvre inférieure.

Soucieux d'éviter les excès de vitesse, Josh se concentra sur la route et la lourde voiture. Il essaya de ne pas penser aux événements récents et, plus important, à sa rencontre avec Sophie. Elle s'était dressée contre lui... Non, les Flamel l'avaient dressée contre lui. Où se trouvait-elle, à présent ? Comment allait-il dire à ses parents qu'il l'avait perdue ? Il était censé s'occuper d'elle, la protéger. Et il avait échoué.

– Comment s'appelait ce comédien, demanda soudain Virginia Dare, qui faisait partie d'un duo et disait : « Tu nous as encore mis dans un joli pétrin » ?

– Stan Laurel, rétorqua Dee.

– Oliver Hardy, rectifia Josh dont le père était cinéphile.

Même s'il préférait l'humour anarchique des Marx Brothers, le jeune homme se souvenait de soirées de son enfance, assis sur les genoux de son père, le corps entier secoué par les éclats de rire tonitruants que provoquaient leurs bouffonneries.

– Oliver Hardy..., répéta Dare. Je l'ai rencontré à mon arrivée à Hollywood.

– Vous avez tourné des films ? s'enquit Josh en la regardant dans le rétroviseur – sa beauté lui permettait de parader devant les caméras.

Un sourire fugace dévoila les dents blanches de Virginia dans la pénombre.

Mercredi 6 Juin

— Au temps du muet, répondit-elle avant de se tourner vers le Magicien anglais. Encore un beau pétrin dans lequel tu m'as mise.

— Pas maintenant, soupira Dee.

— Ce n'était pas ton coup d'essai pour m'attirer des ennuis, John, mais cette fois-là a remporté la palme. Je savais que je n'aurais pas dû m'associer à toi.

— Il n'a pas été très difficile de te convaincre, lui rappela Dee.

— Tu m'as promis un monde...

Soudain, Dee lui toucha le bras et fixa Josh. Celui-ci ne remarqua même pas qu'elle avait interrompu sa phrase quand elle reprit :

— ... débarrassé de ses souffrances et de ses malheurs, finit-elle, une pointe de sarcasme dans la voix.

Josh quitta Bay Street pour l'Embarcadero.

— Tout n'est pas perdu, commenta Dee. Tant que nous avons ceci.

Il entrouvrit son manteau taché et déchiré pour en sortir un petit livre relié en cuir vert terni, de quinze centimètres par vingt-cinq environ et plus vieux que l'humanité. Lorsque le docteur effleura sa surface métallique et l'ouvrit, des particules jaunes dansèrent et se craquelèrent sous ses doigts. L'air devint aigre quand leurs trois auras – orange, sauge et soufre – se mélangèrent. Des étincelles volèrent sur toutes les surfaces en métal de la voiture. Les lumières intérieures clignotèrent, puis s'éteignirent ; l'écran du GPS afficha des serpentins multicolores. La radio se mit en marche et une douzaine de stations défilèrent avant de laisser la place à des

Le traître

grésillements. Tous les voyants rouges du tableau de bord s'allumèrent ; la lourde voiture eut un raté et cala.

— Fermez ce livre, cria Josh à l'avant. Il va détruire le système électronique de la voiture.

Dans un claquement, Dee le ferma et le fourra sous son manteau. Quand Josh tourna la clef de contact, le moteur toussa avant de redémarrer. Aussitôt, Josh écrasa l'accélérateur.

— Bien joué ! s'exclama Virginia Dare.

— Le Codex est la clef, continua Dee comme si de rien n'était. J'en suis persuadé. Je dois simplement comprendre la manière dont on s'en sert.

Il se pencha et tapa sur l'épaule de Josh.

— Si seulement les deux dernières pages n'avaient pas été arrachées !

Josh ne répondit pas. Se concentrer sur la route lui avait permis de voir plus clair. Sous son tee-shirt rouge des 49ers Faithful, il cachait dans un sac en tissu les deux pages qu'il avait arrachées du Codex. Bien que désormais il fasse confiance au Magicien – en tout cas, il se méfiait moins de lui que de Nicolas Flamel –, pour une raison qu'il ne comprenait pas vraiment, Josh hésitait à avouer son secret à Dee.

— Tout arrive, annonça Virginia. Je dis bien « tout ». Ces cucubuths que nous avons rencontrés à Londres ne sont rien en comparaison de ce qui se dirige vers cette ville.

Elle jeta un coup d'œil par la vitre arrière. Une immense colonne de fumée s'élevait dans le ciel au-dessus de San Francisco.

Mercredi 6 Juin

— Les autorités humani feront une enquête. D'abord, ta compagnie plonge Ojai dans le chaos et voilà que ton siège social brûle.

Au même moment, une grosse explosion ondula dans les airs, tel un roulement de tonnerre lointain.

— Et ce n'est pas un feu ordinaire. Ils découvriront à coup sûr que tu stockais des substances illégales dans le bâtiment.

— Quelques produits chimiques dont j'avais besoin pour mes expériences, expliqua Dee avec indifférence.

— Des produits dangereux, souligna Dare. Tu as également attaqué deux officiers de police. Les autorités vont s'intéresser à toi de très près, docteur Dee. Ce genre d'enquête peut-il te causer beaucoup de tort ?

Mal à l'aise, Dee haussa les épaules.

— S'ils creusent assez profond, ils trouveront quelque chose, c'est certain. Rien ne demeure vraiment secret à l'ère du numérique.

Virginia souffla doucement dans sa flûte. Un son discordant en sortit.

— Le SFPD contactera le FBI, qui se mettra en relation avec Scotland Yard à Londres. Et s'ils font le lien avec les récents dégâts à Paris, la police française interviendra. Ils te repéreront sans aucun problème sur leurs caméras de surveillance, et là, ils commenceront à se poser des questions. Ils voudront savoir comment tu as pu te rendre d'Ojai à Paris sans figurer sur aucun vol et revenir ensuite à San Francisco sans monter à bord d'un jet commercial ou privé.

— Tu pourrais cacher ta joie, marmonna Dee.

Le traître

— N'oublions pas les Aînés. J'imagine qu'en ce moment les Aînés, la Génération Suivante et toutes sortes de créatures se dirigent vers tes bureaux qui empestent ta magie. Ma main à couper qu'une récompense phénoménale a été offerte pour te capturer mort ou vif.

— Ils me veulent vivant, grommela Dee.

— Comment le sais-tu ?

— Machiavel me l'a dit.

— Machiavel ?! s'exclamèrent Virginia et Josh à l'unisson.

— Je croyais que vous vous détestiez, continua Dare, à moins que, par extraordinaire, tu aies changé d'avis ces quelques derniers siècles.

— L'Italien n'est pas mon ami, mais il n'est pas mon ennemi non plus. Lui aussi a déçu son maître. Au fait, vous saviez qu'il est à quelques kilomètres d'ici ? Il se trouve à Alcatraz en compagnie de Billy the Kid.

— Billy the Kid ? s'étonna Josh. Le hors-la-loi ?

— En personne, rétorqua Dee. L'immortel Billy the Kid.

— Que fabriquent-ils là-bas ?

— Ils cherchent la guerre, répondit l'Anglais avec un sourire.

— Comment ont-ils pu accéder à l'île ? Je la croyais fermée au public.

— Elle l'est. Ma compagnie, Enoch Enterprises, en est propriétaire. L'État nous l'a vendue contre la promesse d'en faire un écomusée.

Un peu plus loin, le feu tricolore passa au rouge et Josh ralentit.

Mercredi 6 Juin

— Vous leur avez menti, accusa Josh.
— Le Dr John Dee est incapable de dire la vérité, marmonna Virginia Dare.

L'immortel ignora sa remarque.

— Mes maîtres m'ont sommé de réunir une ménagerie de bêtes et de monstres dans un endroit sûr et à proximité de San Francisco. L'île prison était le lieu idéal, non ? Avec ses cellules déjà prêtes à les accueillir.

La femme se redressa.

— Quelle sorte de monstres ? Le genre habituel, ou as-tu déniché des créatures plus intéressantes ?
— Les pires. Celles des cauchemars, les plus sauvages, les abominations.
— Pourquoi ?
— Quand l'heure sera venue, ils les lâcheront sur la ville.
— Pourquoi ? insista-t-elle.
— Les créatures sèmeront la panique chez les humani et permettront aux Aînés de reprendre ce royaume des Ombres. Elles ravageront la cité et même l'armée la plus moderne. Sa puissance de feu ne pourra pas les arrêter. Quand San Francisco ne sera quasiment plus qu'un tas de ruines, les Aînés apparaîtront et les vaincront. Ils deviendront les sauveurs des humani qui les vénéreront à nouveau comme des dieux.
— Mais dans quel but ? s'enquit Josh.
— Réparer la Terre.
— Ça, je le sais. Pourquoi ne se contentent-ils pas de revenir ? Ils ne sont pas obligés de détruire la ville.
— Ce ne sera pas la ville entière...

Le traître

— Ne me prenez pas pour un imbécile !
— Les Aînés tueront les monstres et remettront la cité en état. Cette démonstration spectaculaire de leurs pouvoirs se passera sous les yeux des médias. Souviens-toi, Josh, les capacités des Aînés ne sont pas loin d'être miraculeuses. Effectivement, ils pourraient parler aux gens de ces pouvoirs, leur montrer ce dont ils sont capables... Toutefois, une image vaut un millier de mots.

— Je suis d'accord, affirma Dare. Et quand leur libération est-elle prévue ?

— Pour Litha.

— Mais c'est dans deux semaines ! Que font Machiavel et le Kid sur l'île en attendant ?

— Le plan a dû changer, répliqua Dee.

— Machiavel ne compte pas lancer les monstres sur la ville ? s'inquiéta Josh.

Dee n'aurait aucun scrupule à le faire, cependant il pensait que Machiavel avait un peu plus d'humanité.

— Qui sait comment agira l'Italien ! Cet homme ourdit des plans qui mettent des décennies à mûrir. La dernière fois que nous nous sommes parlé, il était soi-disant pris au piège sur l'île...

— Une seconde, l'interrompit Josh. Si Enoch Enterprises possède Alcatraz...

— ... et que la police fouille Enoch Enterprises, continua Virginia, ils visiteront l'île dès qu'ils obtiendront un mandat.

— Cela se terminera mal pour eux, affirma Dee.

Virginia éclata de rire.

— Mon cher Dee, on dirait que tu n'as nulle part où

Mercredi 6 Juin

te cacher à San Francisco. Dès que le FBI entrera en scène, ton nom et ton visage seront connus à travers toute l'Amérique. Où iras-tu ? Que feras-tu ?

— Je survivrai, répondit l'immortel. Comme toujours.

Josh quittait Green Street quand il remarqua un jeune homme avec un sac à dos apparemment lourd debout sous l'arche du quai 15. Son allure gauche et peu naturelle l'intrigua. Josh plissa les yeux et vit aussitôt les volutes d'aura verdâtre qui s'échappaient de la silhouette. Le visage blafard pivota dans leur direction ; l'homme porta un téléphone à son oreille.

— On est repérés, annonça le jumeau.

Le docteur s'approcha de la vitre teintée.

— Un père Fouettard.

Virginia se pencha pour mieux voir.

— Non, c'est un croque-mitaine, et oui, nous avons été repérés. Ce sont des êtres inoffensifs qui servent de guetteurs à des créatures bien plus dangereuses.

Josh en aperçut trois autres sous l'arche du quai 9. Il s'attendait à... Il ne savait pas trop à quoi il s'attendait ; en tout cas pas à des adolescents normaux en jean, tee-shirt, baskets éraflées, avec d'énormes sacs à dos fatigués sur les épaules.

— Vus, marmonna Dee.

Les visages pâles suivirent la voiture quand elle passa devant eux. Comme un seul homme, ils dégainèrent leur portable. L'un d'eux posa son skate sur le trottoir et fila la voiture.

— Je vous parie qu'ils nous préparent un piège, déclara Virginia.

73

Le traître

Au feu vert, Josh accéléra au maximum. Ils croisèrent un autre groupe d'ados juste après Broadway, devant le quai 5, ainsi qu'à l'extérieur du port de San Francisco, devant le quai 1. Trois garçons vêtus de la même manière sautèrent sur des vélos trafiqués, pédalèrent comme des fous sur la route en zigzaguant entre les voitures et les suivirent.

– Je n'en ai jamais vu autant au même endroit. Ces espions coûtent cher. Je me demande à qui ils font leur rapport.

Un des cyclistes rattrapa la voiture et roula à la même allure. Il ressemblait à un coursier comme un autre avec son tee-shirt fluo, son casque, ses lunettes noires – à l'exception du sac sur son dos. Josh ajusta son rétroviseur extérieur pour mieux l'observer.

– Que transporte-t-il dans son sac ? demanda-t-il.

Dee lâcha un rire amer.

– Tu veux vraiment le savoir ?

John Dee s'enfonça dans son siège tandis que le cycliste essayait de le prendre en photo avec son portable. Josh, lui, serrait fort le volant de peur de percuter le cycliste louvoyant et de l'envoyer valser sur le trottoir.

– Ils ne se cachent même pas ! commenta Dare. Ils sont sûrs de te capturer.

Elle apposa sa flûte sur ses lèvres et l'air vibra quand elle émit un son presque trop aigu pour l'oreille humaine.

Les deux pneus de la bicyclette explosèrent et le cycliste vola par-dessus le guidon. Le vélo zigzagua avant de s'écraser contre un des palmiers plantés le long de

Mercredi 6 Juin

l'allée centrale avec une telle force qu'il ne resta qu'un amas de ferraille.

Virginia Dare s'adossa au siège en cuir et rit aux éclats.

— Les rôles sont inversés, chasseur. Te voilà traqué sans coin où te cacher dans ce royaume ou un autre. Que comptes-tu faire maintenant ?

Le Dr John Dee demeura silencieux un long moment puis éclata d'un grand rire grinçant qui lui secoua tout le corps et le laissa hors d'haleine.

— À ton avis ? Redevenir le chasseur !

— Et qui sera ta proie, docteur Dee ?

— Les Aînés.

— Je te rappelle que tu as déjà essayé avec Coatlicue et que tu as échoué.

Une horrible odeur de soufre envahit l'habitacle.

— Savez-vous quel est l'animal le plus dangereux de tous ? leur demanda-t-il soudain.

Surpris par cette étrange question, Josh haussa les épaules et tenta sa chance :

— L'ours blanc ? Le carcajou ?

— Le rhinocéros ? proposa Virginia.

— N'importe quel animal piégé, répondit l'Anglais. Celui qui n'a plus rien à perdre.

— J'ai dans l'idée que je ne vais pas aimer la suite, soupira Virginia.

— Oh, bien au contraire ! Virginia, je t'ai promis un monde... Je vais te proposer mieux encore. Reste à mes côtés, combats avec moi, prête-moi tes pouvoirs et je t'offre n'importe quel royaume des Ombres qui existe. Lequel désires-tu le plus ?

Le traître

— Je crois que tu me l'as déjà offert.
— Réfléchis, Virginia. Deux, trois, plusieurs mondes… Tu auras ton propre empire. C'est ce que tu as toujours voulu, non ?

Dare croisa le regard de Josh dans le rétroviseur.

— Le stress l'a rendu fou, lui confia-t-elle.
— Et toi, Josh. Range-toi dans mon camp, transmets-moi le pouvoir de ton aura d'or et je te donnerai cette Terre, ce royaume des Ombres pour que tu le gouvernes. Tu en feras ce que tu voudras. Toi, oui, toi, Josh Newman, tu deviendras le sauveur de cette Terre.

Josh trouva l'idée tellement extravagante qu'elle lui coupa presque le souffle. Et pourtant… une semaine plus tôt, il l'aurait qualifiée de ridicule alors qu'aujourd'hui… Les pages du Codex se mirent à chauffer sur sa peau et, soudain, l'idée ne lui parut pas invraisemblable. Régner sur le monde. Il ricana.

— Mlle Dare a raison : vous êtes fou.
— Je suis sain d'esprit, jeune homme. Pour la première fois de ma longue vie, je commence à voir les choses clairement, très clairement. J'ai joué les valets trop longtemps, j'ai servi une reine et son pays, des Aînés et des maîtres de la Génération Suivante. J'ai exécuté les ordres d'hommes et d'immortels. Il est temps que je devienne le patron.

Les yeux rivés sur la route, Josh gardait le silence. Il passa devant le Ferry Building. L'horloge indiquait onze heures trente.

— Qu'allez-vous faire ? demanda-t-il, un peu nauséeux.

Mercredi 6 Juin

Tandis qu'il posait la question, les pages chaudes du Codex palpitèrent à nouveau contre sa peau, tel un cœur.

— Je vais me servir du pouvoir du Codex pour détruire les Aînés.

— Les détruire ? répéta Josh, sur le point de vomir. À vous entendre, nous avions besoin d'eux.

— Nous avons besoin de leurs pouvoirs pour réparer et restaurer ce monde. Si nous les possédions, nous agirions comme eux. Les Aînés nous sont inutiles. On nous considérerait comme des dieux, tu ne crois pas ?

— Tu parles de détruire les Aînés, insista Virginia en fixant Dee.

— Oui.

— Tous ? demanda-t-elle, incrédule.

— Tous.

La femme rit à gorge déployée.

— Et comment as-tu l'intention d'y parvenir, docteur ? Ils sont éparpillés dans un millier de royaumes des Ombres.

L'aura de Dee se propagea autour de lui comme des moisissures jaunes.

— Maintenant oui, mais à une époque, ils vivaient tous au même endroit et ils n'étaient pas aussi puissants qu'aujourd'hui.

Dare secoua la tête.

— Je ne comprends pas. Où ? Quand ?

La réponse jaillit dans l'esprit de Josh.

— Il y a dix mille ans. Sur Danu Talis.

CHAPITRE ONZE

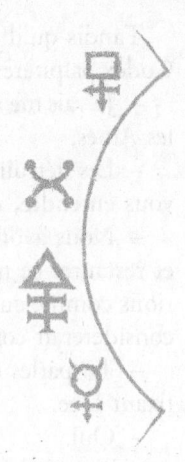

L'Aîné borgne traversait un monde de métal. Il savait que ce royaume des Ombres était habité, mais par qui ?

Du sable noir tourbillonnait et formait des motifs ésotériques sous ses pieds. D'immenses et étranges rochers s'ébranlaient et s'approchaient de lui au fur et à mesure qu'il avançait. Des bulles de mercure s'élevaient à la surface de lacs argentés et brillants. Quand elles éclataient, de minuscules gouttes bondissaient vers la silhouette solitaire. Il n'y avait pas de ciel, mis à part ce toit métallique au loin couvert de lumières multicolores. La source d'énergie en son centre s'était éteinte depuis longtemps.

Odin ignorait l'identité du créateur de ce royaume en métal qui devait être prospère et important autrefois. L'effort qu'il avait fallu pour le créer était inimaginable,

Mercredi 6 Juin

au-delà de ses pouvoirs limités. Or, il ne possédait pas de nom.

L'Aîné atteignit le sommet d'un petit mont de silice noire et luisante puis se retourna pour examiner le paysage. Des dunes de sable sombres et onduleuses ponctuées par des blocs de métal disparaissaient à l'horizon. Il n'y avait pas un souffle d'air et pourtant son long manteau gris et noir à capuche remuait dans son dos. Plusieurs millénaires auparavant, un de ses domestiques humains avait tué un dragon archonique hideux ; il avait cousu un manteau avec sa peau et le lui avait offert. Sa couleur naturelle était bleue mais elle changeait selon l'environnement et, en cas de danger, les écailles se rigidifiaient.

Là, le manteau aussi dur que le fer pesait lourd sur ses épaules.

– Qui va là ? cria Odin.

Le paysage lui renvoya sa voix qui rebondit sur le plafond et les bords irréguliers des pierres en métal. Les doigts noueux de sa main gauche se serrèrent autour du bâton qu'il portait – un vestige d'Yggdrasill qui avait grandi au cœur de Danu Talis.

Odin approcha le bâton de son œil gauche. Le droit était couvert d'un bout de cuir délavé. Il l'avait sacrifié des siècles plus tôt à l'Archonte Mimir en échange du savoir eldritch et il n'avait jamais regretté sa transaction. Un morceau d'ambre rouge sang était enchâssé au sommet de son bâton à l'aide de délicats fils d'argent entrelacés. Avaient été piégées dans l'ambre des créatures déjà éteintes avant l'avènement des Seigneurs de la Terre, minuscules et fragiles êtres de cristal et d'os, de céramique et de chitine.

Odin regarda à travers l'ambre et insuffla un soupçon de son aura dans le bâton d'Yggdrasill. Une volute de fumée grise s'échappa du bois et l'air métallique aux senteurs de pétrole s'imprégna d'une odeur astringente d'ozone.

Le monde se modifia, les couleurs dégoulinèrent et, pendant un bref instant, Odin vit ce royaume dans sa splendeur passée : une métropole florissante, qui alliait le verre et l'acier. Le matériau, sensible, façonnait le paysage, créait une architecture d'une extraordinaire beauté. L'unique œil de l'Aîné cligna et l'image se décolora pour faire place au monde présent... et à la créature qui le filait.

Elle marchait à quatre pattes. Petite et trapue, elle ressemblait à une femme. De longs cheveux noirs et gras retombaient en tresses épaisses de chaque côté de sa tête ; la chair de son visage et ses bras nus paraissaient malades avec leurs mouchetures noires et blanches. Elle leva le nez et huma l'air tel un animal.

– Je te vois, lança Odin.

La créature se leva, s'épousseta et s'avança vers l'Aîné en titubant, les membres raides. Sa beauté d'autrefois avait fané et laissé place à des traits canins. D'ailleurs, deux crocs épais saillaient sous sa lèvre supérieure. De ses yeux enfoncés dans leurs orbites s'échappait un liquide noir et malodorant qui coulait sans arrêt sur ses joues. De temps à autre, sa langue trop longue jaillissait pour lécher le pus. Odin l'avait toujours vue dans les mêmes

Mercredi 6 Juin

vêtements : une tunique en cuir gris, un pantalon en cuir assorti, de grandes bottes à semelles compensées.

Odin remarqua que le sable dessinait des spirales et des cercles réguliers autour de lui tandis que le sol était zébré d'éclairs et de zigzags aux pieds de la créature. Le sable s'écoulait vers lui mais s'éloignait d'elle.

– Que veux-tu ? lui demanda-t-il.

La bouche de la créature remua, mais il lui fallut un moment pour former des mots, comme si elle avait perdu l'habitude de parler.

– Ce que tu veux, marmonna-t-elle.

Elle fit un pas en avant et manqua tomber sur le sable noir et mouvant.

– Non, répondit Odin.

La créature tenta d'escalader la butte de sable, mais ses genoux refusèrent de se plier et elle bascula en avant. Le sort terrible qui lui avait volé sa beauté lui avait également dérobé la chair et les muscles de ses jambes. À présent, elle n'avait plus que la peau sur les os. Fragilisés, ils supportaient difficilement son poids. À quatre pattes, souffrant le martyre, elle grimpa doucement la colline jusqu'à l'Aîné.

– Je veux ce que tu veux, insista-t-elle. Justice pour les morts de mon monde. Vengeance pour les défunts.

– Non, répéta Odin.

La créature s'allongea sur le sable et leva la tête vers lui.

– Il a détruit nos royaumes des Ombres. Il a essayé de libérer Coatlicue, haleta-t-elle. D'autres le traquent. Quand ils ont déclaré Dee *utlaga*, Isis et Osiris ont offert une grosse récompense pour sa capture. Des royaumes. L'immortalité. Une fortune et un savoir incommensurables à la personne qui le capturera vivant.

La créature tenta de se lever, mais ses jambes la trahirent et elle retomba.

— Or, toi et moi, nous ne voulons pas qu'il passe en jugement. Notre différend avec cet humani immortel ne regarde que nous. Il a tué ceux que nous aimions… Nous devons nous venger.

Par pitié, Odin tendit son bâton vers la créature. Ses ongles noirs et cassés s'enroulèrent autour du bois antique. Son aura rouge sang flamboya aussitôt et Odin entraperçut une femme grande, élégante et très, très belle. Elle avait les yeux couleur du ciel au petit matin, des cheveux rappelant les nuages pendant l'orage. Puis l'image s'estompa et réapparut la créature chétive et marbrée. Odin l'aida à se lever et la posa à côté de lui. Malgré ses semelles rehaussées, elle lui arrivait à peine à la poitrine.

— Isis et Osiris sont venus me voir, tous les deux. Ils me rendraient ma beauté si je les conduisais à lui.

— Pourquoi toi ?

— Ils savent que j'ai envoyé les *Torbalan* – les croquemitaines – à sa recherche.

— Que leur as-tu dit précisément ?

— Que je ne savais pas vraiment où il se trouvait.

— Un mensonge ?

— Une partie de la vérité. Je ne voulais pas qu'ils le capturent les premiers.

— Parce qu'ils le jugeraient.

Mercredi 6 Juin

— Exact. Quand il sera entre leurs mains, je ne pourrai plus m'occuper de son sort.
— La vengeance nous motive donc tous les deux.
— Je préfère le mot « justice ».
— Justice. Quel son étrange dans ta bouche !
Odin souleva le menton de la créature.
— Comment vas-tu, Hel ?
— Je suis en colère, Oncle. Et toi ?
— Moi aussi.
— Je peux t'aider.
— Comment ? s'enquit Odin.
La créature sortit un téléphone portable d'un étui à sa ceinture et le tourna vers l'Aîné. L'écran affichait l'image d'une voiture noire. On distinguait le visage du Dr John Dee vaguement derrière la vitre teintée.
— Je sais où se trouve le Dr Dee en ce moment. Je peux t'y emmener.

CHAPITRE DOUZE

— Surtout, ne dites rien qui puisse contrarier ma tante, demanda Sophie tandis qu'ils s'approchaient du coin de Sacramento Street à Pacific Heights et de la maison de Tante Agnès.

— Je ne dirai rien.

— Si je pouvais me faufiler à l'intérieur et me changer sans la voir, ce serait super. En général, elle regarde la télévision dans la pièce de devant ou elle observe les passants.

Leur marche rapide depuis la Coit Tower lui avait coupé le souffle et rosi les joues.

— Il faudra que je vous présente. Si elle se souvient de vous avoir rencontré hier, je dirai que vous êtes un ami.

— Merci, murmura Niten, impassible.

Mercredi 6 Juin

— Pendant que vous discuterez, je monterai me changer. Je vous prendrai des vêtements dans l'armoire de Josh, même s'ils seront un peu trop grands.

— Ce serait parfait.

Il approcha la manche de son costume noir abîmé de son nez et renifla prudemment.

— Je pue la fumée et la vieille magie. Toi aussi, Sophie. Une douche ne te ferait pas de mal.

Sophie devint rouge écarlate.

— Je sens mauvais ?

— J'ai peur que oui.

Il ferma les yeux, inclina la tête en arrière et huma l'air ambiant.

— Ce n'est pas la seule odeur qui flotte. Que sens-tu, Sophie ?

La jeune fille prit une profonde inspiration.

— La fumée qui imprègne mes habits, le sel dans l'atmosphère, les gaz d'échappement… Il y a autre chose.

Elle inspira longuement, scruta les jardins qui entouraient les maisons voisines.

— La rose.

— Erreur.

— Je connais ce parfum. Quel est-il ?

— Le jasmin.

— Oui, c'est ça ! Mais pourquoi cela sent-il autant le jasmin ?

— C'est l'odeur du pouvoir ancestral. Tsagaglalal s'est réveillée.

Sophie frissonna malgré elle. Les bras croisés contre son corps, elle se tourna vers Niten.

Le traître

– Qui est-elle ? Qu'est-elle ? Chaque fois que j'essaie d'accéder aux souvenirs de la Sorcière, rien ne vient, pas même des fragments.

– Tsagaglalal est un mystère, admit Niten. Elle n'est ni Aînée, ni de la Génération suivante, ni immortelle, ni entièrement humaine. D'après Aifé, Tsagaglalal est omnisciente. Elle vit dans ce royaume des Ombres depuis le début ; elle observe, elle attend.

– Mais qui ? Quoi ?

Sophie tenta à nouveau d'avoir accès aux souvenirs de la Sorcière d'Endor. En vain.

Niten haussa les épaules.

– Impossible à dire. Ces créatures ne réfléchissent pas comme les hommes. Tsagaglalal et ses semblables sont sur cette Terre depuis des millénaires. Ils ont vu des générations entières prospérer puis décliner. Pourquoi s'intéresseraient-ils à de pauvres humani ? Nous autres ne sommes rien pour eux.

Ils tournèrent en silence sur Scott Street. Sophie fronça le nez. L'odeur de jasmin devenait de plus en plus forte.

– L'immortalité change la manière de penser des gens, affirma soudain Niten.

Sophie s'aperçut à cet instant qu'il relançait rarement la conversation.

– Ce qu'ils pensent d'eux, mais aussi du monde autour d'eux. J'ai vécu des centaines d'années, j'ai observé l'effet que le temps a sur moi... et je me demande souvent comment il agit sur ceux qui comptent un millier, deux milliers, dix milliers d'années.

– Mon frère et moi avons rencontré le roi Gilgamesh

Mercredi 6 Juin

à Londres. Nicolas prétend qu'il est le plus vieil humani de la planète.

L'émotion la submergea soudain quand elle repensa au roi. Elle n'avait jamais eu autant pitié de quelqu'un au cours de son existence.

Niten lui lança un regard oblique – rare extériorisation de sa part.

– Vous avez rencontré l'Ancien des Jours ? C'est un honneur rarissime. Nous avons combattu ensemble autrefois. Quel guerrier extraordinaire…

– Il était seul et perdu, déclara Sophie, les larmes aux yeux.

– Oui. À l'époque aussi.

– Niten, est-ce que vous regrettez d'être immortel ?

Le guerrier japonais se ferma comme une huître et détourna le regard.

– Désolée, enchaîna Sophie. Je ne voulais pas me montrer indiscrète.

– Inutile de t'excuser. Je réfléchissais à ta question. En vérité, j'y pense tous les jours, avoua-t-il avec un sourire triste. Je regrette ce dont l'immortalité m'a privé : fonder une famille, avoir des amis, un pays. Elle a fait de moi un solitaire, un paria, un vagabond… même si je l'étais déjà avant de devenir immortel ! En même temps, cette longévité m'a permis de voir des merveilles, ajouta-t-il, et, pour la première fois, l'Escrimeur s'enthousiasma. J'ai assisté à des prodiges, mais j'ai aussi beaucoup souffert. Une vie humaine n'est pas assez longue pour connaître une fraction de ce que le monde a à offrir. J'ai visité les moindres recoins de tous les

Le traître

continents de cette planète et exploré des royaumes des Ombres à la fois sources d'inspiration et terrifiants. J'ai tant appris de ces expériences. L'immortalité est un don qui dépasse l'imagination. Si on te l'offre, prends-le. Les avantages l'emportent sur les inconvénients.

Il s'interrompit soudain. Sophie ne l'avait jamais entendu parler aussi longtemps.

— Scathach considère l'immortalité comme une malédiction.

— Tout dépend de ce que tu en fais. Une malédiction, une bénédiction… oui, un peu des deux. Quand on a du courage et de la curiosité, il n'existe pas plus beau cadeau au monde.

— Je m'en souviendrai si on me l'offre un jour.

— Ne l'accepte pas de n'importe qui !

Sophie inspira une grande bouffée quand elle aperçut la maison blanche de sa tante au coin de la rue. Qu'allait-elle dire à Tante Agnès ? D'abord, elle avait disparu. Maintenant elle revenait sans son frère. Agnès, quoique vieille, n'était pas sénile : elle savait que les jumeaux ne se quittaient jamais. Sophie devrait se montrer prudente car tout ce qu'elle raconterait à Tante Agnès serait répété à ses parents. Comment expliquer le choix de Josh ? Elle-même ignorait où il se trouvait. Lors de leur dernière rencontre, elle n'avait pas reconnu le frère avec lequel elle avait grandi. Il ressemblait à Josh, mais ses yeux, qui avaient toujours été le miroir des siens, étaient ceux d'un étranger.

Elle ravala ses larmes. Elle le retrouverait. Coûte que coûte.

Mercredi 6 Juin

Les voilages blancs remuèrent quand elle approcha des marches. Sa tante la regardait. Elle jeta un coup d'œil à Niten qui hocha la tête. Lui aussi avait perçu le mouvement.

– Quoi que tu dises, reste simple, lui conseilla-t-il.

La porte s'ouvrit sur la silhouette frêle et osseuse de Tante Agnès. Les genoux cagneux, les doigts perclus d'arthrose, elle avait le visage anguleux, le menton pointu, les pommettes saillantes et les yeux enfoncés dans leurs orbites. Ses cheveux gris acier étaient maintenus par un chignon serré sur la nuque qui lui tendait également les traits.

– Sophie ! s'exclama la femme sur un ton très doux.

Elle s'inclina et plissa les yeux.

– Où est ton frère ?

– Il arrive, ma tante, mentit Sophie tout en gravissant les marches.

Arrivée à la porte d'entrée, elle se pencha et déposa un baiser sur la joue de Tante Agnès.

– Comment vas-tu ?

– J'attendais votre retour, répondit la vieille dame, l'air fatigué.

Rien de tel pour culpabiliser Sophie. Même si leur tante les rendait dingues, les jumeaux savaient qu'elle avait bon cœur.

– J'aimerais te présenter un de mes amis, enchaîna Sophie. Voici…

– … Miyamoto Musashi, continua Tante Agnès.

Un changement subtil altéra sa voix, la rendit plus grave, plus puissante, plus autoritaire.

Le traître

— Cela faisait longtemps, Escrimeur.

Alors que Sophie se trouvait déjà dans le vestibule sombre, les étranges paroles de sa tante la stoppèrent net. Elle pivota sur ses talons. Tante Agnès parlait japonais ! Et elle connaissait le vrai nom de Niten, bien que Sophie ne l'eût pas encore présenté ! La jeune fille cligna des yeux : une légère fumée blanche enveloppait la vieille femme. Soudain, l'odeur de jasmin satura l'entrée.

Jasmin...

Les souvenirs affluèrent.

Des souvenirs sombres et dangereux : du feu, un déluge, un ciel couleur de suie, une mer encombrée de débris.

— Et la redoutable Aifé des Ombres ? continua Agnès en anglais.

Une tour en cristal, cinglée par une mer en ébullition. De longues fissures en zigzag courant sur la tour qui se réparait toute seule. Des éclairs s'enroulaient en spirale autour d'elle. Une femme grimpant à toute allure un escalier qui n'en finissait pas.

Le monde de Sophie tournoya. Quand elle tendit le bras pour se rattraper au mur, son aura d'argent scintillait sur sa peau.

Jasmin...

Une femme agenouillée devant une statue en or, serrant un petit livre à la reliure métallique, pendant que, derrière elle, son monde en proie aux flammes volait en éclats de verre.

Niten s'inclina avec révérence devant Agnès.

— Partie dans un royaume des Ombres avec l'Archonte Coatlicue, maîtresse.

Mercredi 6 Juin

— Je plains l'Archonte.

Soudain, Sophie se rappela pourquoi l'odeur de jasmin lui était si familière. C'était le parfum préféré de Tante Agnès ! Et celui de Tsagaglalal, Celle qui Observe.

Brusquement, le monde se mit à tourbillonner et devint noir.

CHAPITRE TREIZE

𝓢ur les côtes nord-est et sauvages de Danu Talis, une flèche de verre torsadée d'une hauteur impossible, d'une finesse incroyable se dressait hors de l'eau, face à l'antique cité de Murias. Alors que la ville était ancienne, la flèche la précédait de plusieurs millénaires. Quand les Grands Aînés avaient créé l'île de Danu Talis en l'élevant du lit de la mer grâce à un extraordinaire acte de création élémentaire, la flèche de verre et les vestiges de la cité des Seigneurs de la Terre avaient également été arrachés du fond de l'océan. Une grande partie de la vieille ville avait été fusionnée à d'énormes globes de verre fondu transpercés par des fils d'or massif – preuve des terribles combats menés par les Seigneurs de la Terre contre les Archontes et les Grands Aînés, au Temps avant le Temps.

Mercredi 6 Juin

La flèche de cristal parfaite et rutilante ne paraissait pas avoir été affectée par l'incroyable chaleur qui avait liquéfié les bâtiments voisins. Elle occupait un aiguillon rocheux qui se transformait en île à marée haute. La tour en cristal blanc intact changeait de couleur selon le temps ainsi que le flux et le reflux : de gris froid à bleu glacé, d'albâtre à vert arctique. Quand les flots montants fouettaient les murs lisses, l'eau salée sifflait et bouillonnait, si bien que la tour était perpétuellement enveloppée de vapeur, même si les pierres demeuraient fraîches. La nuit, la flèche émettait une lueur blafarde et phosphorescente, vibrait à un rythme lent et régulier comme un grand cœur, et envoyait des zébrures rouges et violettes en direction de sa cime. Les mois d'hiver, quand les orages de grêle descendaient du Grand Glacier au Sommet du Monde et recouvraient la cité de Murias d'une épaisse neige polaire, la tour était épargnée.

Les Aînés et les Grands Aînés qui habitaient Murias regardaient la tour avec un mélange de respect et d'effroi. Habitués aux prodiges, ils maîtrisaient la magie élémentaire et leurs pouvoirs semblaient illimités. Ils savaient qu'ils habitaient un monde ancien, que les vestiges d'un passé primitif rôdaient dans l'ombre. Des générations entières avaient combattu et vaincu les Archontes ; elles avaient même balayé le dernier Seigneur de la Terre si hideux. Leur pouvoir – un mélange de science nourrie d'énergie aurique – rendait les Aînés quasiment invulnérables. Malgré cela, ils craignaient l'occupant solitaire de la tour. La légende avait surnommé l'île Tor Ri. Dans la

Le traître

langue ancienne de Danu Talis, cela signifiait « la Tour du Roi », mais aucun roi ne vivait là.

La flèche en cristal hébergeait Abraham le Juif.

Le grand guerrier aux cheveux roux vêtu d'une armure pourpre franchit en titubant l'étroite porte et se pencha en avant, les mains sur les cuisses. Il respirait avec difficulté.

– Abraham, cet escalier me tuera. Les marches ne s'arrêtent jamais, je n'en peux plus. Un de ces jours, je prendrai le temps de les compter.

– Deux cent quarante-huit, annonça l'homme de haute taille et aux traits anguleux qui l'attendait au milieu de la pièce.

Il se concentrait sur un globe bleu et blanc qui tournait en l'air devant lui.

– Pas plus ? J'ai l'impression de monter pendant des heures chaque fois.

Quand Abraham tourna la tête vers la droite, une lueur bleue et morbide teinta sa peau couleur de craie.

– Tu as traversé au moins douze royaumes des Ombres avant d'arriver ici, Prométhée, mon vieil ami. Pourquoi t'ai-je conseillé de ne jamais traîner en route, hein ? ajouta-t-il avec un sourire en coin.

Abraham le Juif fit alors face au guerrier.

– Tu as des nouvelles pour moi ?

Prométhée bomba le torse. Sa discipline de guerrier exigeait qu'il affiche un visage impassible devant Abraham. Avant qu'il ne prenne la parole, le globe bleu vint

Mercredi 6 Juin

se placer pile devant lui et demeura suspendu dans les airs entre les deux hommes.

– Que vois-tu, mon vieil ami ?

Prométhée plissa les yeux et scruta la boule.

– Le monde… Mais que se passe-t-il ? Il y a trop d'eau.

Le globe pivota et, soudain, tandis qu'il reconnaissait la forme de certains continents, il comprit :

– Danu Talis a disparu.

Abraham leva une main gantée de métal et enfonça l'index dans la sphère qui éclata telle une bulle de savon.

– Oui, Danu Talis n'est plus. Voici le monde tel qu'il pourrait être, et non tel qu'il sera.

– Quand ? s'enquit Prométhée.

– Bientôt.

Le guerrier regarda Abraham droit dans les yeux. Bien avant leur première rencontre, l'Aîné avait entendu des légendes sur le mystérieux professeur errant, un personnage qui, paraissait-il, n'était ni Aîné, ni Archonte, mais plus âgé que ceux-ci et même plus âgé que les Seigneurs de la Terre. Il viendrait du Temps avant le Temps, mais Abraham ne mentionnait jamais son âge. D'après Zéphanie, la sœur de Prométhée, l'histoire de toutes les races évoquait un professeur, un prophète éclairé qui avait apporté la connaissance et la sagesse aux autochtones dans un passé lointain. Les descriptions étaient très rares… mais les récits, eux, dépeignaient le sosie d'Abraham le Juif.

Avec ses cheveux blonds, ses yeux gris et sa peau blême, on aurait pu croire qu'il venait des lointains pays

Le traître

du Nord. Seulement, il était bien plus grand que le Peuple Nordique, il avait les traits plus fins, des pommettes hautes et proéminentes, des yeux légèrement en amande et surtout un sixième doigt à chaque main.

Ces dernières décennies, Abraham commençait à subir les effets de la Mutation.

Prométhée savait que cela arrivait à tous les Grands Aînés – peut-être Abraham en était-il un ? Comme très peu d'entre eux avaient survécu et qu'aucun n'apparaissait jamais en public, nul ne connaissait la vérité. Zéphanie lui avait expliqué qu'une espèce de maladie, d'évolution, de régénération peut-être, modifiait leur ADN lorsqu'ils atteignaient un âge très, très avancé.

Les Grands Aînés mutaient et chaque Mutation était différente.

Certains se transformaient en monstres : il leur poussait de la fourrure et des crocs. D'autres se métamorphosaient en créatures hybrides : leur corps se parait d'ailes ou de nageoires. Les uns rapetissaient, les autres grandissaient de manière démesurée. Beaucoup devenaient fous.

Abraham se changeait peu à peu en une magnifique statue. Son aura d'or ne luisait plus sur sa peau, elle s'installait sur sa chair, l'enveloppait, la métallisait. Un masque en or lui couvrait le côté gauche du visage, du front au menton, du nez à l'oreille. Seul l'œil était épargné, même si le blanc virait au safran pâle et que des filaments d'or serpentaient dans son iris gris. Il avait la moitié des dents en or et la main gauche enserrée dans un gant doré – sa chair, en fait.

Mercredi 6 Juin

Prométhée s'aperçut soudain qu'Abraham le fixait. Un sourire passa sur ses lèvres fines.

— Tu m'as vu hier. Je n'ai pas changé.

L'Aîné hocha la tête, tandis que ses joues prenaient la même couleur que ses cheveux de feu.

La transformation était à la fois horrible et superbe. Bien qu'Abraham n'en parlât jamais, Prométhée et lui savaient que cela se terminerait d'une seule et unique manière : à cause de la Mutation, il deviendrait une statue vivante, incapable de parler et de bouger, alors que son esprit demeurerait alerte et curieux. Le guerrier ne lui avait jamais posé la question, mais Abraham devait savoir combien de temps il lui restait.

— Dis-moi les nouvelles.

— Elles ne sont pas bonnes, répondit l'Aîné, qui perçut alors la douleur d'Abraham sur la partie charnue de son visage. Les étrangers sont arrivés — comme tu l'avais prévu — sur les collines au sud de la ville. Mais les anpous les attendaient. Ils ont été capturés et emmenés dans les vimanas. Je n'ai aucune idée de l'endroit où ils se trouvent à présent. À mon avis, ils sont enfermés dans les cachots souterrains de la cour impériale.

— Alors ils ne nous aideront pas et nous sommes condamnés.

Abraham lui tourna le dos et leva les deux mains pour faire apparaître le globe bleu-vert. Des nuages blancs tournoyaient autour de la sphère, flottaient au-dessus des masses terrestres vertes et marron. Au centre du globe se trouvait Danu Talis.

— Et maintenant ? l'interrogea Prométhée.

Le traître

Abraham posa ses mains de métal et de chair autour du monde flottant et serra. Des grains bleus, blancs, verts et marron coulèrent comme du sable entre ses doigts. Il tourna vers l'Aîné le côté métallique de son visage qui ruisselait de lumière.

— Maintenant, le monde touche à sa fin.

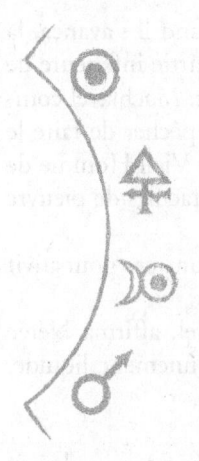

CHAPITRE QUATORZE

– Voici Nérée, dit Niccolò Machiavelli à Billy the Kid.

Il avait négligemment posé la main gauche sur l'épaule du jeune homme mais ses doigts pinçaient le nerf de son cou. Chaque fois que Billy ouvrait la bouche pour dire quelque chose, Machiavel serrait et l'obligeait à se taire.

– Billy, on l'appelle aussi le Vieil Homme de la Mer. Il compte parmi les Aînés les plus puissants.

Il relâcha la pression un instant.

– Ravi de vous rencontrer, ma foi, couina Billy.

La lumière blanche et crue créée par Machiavel révélait un homme trapu avec une épaisse chevelure lui arrivant aux épaules et une barbe crépue. Une affreuse brûlure marquait son front tanné, d'autres lui couvraient le torse et les épaules. Il portait un blouson sans manches en varech superposé cousu avec des algues et tenait dans sa main gauche un trident en pierre. Quand il s'avança, la lumière blanche plongea et éclaira la partie inférieure de son corps. Billy étouffa un cri. Aussitôt, Machiavel comprima le cou de l'Américain pour l'empêcher de faire le moindre commentaire. Seul le haut du Vieil Homme de la Mer était humain. De très longs tentacules de pieuvre s'enroulaient et grouillaient en bas.

– C'est un honneur de vous rencontrer, poursuivit Machiavel.

– Tu es l'Italien, l'homme immortel, affirma Nérée dont la voix ressemblait à un bouillonnement liquide. Celui qu'on appelle le Faiseur de Rois.

Machiavel s'inclina.

– C'est un titre que je n'avais pas entendu depuis longtemps.

– Ton maître te nomme ainsi.

– Mon maître est très généreux.

– Très dangereux aussi et surtout extrêmement mécontent de toi. Mais cela ne me concerne pas. J'ai reçu l'ordre de t'assister, Faiseur de Rois. Que veux-tu ?

– On m'a envoyé ici pour libérer les créatures enfermées dans les cellules et les lâcher sur San Francisco. Je dois commencer par les amphibies. Vous et vos filles pourrez les guider vers la baie et la ville, paraît-il.

– Tu as les mots qui réveilleront les créatures ? s'étonna Nérée, la voix mouillée et collante.

Machiavel lui montra une photo couleurs haute résolution.

– Mon maître m'a envoyé ceci. Elle provient de la pyramide d'Ounas.

Mercredi 6 Juin

Nérée hocha la tête. Trois de ses bras se soulevèrent et s'approchèrent de l'Italien.

– Laisse-moi voir.

Machiavel fit un pas en arrière pour éviter les tentacules.

– Tu ne me fais pas confiance, immortel ? gronda Nérée.

– Je ne veux pas que la photo soit trempée, expliqua Machiavel. Je l'ai sortie sur une imprimante à jet d'encre. Si elle prend l'eau, l'encre coulera. Je ne veux pas décevoir mon maître davantage.

– Tiens-la plus haut, que je la voie.

Nérée se pencha en avant et plissa les yeux. Puis, à contrecœur, il plongea un bras dans une poche de son blouson et en sortit un sac de congélation. Il contenait un étui à lunettes. Nérée l'ouvrit et prit une paire de demi-lunes à monture invisible qu'il posa sur son nez.

– Par l'Ancien Royaume, marmonna-t-il. Ce sont les Énoncés. Sois prudent, Italien. Ils renferment de grands pouvoirs. Que souhaites-tu libérer en premier ?

Machiavel délivra Billy afin de chercher un papier au fond de sa poche.

– Mon maître m'a aussi donné des instructions, déclara-t-il en dépliant une feuille remplie de points et de traits.

– Avons-nous un kraken ? se dépêcha de demander Billy. On pourrait en envoyer un sur San Francisco ?

Nérée et Machiavel se tournèrent d'un seul mouvement vers le jeune immortel américain.

– Quoi ? leur lança-t-il. Qu'est-ce que j'ai dit ?

Le traître

Les yeux gris de l'Italien le foudroyèrent.

— Nous n'avons pas de kraken, répondit Nérée. Et même si nous en possédions un, ils sont à peu près gros comme ça.

Il écarta son pouce et son index de quatre petits centimètres.

— Je les croyais plus imposants.

— Ah ! les récits de marins. Ce sont de terribles menteurs.

— Vous avez quoi ? l'interrompit Machiavel. J'ai besoin d'une créature impressionnante. Je pensais commencer par quelque chose de théâtral, qui aurait un impact retentissant sur la ville, qui retiendrait toute l'attention.

Nérée réfléchit un moment, puis sourit. Il avait des dents affreuses.

— J'ai le Lotan.

Machiavel et Billy ne parurent pas éblouis.

— Le Lotan ! insista Nérée.

Les deux immortels secouèrent la tête.

— J'ignore tout de cette créature, avoua Machiavel.

— Il ne m'a pas l'air très effrayant, commenta Billy.

— C'est un dragon des mers à sept têtes.

— Là, d'accord, répliqua Machiavel.

— Il a des chances de se faire remarquer, marmonna Billy.

CHAPITRE QUINZE

—*N*ous sommes suivis, annonça Josh.

John Dee et Virginia Dare regardèrent par la vitre arrière. Cinq cyclistes pédalaient comme des furies, zigzaguaient entre les voitures sur la plate-forme inférieure du Bay Bridge. Les coups de klaxon résonnaient entre les poutrelles métalliques et le pont supérieur en acier.

— Je pensais que les vélos étaient interdits sur le pont, fit observer Dee en se penchant vers les épées posées à ses pieds.

— Si tu sortais leur dire ? suggéra Virginia.

— Deux motos approchent à vive allure sur la droite et la gauche, leur signala Josh.

À une autre époque, il aurait été mort de peur, mais la semaine précédente l'avait transformé, rendu plus fort, plus sûr de lui. Il pouvait désormais se défendre,

Le traître

pensa-t-il en jetant un coup d'œil aux épées de pierre à ses côtés.

– Pas pour nous…, commença Dee.

– Ils ont des sacs à dos, ajouta Josh.

– Des croque-mitaines, en conclut Dee.

Le cœur de Josh s'emballa quand il vit les deux motards au casque noir dans ses rétroviseurs.

– Ils sont pile derrière nous.

– Occupe-toi de la route. Virginia et moi allons leur régler leur compte.

– Il y a un bouchon devant, le prévint Josh avec calme quand les feux de signalisation des voitures s'allumèrent.

Dee se pencha entre les sièges.

– Prends la sortie Treasure Island à gauche. Ne mets pas ton clignotant.

Josh tourna le volant et la lourde voiture coupa deux voies en couinant. Le motard à sa gauche freina si brusquement que sa roue arrière se bloqua, laissant une longue trace fumante derrière lui. La moto vacilla avant de chuter et d'envoyer son conducteur au sol. Les automobilistes qui le suivaient pilèrent.

– Joli ! le félicita Virginia. Tu conduis depuis longtemps ?

– Pas tant que ça, mais je me suis pas mal entraîné ces derniers jours.

Après le virage à gauche, Josh quitta la plate-forme inférieure et surgit en plein soleil. Soudain, une vue magnifique sur San Francisco et sa baie s'offrit à eux. Au loin, juste devant lui, au milieu de la baie, se trouvait l'île d'Alcatraz.

Mercredi 6 Juin

– Virginia, le motard arrive de votre côté, la prévint Josh.

La femme appuya sur le bouton qui baissait la vitre électrique. Le type qui avait pris en chasse la limousine lancée à vive allure fouillait dans son sac à dos avec sa main droite tout en conduisant avec la gauche.

– Salut ! s'exclama-t-elle.

Une chaude lueur verte éclaira l'habitacle lugubre de la voiture dans lequel se répandit un parfum de sauge. Virginia frotta son index contre son pouce. Dès qu'apparut une petite boule d'énergie verte, elle la lança à l'extérieur.

– Tu l'as raté, aboya Dee. Laisse-moi…

– Patience, docteur, patience.

Et en effet, le pneu avant de la moto se réduisit soudain en poudre. Les rayons s'effondrèrent, la roue se voila et la moto dérapa au milieu de la route. Les fourches avant projetaient une pluie d'étincelles sur le bitume. Pour finir, elle heurta le muret de séparation et le motard fut catapulté par-dessus. Il disparut sans un bruit.

– Subtil, Virginia, comme toujours, la complimenta Dee.

Josh appuya sur l'accélérateur et la voiture rugit sur Treasure Island Road.

Derrière eux, la circulation s'était arrêtée car des automobilistes avaient abandonné leur voiture pour porter secours au motocycliste. Josh ralentit quand la route plongea vers l'île. Une petite marina apparut à droite. Il perçut du mouvement quand il passa devant Macalla Road et, sans réfléchir, il accéléra à fond. La limousine

Le traître

fit un bond en avant qui plaqua Virginia et Dee contre leur siège.

– Les cyclistes sont de retour, expliqua Josh.

Alors que son cœur palpitait, il n'avait pas peur. Mine de rien, il préparait des stratégies, cherchait des itinéraires pour leur échapper. Il fit un rapide calcul.

– Ils sont nombreux.

Venus de la route transversale, leurs huit poursuivants pédalaient avec énergie. Ils portaient des lunettes d'aviateur et des casques aérodynamiques qui leur donnaient l'air d'insectes.

– Cela devient pénible, marmonna Dee. Roule. Tu tourneras à droite, au yacht-club. J'ai une idée. Virginia, tu peux les arrêter ? lui demanda-t-il en désignant les cyclistes du pouce.

Dare lui lança un regard dédaigneux.

– J'ai stoppé des armées. L'aurais-tu oublié ?

– Pas tant que tu seras là pour me le rappeler, soupira-t-il avant de se boucher les oreilles.

Elle baissa sa vitre à demi, plaça sa flûte sur le rebord, prit une profonde inspiration, puis, les yeux fermés, elle souffla doucement.

Le son fut épouvantable.

Josh le perçut jusqu'au plus profond de lui. On aurait dit une fraise de dentiste… en pire. Il avait mal aux dents, aux pommettes, tandis que le son continuait de résonner derrière son oreille droite. Son aura d'or flamboya autour de sa tête pour le protéger et, pendant une seconde, son crâne fut recouvert d'un casque archaïque de guerrier. Dès que le bruit s'estompa, Josh ferma et

Mercredi 6 Juin

ouvrit la bouche afin de détendre ses muscles raidis. Son armure s'était formée sur son corps à une vitesse incroyable et il ne se souvenait pas de l'avoir évoquée. Il plia ses doigts gantés. Façonner et contrôler son aura devenait-il plus facile ?

Une mouette apparut. Elle sortit de l'eau, vola droit sur le pare-brise et, un instant, Josh crut qu'elle allait s'écraser contre le verre. Au dernier moment, elle survola la voiture... pour se poser sur la tête du premier cycliste. Le vélo tangua dangereusement lorsque le cycliste essaya de la chasser.

Une deuxième et une troisième mouette firent leur apparition et soudain le ciel fut envahi de gros oiseaux blancs. Ils descendirent en piqué sur les cyclistes, battant des ailes et criant. Ils les éclaboussaient avec leurs fientes blanches, leur donnaient des coups de bec... Le premier cycliste s'écrasa sur la chaussée, le deuxième lui fonça dedans. Deux autres s'empilèrent sur eux. Les derniers dérapèrent avant de s'arrêter, jetèrent leur vélo sur le côté et reculèrent en agitant les bras sans pour autant effrayer les volatiles enragés.

Virginia posa la flûte sur ses genoux et remonta la vitre.

– Satisfait ? demanda-t-elle à Dee.

– Simple et efficace, commenta-t-il après avoir baissé les mains. Avec un sens inné de la mise en scène, comme d'habitude.

Dans son rétroviseur, Josh voyait l'immense nuée d'oiseaux qui planaient au-dessus des corps et des vélos enchevêtrés. Les mouettes détroussaient les cyclistes au sol ; l'une s'envola avec un casque, l'autre une selle... Bientôt, les accidentés furent couverts de fientes de la tête aux pieds. Toutes les voitures circulant sur Treasure Island Road s'étaient arrêtées et la plupart des conducteurs avaient sorti leur téléphone ou leur appareil photo numérique pour immortaliser cette scène extraordinaire.

– Je parie qu'ils sont déjà sur YouTube, grommela Josh. Que contenaient leurs sacs à dos ?

– Je te l'ai dit, répondit Virginia avec le sourire. Tu n'as pas besoin de le savoir.

– Et pourquoi ?

– Tourne ici ! ordonna Dee en désignant la droite. Trouve une place où te garer.

Josh obéit et se rangea entre deux luxueux cabriolets de sport. Il enclencha la position parking, puis se tourna vers les deux immortels.

– Et maintenant ?

Dee ouvrit la portière et sortit. Ensuite, il se pencha pour ramasser ses deux épées de pierre avant de les glisser dans sa ceinture.

– On continue.

Ni Josh ni Virginia ne bougèrent.

– Je reste là jusqu'à ce que tu nous dises où nous allons, cracha Virginia.

Dee passa la tête dans la voiture.

– Comme tu me l'as justement fait remarquer, nous sommes coincés à San Francisco... et depuis peu sur Treasure Island. Il n'existe qu'une route pour y arriver et en repartir et nous savons qu'elle est surveillée.

Mercredi 6 Juin

Il se tourna vers la masse grouillante de mouettes autour des cyclistes accidentés.

– Il nous faut une stratégie...
– Un bateau, intervint Josh.

Dee le regarda avec étonnement.

– Oui, exactement. Nous en louerons un si possible. Nous en volerons un si nous y sommes obligés. Le temps que nos poursuivants arrivent, nous serons partis depuis longtemps.

– Partis où ? l'interrogea Virginia.

Hilare, Dee se frotta les mains.

– Vers le dernier endroit où ils nous chercheront.
– Alcatraz, compléta Josh.

CHAPITRE SEIZE

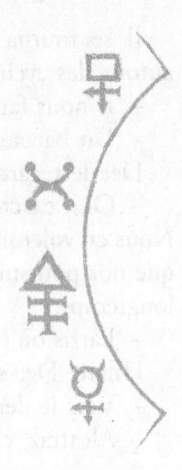

*E*lle avait rêvé.

Oui, elle avait eu un rêve particulièrement vif et imagé.

Allongée dans son lit, Sophie Newman fixait le plafond. Il y avait très longtemps, quelqu'un – sa mère, peut-être, car c'était une artiste des plus accomplies – avait peint ce plafond en un bleu profond. Des étoiles argentées formaient les constellations de Sirius et d'Orion ; une immense demi-lune lumineuse occupait le coin en face du lit. On avait utilisé une peinture phosphorescente pour le satellite et la lueur l'aidait à s'endormir chaque fois que sa tante les gardait. Le contraste avec la chambre de Josh – la porte d'à côté – était total. Son plafond bleu lagon comportait un immense soleil doré en son centre. Sophie adorait s'endormir tout en cherchant à reconnaître les constellations. Souvent, elle

Mercredi 6 Juin

s'imaginait en train de tomber vers le haut et les étoiles, de voler. Elle aimait particulièrement ces rêves.

Sophie s'étira. Quelle heure pouvait-il être ? Le manque de luminosité correspondait à l'aurore, mais l'air semblait perturbé, comme si la ville allait s'éveiller. Son regard se posa sur les murs que le soleil du matin ne caressait pas. En fait, la mélancolie ambiante indiquait le début d'après-midi. Avait-elle dormi si longtemps ? Elle avait eu des rêves tellement dingues. Elle avait hâte de les raconter à Josh.

Sophie roula sur le côté et se retrouva nez à nez avec Tante Agnès et Pernelle Flamel. Assises au bord du lit, elles l'observaient. Soudain, Sophie fut prise de nausées : elle n'avait pas rêvé.

– Tu es réveillée, murmura Tante Agnès.

Sophie plissa les yeux. Sa tante n'avait pas changé depuis la dernière fois et pourtant Sophie savait qu'elle n'était pas un être humain ordinaire.

– Nous nous inquiétions à ton sujet, continua Agnès. Lève-toi, prends une douche et habille-toi. Nous t'attendrons dans la cuisine.

– Nous avons beaucoup de choses à nous dire, ajouta Pernelle Flamel.

– Josh…, commença Sophie.

– Je sais, l'interrompit Perry. Nous le ramènerons. Je te le promets.

Sophie se redressa, coinça les genoux sous son menton et enfouit la tête dans ses mains.

– Pendant une seconde, j'ai cru que tout cela n'était qu'un rêve.

111

Le traître

Elle prit une profonde inspiration qui la fit frémir.

– Je comptais en parler à Josh. Il se serait moqué de moi, puis nous aurions essayé de trouver d'où venait chaque partie de mon rêve, et ensuite…

Elle fondit en larmes ; ses gros sanglots déchirants déversèrent des gouttes d'argent sur les draps.

– Ce n'est pas un rêve. C'est un cauchemar !

Douchée, vêtue d'une tenue propre et repassée, se sentant légèrement mieux, Sophie quittait sa chambre pour se rendre dans la cuisine quand elle entendit des voix dans la chambre de sa tante, au bout du couloir.

Sa tante.

Ces deux mots la figèrent sur place.

De plus loin qu'elle se souvenait, sa famille rendait visite à Tante Agnès. Les jumeaux possédaient leur chambre et la pièce de devant était à la disposition de leurs parents. Sophie et Josh savaient qu'Agnès et eux n'avaient aucun lien de parenté direct, même si elle était liée d'une manière ou d'une autre à la sœur de leur grand-mère, ou à une cousine. Leurs parents et eux ne l'avaient jamais appelée autrement que Tante Agnès.

Qui était-elle ? Qu'était-elle ?

Sophie avait vu son aura blanche, senti le jasmin, entendu sa conversation en japonais avec Niten à qui elle avait donné son vrai nom. Agnès était Tsagaglalal. Plus âgée que ceux de la Génération Suivante, elle n'était pas une Aînée. Même Zéphanie, la Sorcière d'Endor, en savait très peu sur elle.

Des souvenirs déferlèrent soudain dans sa conscience.

Mercredi 6 Juin

Une tour étincelante en cristal, frappée par d'énormes vagues qui s'évaporaient aussitôt.
Un masque en or.
Le Codex.

Aussi vite qu'ils étaient arrivés, ces souvenirs s'estompèrent, laissant derrière eux plus de questions que de réponses. Seule certitude : la femme qu'elle avait appelée Tante Agnès durant toute son enfance se nommait Tsagaglalal, Celle qui Observe. Deux questions glaçantes dominaient les autres : qui observait-elle et pourquoi ?

Sophie atteignit le bout du couloir et la chambre d'Agnès. Il lui fallut quelques instants pour reconnaître les voix de l'autre côté de la porte fermée. Deux hommes discutaient, passant naturellement du japonais à l'anglais et vice versa : Prométhée et Niten. Sophie était si accablée par les événements que la présence du Maître du Feu ne la surprit même pas. D'instinct, elle sut qu'ils l'avaient repérée dans le couloir. Elle posa la main à plat contre la porte blanche et, au moment de pousser, elle préféra frapper.

– Je peux entrer ?
– Bien sûr, répondit Prométhée.

Bien qu'elle fût venue dans cette maison depuis plus d'une décennie, Sophie n'avait jamais pénétré dans la chambre à coucher de sa tante. Son frère et elle rêvaient de la visiter. La porte était toujours fermée à clef et le trou de la serrure obstrué. Josh avait même tenté de grimper à un arbre du jardin pour regarder par la fenêtre mais une branche avait cassé sous ses pieds. Par chance, les rosiers de Tante Agnès avaient amorti sa chute, même

Le traître

s'il en était ressorti griffé de la tête aux pieds. Sachant sûrement ce qu'ils avaient manigancé, Agnès n'avait pas dit un mot tandis qu'elle pansait ses blessures avec un liquide bleu nauséabond et irritant. Le lendemain, des voilages neufs décoraient ses fenêtres.

Sophie s'imaginait une chambre de style victorien, avec des meubles sombres et lourds, une grosse pendule décorée sur la cheminée, les murs couverts de photos encadrées, un immense lit à baldaquin croulant sous les coussins en dentelle, les oreillers à volants et un affreux édredon.

Elle fut choquée de découvrir une pièce nue, austère. Un lit se trouvait au centre de la chambre peinte en blanc. Il n'y avait pas de photos, juste une armoire vitrée en bois grossier mais verni contre un mur, qui abritait une petite collection d'objets antiques – pointes de lance, pièces de monnaie, bibelots, perles et un pendentif en pierre verte en forme de scarabée. Sophie supposa qu'il s'agissait de cadeaux de ses parents. Le seul éclat coloré hormis le scarabée provenait d'un piège à rêves spectaculaire suspendu à la fenêtre, au-dessus de la tête du lit. Dans un cercle délicat de turquoise, deux hexagones imbriqués étaient maintenus par du fil doré. Chacun était finement travaillé en onyx noir et en or, tandis qu'en leur centre se dessinait un labyrinthe vert émeraude. Quand le soleil se levait le matin, pensa Sophie, la lumière devait illuminer le piège et la chambre blanche se parer d'une couleur iridescente.

La pièce était dans l'ombre à cet instant.

Mercredi 6 Juin

Niten et Prométhée se tenaient de chaque côté du lit étroit d'Agnès. Immobile sur les draps blancs, Nicolas Flamel avait les yeux fermés.

Le cœur de Sophie vacilla. Elle porta les mains à sa bouche.

– Il est… ?

Prométhée secoua sa grosse tête et la jeune fille remarqua soudain que sa chevelure rousse avait blanchi en l'espace de quelques heures seulement. Des larmes grossissaient ses yeux verts.

– Non. Pas encore.

– Bientôt, chuchota Niten qui posa doucement la main sur le front de l'Alchimiste.

– Nicolas Flamel est mourant. Il ne verra pas le soleil se lever.

CHAPITRE DIX-SEPT

*B*ras dessus bras dessous, tel un couple ordinaire faisant sa promenade du soir, Isis et Osiris longeaient le quai de Montebello qui borde la Seine à Paris. De l'autre côté du fleuve, éclairée par la lumière chaude et dorée des spots, leur destination : la cathédrale Notre-Dame.

– Jolie, commenta Isis dans une langue qui était déjà ancienne avant que les pharaons règnent sur l'Égypte.

– Très jolie, confirma Osiris.

La lumière ambre semblait liquide sur son crâne rasé. Ses lunettes noires étaient désormais accrochées au col de son tee-shirt blanc. Isis portait encore les siennes et deux cathédrales miniatures se reflétaient sur les verres teintés.

Bien qu'il fût vingt-deux heures, de nombreux touristes déambulaient autour du célèbre monument – peut-être

Mercredi 6 Juin

plus qu'en temps normal. La destruction des gargouilles plus tôt dans la semaine avait attiré l'attention des médias du monde entier. Certains reportages évoquaient un acte de terrorisme ou de vandalisme, d'autres accusaient le réchauffement de la planète, les pluies acides. Au final, la plupart des journaux avaient conclu à une simple érosion de la pierre. Les gargouilles avaient été sculptées plus de six cents ans auparavant. Ce n'était qu'une question de temps avant que les dernières se décrochent.

— J'aime ce royaume des Ombres, déclara soudain Isis. Il a toujours été mon préféré. Cela me fera plaisir d'en reprendre le contrôle.

— Bientôt, lui assura Osiris. Tout se met en place.

Isis serra la main de son époux.

— Te souviens-tu quand nous avons créé ce monde ?

— Nous ? la taquina-t-il.

— Toi. Mais je t'ai aidé.

— En effet.

— Ce n'était pas notre premier monde ? demanda-t-elle.

Ses sourcils parfaitement lisses se froncèrent quand elle essaya de se souvenir.

— Non. Tu ne te souviens pas ? Nous avons fait deux ou trois... comment dire.... essais.

— Plutôt des accidents, ou des erreurs.

— La majorité était des erreurs. Quand Danu Talis a été engloutie, nous ignorions l'existence d'une magie sauvage et toxique dans l'air. Il nous a fallu du temps pour nous rendre compte qu'elle viciait tout ce que nous avions créé. Nous aurions dû attendre quelques siècles avant d'entreprendre la construction d'un monde.

Osiris haussa les épaules et poursuivit.

– Comment aurions-nous su ?

Il remarqua soudain la vieille femme à la canne blanche assise sur un banc. Elle tournait le dos à la cathédrale et faisait face au fleuve.

– Comment est-elle arrivée avant nous ? murmura-t-il. Elle était encore dans les catacombes avec Mars Ultor quand nous sommes partis.

La vieille femme leva la main gauche et, sans bouger la tête, leur fit signe d'approcher.

– Comment sait-elle que nous sommes ici ? chuchota Isis. Elle ne peut pas nous voir, n'est-ce pas ?

– Qui sait ce dont elle est capable... Zéphanie, ma Dame ! s'exclama-t-il.

– Asseyez-vous.

Zéphanie, la Sorcière d'Endor, transforma ces deux mots en ordre.

Isis et Osiris échangèrent un rapide regard avant de se placer de chaque côté de la vieille femme.

– Votre mari se joindra-t-il à nous, madame ? s'enquit Osiris.

– Il est occupé en ce moment. Il... rattrape le temps perdu. Le monde a un peu changé depuis son dernier séjour sur Terre.

– Et comment va-t-il ? demanda Isis.

– Eh bien, si l'on considère son épreuve, il est dans une forme remarquable. Furieux, bien sûr. Quand toute cette...

Mercredi 6 Juin

Elle agita la main et la nuit parisienne sentit le feu de bois.

— Quand toute cette excitation sera retombée, je pense que lui et moi aurons une discussion un peu houleuse. Si nous survivons, évidemment.

La Sorcière se tut et continua de regarder droit devant elle, le visage mangé par des lunettes noires très larges. Ses deux mains étaient posées sur sa canne blanche.

— Pourquoi nous avoir fait venir ? demanda lentement Osiris. Vous ne nous adressez pas la parole pendant des millénaires, vous prenez la défense des humani, vous nous barrez le chemin. Et voilà que vous voulez... non, exigez de nous voir.

— N'est-ce pas agréable ? demanda Zéphanie dans l'ancienne langue de Danu Talis, ignorant la question. Depuis combien de temps n'avons-nous pas bavardé ensemble ?

— Nous n'avons jamais bavardé, rectifia Osiris avec un sourire qui dévoilait des dents d'un blanc éclatant. Vous commandez, ordonnez sans arrêt.

— Vous nous traitez comme des enfants, ajouta Isis, une pointe de colère dans la voix.

— Vous étiez des enfants. Abraham avait raison. Vous étiez trop gâtés, pétulants gamins. J'aurais dû être plus...

Elle chercha le mot juste.

— Gentille, suggéra Isis.

— Compréhensive, enchaîna Osiris.

— Ferme, conclut la Sorcière qui tourna la tête vers la femme aux cheveux noirs et courts. Certaines choses n'ont pas changé, semble-t-il.

– D'autres, si, Zéphanie, répliqua Isis. Vous avez vieilli tandis que nous sommes restés jeunes et passionnés.
– J'ai vieilli ? Il ne faut pas se fier aux apparences, parfois.

Pendant un instant, quasiment trop rapide pour être perceptible, le corps entier de la Sorcière d'Endor subit une transformation. Sa peau blanchit, noircit, jaunit, verdit, brunit. La femme sur le banc devint grande, petite, large, incroyablement fine, centenaire, jeune, cinquantenaire.

– Je suis et j'ai toujours été de nombreuses choses. Alors que vous deux, ajouta-t-elle d'une voix sévère, vous n'êtes que des arrivistes.
– Et vous, vous n'avez été qu'un tyran qui…, commença Isis.
– Ça suffit ! l'interrompit Osiris. Tout cela appartient au passé. Un passé très lointain.
– Tu as raison, acquiesça la Sorcière. Ce qui est fait est fait et ne peut être défait.

Ses articulations enflées serrèrent la canne blanche.

– Sauf que vous avez l'intention de défaire le passé.

Isis ouvrit la bouche, mais Osiris secoua la tête.

– N'essayez pas de le nier, continua Zéphanie. Je connais vos plans depuis des millénaires.

Elle abaissa ses lunettes et se tourna vers chacun d'eux, l'un après l'autre. La Sorcière d'Endor n'avait pas d'yeux. Dans ses orbites vides étaient nichés deux miroirs ovales.

– Oh ! si vous saviez les choses que j'ai vues. La myriade de futurs, les passés possibles, les présents incalculables.

Mercredi 6 Juin

— Que voulez-vous, Zéphanie ? demanda froidement Isis.

À nouveau, la Sorcière préféra ignorer la question.

— Au début, j'étais contre votre plan et j'ai fait tout ce qui était en mon pouvoir pour le contrecarrer. Je voulais qu'on laisse ce royaume des Ombres en paix. J'ai donc choisi de ne pas m'impliquer quand vos agents se sont battus avec la Génération Suivante. Je n'ai pas riposté lorsque votre peuple a déclenché des séismes et provoqué des inondations car je savais qu'à la fin l'équilibre serait restauré. Vous gagniez quelques batailles, vos ennemis en remportaient d'autres, et le vieil ordre demeurait.

— C'est ainsi depuis des millénaires, constata Osiris.

La Sorcière hocha la tête.

— Jusqu'à ce que vous trouviez le Dr John Dee.

— Un merveilleux agent. Rusé, bien informé, ambitieux, curieux et très, très puissant, enchaîna Isis.

— Et totalement hors de contrôle, désormais. Tous ses attributs – sa sournoiserie, ses connaissances, sa curiosité, son pouvoir – se sont retournés contre vous.

— Nous avons pris des mesures pour le neutraliser, lui assura Isis. Il ne s'échappera pas.

— Il vous a filé entre les doigts jusqu'à présent, rétorqua Zéphanie. Vous auriez dû agir dès que vous avez appris son intention d'évoquer l'Archonte Coatlicue.

Isis secoua la tête.

— Vous avez raison, bien entendu, dit Osiris. Nous aurions dû. Nous avions envisagé que Machiavel le neutralise.

Le traître

— Maintenant, ses actes menacent non seulement ce monde, mais aussi tous les royaumes des Ombres.

Zéphanie se leva soudain.

— Marchez avec moi.

Après avoir plié sa canne et l'avoir rangée dans sa poche, elle se plaça entre eux et leur prit le bras.

— N'ayez pas peur, remarqua-t-elle gaiement en tapotant le bras musclé d'Osiris.

— Je ne vous crains pas, vieille femme, gronda Isis.

— Tu devrais, ma chérie. Vraiment. Accompagnez-moi jusqu'à la cathédrale et laissez-moi vous parler d'un avenir que j'ai vu, où Coatlicue vagabondait en liberté, se déchaînait dans tous les royaumes des Ombres, ne semant que cendres dans son sillage. Dans cet avenir-là, nous n'existions plus, les Aînés, ceux de la Génération Suivante non plus. Dès que nous avons tous disparu, elle s'est attaquée aux humani. Oh! j'oubliais : vous étiez parmi les premiers à mourir – d'une fin atroce.

— Et où se trouvait Dee, dans votre fameux avenir? l'interrogea Osiris.

— En sécurité. Il avait coupé ce monde des autres royaumes en se servant des Épées du Pouvoir pour détruire les portes menant à Xibalba. Il régnait sur le royaume des Ombres tel un empereur.

— Et Dare, la tueuse? Était-elle à ses côtés? s'enquit Isis.

— Dans cet avenir-ci, elle était morte. Trahie par Dee, donnée en pâture à l'Archonte.

— Est-ce un futur possible ou probable? demanda Osiris, prudent.

Mercredi 6 Juin

— Ni l'un ni l'autre. La situation a évolué. Les couloirs du temps ont bougé et formé un nouveau scénario. Dee a un autre plan, de plus grande envergure. Un instant...

Le trio s'arrêta devant l'imposante cathédrale gothique et Zéphanie leva la tête, comme si elle examinait la façade.

— Hum... C'est là qu'ils se sont battus...

Elle tourna la tête à gauche puis à droite tout en humant l'air.

— On sent encore la magie.
— Vanille, confirma Isis.
— Orange, ajouta Osiris.
— Et la menthe de Flamel, murmura Zéphanie. Plus la puanteur de Dee et de Machiavel.

Un vigile à l'air exténué déambulait parmi les touristes qui photographiaient la façade en ruine. Il leur demandait de reculer au cas où d'autres pierres dégringoleraient. Il fonça vers l'étrange trio qui se tenait bien trop près de la cathédrale. Au moment où il les atteignait, l'homme chauve se tourna, lui sourit. Le vigile blêmit comme s'il venait de voir un fantôme et s'éloigna sans demander son reste.

— Ramenez-moi à mon banc, ordonna Zéphanie avant de remarquer : Vous n'avez jamais apprécié Abraham le Juif, n'est-ce pas ?

— Non, répliqua Isis.

Osiris prit le temps de la réflexion.

— Je crois que nous le craignions tous.

— J'ai longtemps travaillé avec lui et je pense le connaître mieux que quiconque. Pourtant, je ne suis pas sûre

Le traître

de ce qu'il était. Un Ancien, peut-être. Ou un Archonte. En tout cas, il avait du sang des Grands Aînés dans les veines. Prométhée et moi étions à ses côtés quand la Mutation s'est emparée de son corps. Je l'ai vu besogner nuit et jour sans répit pour créer le Codex.

Elle éclata d'un rire amer et triste.

— Savez-vous pourquoi il a créé le Livre ?

— Pour recueillir les connaissances du monde ? proposa Osiris.

— Il n'avait qu'un seul et unique objectif. Abraham savait que ces heures tragiques viendraient.

— Pardon ? s'exclama Isis.

— Quand vous avez abandonné Dee et l'avez déclaré *utlaga*, vous avez fabriqué un ennemi dangereux. Il a l'intention de tous nous détruire.

— Comment ? l'interrogea Osiris. Dee n'est pas si puissant.

— Détrompe-toi. Il a le Codex qui contient tout le savoir du monde et le Jumeau d'Or qui le traduira pour lui. Il a désormais accès à la magie la plus ancienne et la plus létale de l'univers. Dee a l'intention de remonter le temps et de détruire les Aînés sur Danu Talis. Il veut s'assurer que nous allons tous mourir le jour où l'île sombrera.

Isis rit aux éclats. Le son haut et pur fit sourire les touristes, mais le visage de son époux se figea. Le silence eut raison du rire d'Iris.

— Oui… Oui…, confirma Osiris. Il en est capable. Pire : il le fera s'il en a les moyens.

— Comment l'en empêcher ? s'enquit Isis.

Mercredi 6 Juin

— Tu te décides enfin à me demander conseil ?
— S'il vous plaît, Zéphanie ! la supplia Osiris.
La vieille femme lui tapota la main.
— Pourquoi crois-tu que j'aie levé son sort ? Et, à votre avis, pourquoi lui ai-je fait subir une telle épreuve ? J'avais besoin que Mars soit en pleine possession de ses moyens pour ce jour précis.
— Vous saviez que cela arriverait ? s'étonna Isis.
— Que cela pouvait arriver.
Elle abaissa ses lunettes pour montrer ses miroirs.
— J'ai sacrifié mes yeux dans ce but.
— Où se trouve Mars Ultor ? demanda Osiris.
— Il est parti à San Francisco tuer le Dr John Dee.

CHAPITRE DIX-HUIT

— Ça change de la voiture.

Les mains agrippées au volant, Josh grinçait des dents, tandis que la petite vedette louée par Dee à la marina de Treasure Island heurtait avec force une énième vague. De temps à autre, son postérieur se soulevait du siège dur en vinyle.

— Plus vite ! Plus vite ! criait Virginia Dare, sourde aux plaintes de Josh.

Elle était assise à la place du copilote ; ses longs cheveux constellés de gouttelettes d'eau flottaient derrière elle. Quand elle se tourna vers Josh, il fut surpris par ses yeux brillants d'excitation ; elle paraissait si jeune qu'il ne se serait pas posé de question s'il l'avait croisée au lycée.

— Non ! coassa John Dee à l'arrière de l'embarcation.

Blême, en sueur, le Magicien anglais était penché

Mercredi 6 Juin

par-dessus la poupe. Il avait eu le mal de mer dès l'instant où Josh avait manœuvré la vedette d'une main maladroite pour la faire sortir de la tranquille marina.

– Moins vite, moins vite, gémissait le malheureux.

Josh devait admettre qu'il aimait un tant soit peu ce sentiment de supériorité. Il échangea un sourire avec Virginia, qui lui fit signe d'accélérer. Josh poussa la manette et, aussitôt, les deux puissants moteurs du horsbord transformèrent l'eau en écume pile à côté de la tête de Dee. Le Magicien manqua s'étrangler. Quand ils se tournèrent vers leur compagnon trempé jusqu'aux os, il les foudroya du regard.

– Ce n'est pas marrant du tout, Virginia, grogna Dee, l'accusant elle seule.

– Je me suis dit qu'une petite douche te réveillerait. Tu sais, Josh, John est un piètre marin. Il a toujours été sujet aux nausées, ce qui est surprenant pour quelqu'un qui a choisi l'œuf pourri comme parfum de son aura.

– J'aime l'odeur du soufre, marmonna Dee à l'arrière de la vedette.

– Une seconde ! s'exclama Josh, oubliant le Magicien malade quelques instants. On peut choisir le parfum de son aura ? N'importe lequel ?

Il se demanda s'il pouvait changer le sien contre quelque chose de plus spectaculaire.

– Évidemment. À l'exception des auras d'or et d'argent. Les gens comme toi n'ont pas le choix, depuis des temps immémoriaux.

Les cheveux volant autour de son visage, se collant au coin de sa bouche, Virginia se tourna vers Dee.

Le traître

— Comment t'es-tu procuré ce bateau ?
— J'ai demandé gentiment, grommela-t-il. Je sais être très persuasif, parfois.

Il jeta un coup d'œil en direction de la marina de Treasure Island où un homme d'âge moyen coiffé d'une casquette de base-ball fixait l'eau, assis sur la jetée. Soudain, l'homme secoua la tête, se leva et retourna à pas lents vers le yacht-club.

— Nous ne l'avons pas volé ? s'enquit Josh, vaguement ennuyé par cette idée.

— Nous l'avons emprunté, ricana Dee. Il m'a remis les clefs de son plein gré.

— Tu n'as pas utilisé ton aura, j'espère ? s'inquiéta Virginia. Tu préviendrais tout ce qui...

— Tu me prends pour un imbécile ? l'interrompit Dee, en colère.

À cet instant, un haut-le-cœur l'obligea à se pencher par-dessus bord. Virginia grimaça et fit un clin d'œil à Josh.

— Difficile d'imposer son autorité et de vomir en même temps, hein ?

— Je te déteste, Virginia Dare.

— Tu ne le penses pas vraiment, répliqua celle-ci.

— Méfie-toi...

Virginia tapota l'épaule de Josh et lui montra le littoral à gauche.

— Ne t'éloigne pas de Treasure Island. Nous longerons l'île jusqu'à sa pointe nord. Ensuite, nous devrions voir Alcatraz de l'autre côté de la baie.

Josh n'eut pas le temps de répondre. Un énorme

Mercredi 6 Juin

embarcadère, tel un mur de béton, apparut devant eux et il dut virer à droite. Il surcompensa et le bateau opéra un virage serré qui manqua expédier Dee dans la mer. Ils reçurent une bonne douche, Dee batailla pour se redresser, glissa et finit assis dans une mare d'eau huileuse.

Virginia hurla de rire.

— Tu as oublié que je n'ai aucun humour, grogna Dee.

— Moi, j'en ai ! répliqua-t-elle avant de s'adresser à Josh : Garde ta droite et contourne la jetée. Ensuite prends à gauche et longe la plage sans trop t'approcher. De nombreux rochers ont dû se détacher de la berge. C'est une île artificielle qui risque à tout moment de tomber en morceaux. J'ai assisté à sa construction dans les années 1930 ; à l'époque, elle était bien plus haute. L'île s'enfonce lentement. Le prochain gros tremblement de terre la désintégrera sûrement.

Josh examina le littoral rocheux parsemé de bâtiments industriels, délabrés pour la plupart.

— Des gens vivent encore ici ?

— Oui, j'ai des amis de l'autre côté de l'île.

— Je n'aurais jamais cru que tu en avais, marmonna Dee.

— Contrairement à toi, docteur, je suis une bonne amie, affirma Dare sans se retourner. L'île possédait une base navale qui a fermé à la fin des années 1990. Ensuite, on y a tourné des films et quelques séries télé.

— Pourquoi l'appelle-t-on Treasure Island ? l'interrogea Josh. Un trésor y est caché ?

Le traître

Quelques semaines plus tôt, cette idée l'aurait amusé, mais aujourd'hui, il était prêt à croire presque tout. Le rire de Virginia fut contagieux ; Josh commençait à l'apprécier de plus en plus. Ils contournèrent la pointe de l'île.

— Non, elle doit son nom au livre éponyme de Robert Louis Stevenson. Les gens qui ont baptisé ce tas de ferraille et de déchets « l'Île au Trésor » ont voulu plaisanter, à mon avis.

Elle désigna soudain un minuscule point au milieu de la baie.

— Voici Alcatraz. Garde le cap, Josh.

Ce dernier grogna quand le hors-bord heurta une autre vague. Il s'éleva, puis retomba dans un bang à vous briser les os.

— Elle est plus éloignée que je ne l'aurais cru. Je n'avais jamais navigué aussi loin de la rive. En fait, je n'avais jamais conduit de bateau.

— On devrait toujours embrasser de nouvelles expériences, philosopha Dare.

— Je suis un peu nerveux, avoua Josh.

— Pourquoi ? demanda Virginia, curieuse.

Elle s'installa sur le siège et le fixa.

Son regard scrutateur le mit mal à l'aise.

— Eh bien… il peut se passer n'importe quoi. Le horsbord peut couler… ou pas, le moteur caler… mais j'en doute. On pourrait aussi être frappés par la foudre ou…

Tout à coup, le Dr John Dee s'avança tant bien que mal vers eux.

— Mangés par des sirènes, ajouta-t-il. Je viens juste de

Mercredi 6 Juin

me rappeler. L'île est entourée par un cercle protecteur de Néréides.

Il toussa, embarrassé, avant de poursuivre :

– Et je leur ai donné l'ordre de ne laisser personne s'approcher à moins de vingt mètres.

Virginia le foudroya du regard.

– Des sirènes encerclent l'île ?

– Le Vieil Homme de la Mer se trouve sur Alcatraz. Il est venu avec les sauvages Néréides, expliqua Dee. Je dois contacter Machiavel. Qu'il prévienne Nérée de notre arrivée.

Il sortit son portable ; quand il l'ouvrit, de l'eau s'en écoula. Aussitôt, il le démonta, sortit la batterie et l'essuya sur son tee-shirt crasseux.

Josh regarda Virginia.

– Je n'ai rien compris à ce qu'il a dit.

– Nérée, le Vieil Homme de la Mer, est un Aîné particulièrement infâme, expliqua Virginia. Il ressemble à un homme jusqu'à la taille ; au-dessous, c'est une pieuvre. Il considère que les fonds des océans lui appartiennent. Le plus grand de ses royaumes des Ombres marins touche cette Terre dans un endroit appelé Triangle des Bermudes.

– Là où tous les bateaux disparaissent ?

– Exactement. Les murs entre son monde et celui-ci sont extrêmement fins et, à l'occasion, des navires ou des avions de ce monde glissent dans le sien ou, à l'inverse, d'horribles monstres se faufilent chez nous. Les Néréides sont ses filles. Ne cède pas à la tentation de t'approcher

Le traître

de l'eau quand elles chanteront ou souriront. Elles se repaissent de chair humaine.

Dee se dépêcha de remonter son téléphone et de l'allumer. Peine perdue : dégoûté, il le jeta.

— Rien. Je ne peux pas entrer en contact avec Machiavel.

Virginia sortit sa flûte en bois et la fit tournoyer entre ses doigts.

— Pourquoi t'inquiètes-tu autant, docteur ? Je peux les endormir comme un rien avec une...

Elle n'eut pas le temps de finir sa phrase. Une femme-poisson à la peau et aux cheveux verts venait de bondir hors de l'eau. Elle lui prit la flûte des mains et plongea de l'autre côté du bateau, la laissant interloquée.

Virginia Dare poussa un hurlement atroce avant d'ôter sa veste salie par la fumée et ses chaussures. Elle se jeta dans l'océan et disparut sous les vagues.

— Docteur, cria Josh en tendant le bras vers la proue.

Il fut content que ses doigts ne tremblent pas trop.

Dee se précipita vers l'avant et se pencha.

Devant eux, la mer était parsemée de têtes de femmes dont les cheveux verts s'étalaient autour d'elles telles des algues.

Avec un bel ensemble, elles ouvrirent grand la bouche, révélant leurs dents de piranhas, et s'élancèrent vers le hors-bord à la manière des dauphins.

— Bonjour les problèmes !

CHAPITRE DIX-NEUF

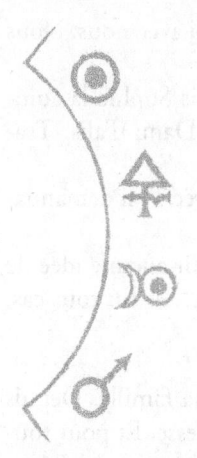

De la cuisine, Sophie Newman regardait le patio pavé où discutaient Pernelle Flamel et Tsagaglalal. Pour un observateur lambda, elles ressemblaient à deux dames âgées – l'une, grande et mince mais athlétique, l'autre petite et fragile. Assises sous un large parasol à rayures roses, elles buvaient du thé glacé et grignotaient des cookies aux pépites de chocolat. Seulement ce n'était pas deux femmes ordinaires : la première avait quasiment sept cents ans ; quant à la seconde... eh bien, Sophie se demandait si elle appartenait au genre humain.

Toutes deux se tournèrent vers elle. Alors qu'elles se trouvaient à l'ombre, leurs yeux brillaient – verts et gris –, ce qui leur donnait une apparence extraterrestre.

Tsagaglalal fit signe à Sophie de sortir de la maison.

Le traître

— Approche, mon enfant. Assieds-toi avec nous. Nous t'attendions.

Elle n'avait pas parlé en anglais, mais Sophie la comprit et reconnut l'ancienne langue de Danu Talis. Tsagaglalal lui prit la main.

— Tu n'embrasses pas ta tante préférée ? lui demanda-t-elle en anglais.

Sophie retira vite sa main. Elle n'avait aucune idée de qui était cette femme (si c'en était une…). En tout cas, ce n'était pas une parente à elle.

— Tu n'es pas ma tante.

— Pas par le sang, mais vous êtes ma famille. Depuis toujours, répliqua Tsagaglalal avec tristesse. Et pour toujours. Je veille sur ton frère et toi depuis votre naissance.

Sophie avala la boule qui s'était formée dans sa gorge, puis s'assit sans embrasser la joue que lui tendait la vieille femme. Un thé glacé et des cookies l'attendaient. Elle prit le verre et remarqua la tranche d'orange qui flottait. Le parfum lui rappela Josh, son cœur se serra. Elle reposa la boisson intacte et repoussa l'assiette de biscuits. Une vague soudaine de désespoir absolu la submergea. En une semaine, elle avait tout perdu, y compris son frère. Même les repères du passé, comme sa tante, avaient disparu. Elle se sentait perdue et complètement seule.

— Tu n'as pas faim ? lui demanda Tsagaglalal.

— Comment peux-tu me poser cette question ? s'emporta Sophie. Non, je n'ai pas faim. J'ai envie de vomir. Josh m'a quittée et il me déteste. Je l'ai vu dans ses yeux.

Les deux femmes se dévisagèrent.

Sophie s'attaqua ensuite à Pernelle.

Mercredi 6 Juin

— Et Nicolas qui est en train de mourir là-haut. Pourquoi n'êtes-vous pas à ses côtés ?

— J'irai quand ce sera le moment, chuchota l'Ensorceleuse.

Sophie secoua la tête et, tout à coup, des larmes de colère lui brouillèrent la vue.

— Qu'es-tu ? demanda-t-elle à Tsagaglalal. Tu n'es même pas humaine. Et vous, accusa-t-elle Pernelle, vous êtes simplement inhumaine ! Je vous déteste ! Tous autant que vous êtes. Je déteste ce que vous avez fait de Josh et de moi, ce monde dans lequel vous nous avez entraînés, ces pouvoirs, ces connaissances que je ne devrais pas posséder, ces pensées qui m'envahissent…

De grosses larmes roulaient à présent sur ses joues. Comme elle ne voulait pas qu'on la voie pleurer, elle agrippa la table et repoussa sa chaise. Brusquement, les deux femmes posèrent la main sur les siennes. L'aura de Sophie s'enflamma, crépita et mourut aussitôt. Le parfum vanillé de la jeune fille fut balayé par celui du jasmin. L'aura de Pernelle n'avait pas d'odeur.

— Reste, lui ordonna froidement l'Ensorceleuse.

Il ne s'agissait pas d'une invitation et Sophie ne bougea donc pas. Elle eut l'impression de glisser dans un rêve. Bien que fraîche et dispose, elle n'avait aucune sensation dans son corps.

— Écoute l'Ensorceleuse, lui intima Tsagaglalal. Le destin de ce monde et de tous ceux qui existent est à présent dans la balance. Ton frère et toi avez le pouvoir de la faire pencher d'un côté ou d'un autre. Toutes les lignes chronologiques ont convergé, comme cela avait été prévu il y a dix mille ans. Les circonstances ont confirmé que vous êtes les jumeaux de la légende.

Ses yeux gris s'emplirent de larmes.

– J'aimerais qu'il en soit autrement, pour votre salut. C'est une route périlleuse que vous devrez suivre. Josh accompagne Dee, et cela aussi, crois-moi ou non, avait été prédit il y a plusieurs millénaires. Deux choses ne l'étaient pas : la folie de Dee et son projet.

– Sophie, poursuivit Pernelle, tu dois me croire : j'aimerais que Josh et toi n'ayez jamais été mêlés à ça.

La jeune fille ne savait plus à quel saint se vouer. Elle voulait faire confiance à l'Ensorceleuse, or quelque chose l'en empêchait. Cette femme lui avait menti, mais les Flamel vivaient dans le mensonge depuis des siècles. Afin de protéger leurs proches et eux-mêmes ? Pourtant, Josh avait refusé de leur faire confiance. Peut-être avait-il raison ? Peut-être avait-il pris la bonne décision en suivant Dee ? Cette pensée lui glaça le sang : et si elle se trouvait dans le mauvais camp de cette bataille antique ?

Elle ne savait plus à quoi s'en tenir. Le vrai, le faux, le bien, le mal s'entremêlaient au point qu'elle ne distinguait plus ses amis de ses ennemis.

Tsagaglalal et Pernelle lâchèrent ses mains au même moment et son corps recouvra ses sensations. Son aura d'argent s'illumina, forma une coquille protectrice autour d'elle et fuma sous le soleil de ce début d'après-midi. Elle poussa un gros soupir, mais ne quitta pas la table.

– Sophie, que comptes-tu faire pour aider Josh, le sauver, le ramener à nous ? demanda Tsagaglalal.

– Tout. N'importe quoi.

Mercredi 6 Juin

Pernelle posa les avant-bras sur la table. Elle serrait si fort les mains que les articulations de ses doigts blanchissaient.

– Alors, que dois-je faire à ton avis pour aider mon mari ?

– Tout, répéta Sophie. N'importe quoi.

– Nous ferons l'impossible pour aider ceux que nous aimons. Voilà ce qui distingue les humani de la Génération Suivante, des Aînés et de ceux qui les précédaient. C'est ce qui nous rend humains. Voilà pourquoi l'espèce prospère et survivra toujours.

– Cependant, ce type d'amour exige des sacrifices, intervint Tsagaglalal. Des sacrifices parfois extraordinaires...

De grosses larmes noyèrent soudain les yeux gris de la vieille dame.

Et Sophie entraperçut une femme – plus jeune, infiniment plus jeune, avec les mêmes pommettes hautes et les yeux gris de Tsagaglalal – se détournant d'une grande statue en or. La femme s'arrêta et jeta un coup d'œil derrière elle. Les yeux gris et brillants de la statue étaient vivants et la suivaient. Sans un mot, Tsagaglalal dévala l'interminable escalier de verre. Elle serrait un livre dans ses mains : le Codex. Et ses larmes tombaient sur sa surface métallique.

– Sophie, continua Pernelle, il y a plus de dix mille ans, Abraham le Juif a prévu tout cela si bien qu'il a commencé à mettre en place un plan pour sauver le monde. Ton jumeau et toi avez été choisis pour ces rôles bien avant votre naissance. On parlait de vous dans une prophétie qui précède la Chute de Danu Talis et le Déluge.

– « Les deux qui ne sont qu'un, celui qui est tout. L'un pour sauver le monde, l'autre pour le détruire », cita Tsagaglalal. Cela est votre destin. Et personne ne peut échapper à son destin.

– Mon père dit ça tout le temps.

– Ton père a raison.

– Mon frère et moi ne serions que des marionnettes ?

Sophie avait la bouche si sèche qu'elle but une grande gorgée de la boisson devant elle.

– Nous ne sommes pas libres de nos actes ?

– Bien sûr que si, lui répondit Pernelle. Josh a fait un choix ; on est tous influencés par l'amour ou la haine. Il n'appréciait pas Dee quand il a décidé de le suivre ; il te détestait parce que tu avais attaqué l'Archonte. Coatlicue lui est apparue comme une belle jeune femme et non la créature hideuse qu'elle est en réalité. Et toi... il faut que tu décides maintenant ce que tu veux faire.

Les mots de Pernelle la piquèrent au vif. *Josh la détestait !* C'était malheureusement la vérité. Sophie l'avait lu dans ses yeux. Bah, peu importait ce qu'il pensait d'elle – cela ne changeait pas ce qu'elle savait au plus profond de son cœur et ses sentiments pour lui.

– Je pars à la recherche de Josh.

– Même s'il t'a abandonnée ? lui demanda Tsagaglalal.

– D'après vous, nos choix sont motivés soit par l'amour, soit par la haine. Josh est mon frère. Je vais le chercher. Tel est mon choix.

Mercredi 6 Juin

— Où iras-tu ? s'enquit Pernelle.

Sophie demeura sans voix. Elle n'en avait pas la moindre idée.

— Je le trouverai, déclara-t-elle avec une assurance qu'elle était loin de ressentir. Quand… quand il a des ennuis ou qu'il a mal, je le sens. Parfois, je reçois même des flashs de ce qu'il voit.

— Le sens-tu en ce moment ? l'interrogea Tsagaglalal, curieuse.

Sophie secoua la tête.

— Mais je possède les connaissances de la Sorcière d'Endor. Peut-être puis-je m'appuyer là-dessus ?

— Je doute que la Sorcière ait prévu cette dernière tournure des événements, continua Tsagaglalal. Je l'ai fréquentée au cours de ma longue vie ; alors qu'elle était capable de distinguer les grands tournants de l'histoire, les mouvements des individus lui échappaient toujours. Contrairement à son frère Prométhée ou à son époux Mars Ultor, elle n'a jamais vraiment compris les humani.

— Tu pourrais faire un autre choix, suggéra Pernelle, et nous aider à sauver le monde. Nous avons besoin de toi. Machiavel se trouve à Alcatraz en ce moment. Il a l'intention de lâcher des créatures monstrueuses dans San Francisco. À ton avis, comment une ville moderne comme celle-ci réagira quand le ciel se remplira de dragons et que les égouts cracheront des cauchemars ?

Sophie secoua la tête devant une idée si saugrenue.

— Combien mourront ? continua Pernelle. Combien seront blessés ? Combien seront complètement traumatisés ?

Le traître

Paralysée par le choc, Sophie secoua à nouveau la tête.

– Et si tu connaissais quelqu'un susceptible d'aider la ville, quelqu'un qui ait le pouvoir de combattre ces monstres, voudrais-tu qu'il se dresse et protège des dizaines de milliers de personnes ou qu'il parte à la rescousse d'une seule ?

Sur le point de répondre, Sophie se rendit compte qu'elle avait été piégée avec une habileté consommée.

– Il faut que tu te battes à nos côtés, Sophie, poursuivit Tsagaglalal. Tu te souviens d'Hécate, la Déesse aux Trois Visages ?

– Celle qui vivait dans Yggdrasill et qui m'a éveillée. Comment pourrais-je l'oublier ? répliqua-t-elle sur un ton sarcastique.

– Elle possédait des pouvoirs incommensurables : jeune fille le matin, femme l'après-midi, vieille dame le soir. Elle représentait toute l'étendue des connaissances et des pouvoirs féminins.

Tsagaglalal se pencha en avant, son visage ridé à quelques centimètres de celui de Sophie.

– Tu es la jeune fille, Pernelle la femme et moi la vieille sorcière. Nos connaissances sont extraordinaires et nos pouvoirs remarquables. Ensemble, nous pouvons défendre cette ville.

– Te joins-tu à nous, Sophie Newman ? l'interrogea Pernelle Flamel.

Soudain, une fenêtre s'ouvrit au-dessus d'elles et Niten apparut. Il ne dit pas un mot, mais son visage parlait pour lui.

Mercredi 6 Juin

— Il est temps de te décider, insista Pernelle, et de choisir ton camp.

Sophie se leva. L'Ensorceleuse aida Tsagaglalal à sortir de son fauteuil et à entrer dans la maison. Sophie avait envie de partir en courant... Et ensuite ? Où irait-elle ? Elle voulait trouver Josh, mais ignorait comment s'y prendre. Et que se passerait-il si ces créatures envahissaient la ville ? Son aura et les magies élémentaires qu'elle avait apprises la protégeraient... mais qui protégerait la population ?

Effectivement, le moment était venu de choisir son camp.

Au loin, une sirène de bateau retentit et rappela Alcatraz à Sophie. Des créatures cauchemardesques occupaient l'île. Pernelle avait raison : si elles étaient lâchées sur la ville, mort et destruction massive s'ensuivraient... et aucune personne saine d'esprit ne le souhaiterait. Nul ne sèmerait délibérément ce genre de chaos dans une cité.

Pourtant, c'était ce que Machiavel, Dee et Dare – et aussi Josh – s'apprêtaient à faire.

Sophie secoua la tête malgré elle et soudain le choix devint très simple. Elle collaborerait avec l'Ensorceleuse et Tsagaglalal afin d'empêcher ce désastre. Ensuite, elle partirait à la recherche de son jumeau.

Elle les suivit au premier étage.

Prométhée les attendait devant la porte de la chambre. Il s'effaça pour les laisser entrer. Elles se rassemblèrent autour du lit où reposait Nicolas Flamel. L'Alchimiste paraissait rabougri et frêle. La couleur de sa peau se

Le traître

confondait avec celle des draps. Seul un minuscule mouvement de sa poitrine indiquait qu'il respirait encore.

— Son heure est venue, chuchota Prométhée.

Pernelle enfouit son visage dans ses mains et éclata en sanglots.

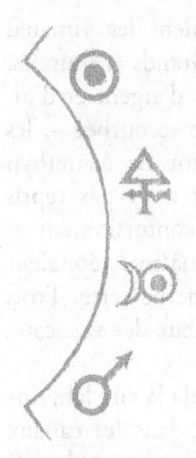

CHAPITRE VINGT

– Des soucoupes volantes ? s'écria William Shakespeare.

Il remonta ses lunettes sur son nez et fit un grand sourire.

– Des soucoupes volantes ! répéta-t-il en poussant Palamède du coude. Je t'avais dit qu'elles existaient. Je t'avais dit que d'autres…

– Des vimanas, corrigea Scathach. Les vaisseaux légendaires de Danu Talis.

Elle pencha la tête en arrière et mit la main en visière sur ses yeux ; six nouveaux appareils argentés surgirent dans le ciel bleu et planèrent au-dessus de leurs têtes. Quatre se placèrent à quelques mètres du sol. Ils oscillaient doucement, comme des bateaux sur une rivière. L'air trembla et l'herbe sous les véhicules se couvrit d'une fine couche de glace.

Le traître

Les dômes de verre qui couronnaient les vimanas s'ouvrirent et les anpous apparurent. Grands et musclés, vêtus d'une armure noire ornée de fils d'argent et d'or, armés de khépesh – des glaives à lame recourbée –, les guerriers à tête de chacal s'emparèrent de Marethyu en premier. L'homme à la capuche n'avait pas repris connaissance. Gisant sur le sol, il se contorsionnait et tremblait tandis que des étincelles bleuâtres crépitaient sur son crochet et retombaient dans l'herbe verte. Trois anpous le chargèrent dans le plus spacieux des vaisseaux qui partit aussitôt en bourdonnant.

Scathach suivit sa progression par-delà la cité labyrinthique. Le disque d'argent se reflétait dans les canaux tout en projetant son ombre sur les rues en contrebas. Il survola l'immense pyramide dressée au cœur de la ville et atterrit dans la cour d'un vaste palais d'or et d'argent.

L'Ombreuse se tourna vers le rassemblement d'anpous. Elle en avait rencontré dans une vingtaine de royaumes des Ombres et, même si elle ne les avait jamais affrontés, leur réputation les précédait. Il s'agissait de féroces guerriers, mais la Guerrière l'était plus encore. Elle se prépara à les combattre : elle se frotta les paumes contre les jambes, fit pivoter sa tête de droite et de gauche pour s'assouplir le cou… Les anpous avaient commis une erreur grossière : ils n'avaient pas désarmé leurs ennemis. Scathach disposait toujours de ses épées, de ses couteaux et de son nunchaku. Plusieurs vies passées à se battre avaient aiguisé son instinct de guerrière. Elle s'occuperait de l'anpou le plus proche en premier, lui faucherait les jambes à l'aide de son arme. Elle le rattraperait dans sa

Mercredi 6 Juin

chute, puis lancerait son corps sur ses deux compagnons. Jeanne et Palamède profiteraient de cette diversion pour se joindre à elle. Là, l'Ombreuse jetterait ses épées à Saint-Germain et à Shakespeare. Ce serait terminé en une poignée de minutes. Ensuite, ils réquisitionneraient un vimana et...

Scathach surprit le regard de Palamède sur elle.

– Ce serait une erreur, lui murmura-t-il dans l'ancienne langue de sa patrie.

Il se tourna et regarda la ville tout en continuant de lui parler.

– Il n'y a pas meilleure que toi, Guerrière, mais les anpous ne seront pas vaincus aussi facilement. Il y aura des blessés. Saint-Germain peut-être, Jeanne éventuellement, Will à coup sûr. Ce sont des pertes inacceptables. Et puis, si les maîtres des anpous nous voulaient morts, ils nous auraient tués depuis le ciel.

Les dents de vampire de Scathach s'enfoncèrent dans sa lèvre. Palamède avait raison. Si l'un d'eux était tué ou blessé, leur fuite serait trop cher payée. La tête de la Guerrière bougea imperceptiblement. Ce que le Chevalier sarrasin discerna néanmoins.

– Une autre occasion se présentera, chuchota-t-elle.

– J'en suis persuadé.

Les anpous récupérèrent leurs armes avant de les séparer. Le volumineux Palamède fut poussé vers un vaisseau tandis que le petit Saint-Germain et Shakespeare étaient conduits dans un autre. Trois anpous lourdement armés escortèrent Scathach et Jeanne vers un vimana argenté. La Guerrière grimpa la première ; le vaisseau descendit

Le traître

un peu sous son poids. L'intérieur était pratiquement vide, à l'exception de quatre sièges longs et étroits destinés à une anatomie canine. Un des anpous, plus trapu que les autres, des cicatrices blanches sur le museau, montra les sièges sans dire un mot, puis fit un signe aux deux femmes. Quand elle essaya de s'asseoir, Scathach manqua glisser, si bien qu'elle choisit de s'allonger. Jeanne suivit son exemple et l'anpou fixa trois rubans métalliques autour d'elles pour les retenir.

— On est dedans jusqu'où ? demanda Jeanne en français.

L'anpou balafré la fusilla du regard. Il ouvrit sa longue gueule de chien et révéla de méchantes dents. Il apposa une griffe contre ses lèvres pour lui intimer le silence.

— Sur une échelle de un à dix, répondit Scathach, on se dirige vers douze.

L'anpou se pencha au-dessus de la Guerrière et la fixa avec ses gros yeux noirs. De la bave visqueuse s'écoula entre ses dents.

— Ils ne parlent pas ? interrogea Jeanne.

— Seulement quand ils chargent au combat. Leurs hurlements sont à glacer le sang au point de pétrifier leur proie.

— Que sont-ils ?

— Je crois qu'ils sont apparentés aux clans des Torc. Une autre expérience des Aînés qui a mal tourné.

Finalement, quand il eut compris que les deux femmes ne lui obéiraient pas, l'anpou balafré tourna les talons, l'air écœuré.

Mercredi 6 Juin

– Sont-ils amis ou ennemis ?
– Difficile à dire, admit Scathach. Je ne sais plus qui est qui à présent.

Elle regarda le ciel bleu par l'ouverture dans le plafond. Le vimana s'abaissa quand les deux gros guerriers anpous montèrent, puis le dôme de verre se referma, condamnant tous les bruits extérieurs. Scathach remarqua que le dôme était maculé de mouches écrasées.

– Ils connaissaient Marethyu, remarqua Jeanne.
– Apparemment, tout le monde sauf nous sait qui il est. Il joue les marionnettistes et je déteste l'idée d'avoir été manipulée ainsi. Je te promets que le chemin de l'homme au crochet et le mien se recroiseront. Et là, je lui poserai les questions qui fâchent.

À cet instant, elles ressentirent une vibration jusque dans leurs os et elles eurent l'impression de tomber vers le haut et les fins nuages blancs. Le vaisseau plongea, les nuages tournoyèrent et filèrent à toute allure – seule indication qu'ils se déplaçaient.

– Et si Marethyu décidait de ne pas te répondre ? demanda Jeanne. Tu remarqueras que nos amis canins ont pris soin de le neutraliser à distance. On dirait qu'ils le craignent, lui et ses pouvoirs.

– Il me répondra, lui assura l'Ombreuse. Je peux me montrer très persuasive.

– Ça, je le sais !

Jeanne d'Arc ferma les yeux et prit une profonde inspiration. Elle rit doucement sans prêter attention aux regards mauvais de l'anpou.

Le traître

— Je me disais que nous n'avions pas eu de vraie aventure depuis un bon bout de temps. Cela me rappelle la grande époque.

Scathach rit dans sa barbe. Cette aventure ne ressemblait vraiment pas aux autres. Jeanne et elle avaient combattu – seules ou ensemble – afin de sauver des royaumes et des empires, de rétablir des rois sur leur trône, d'empêcher des guerres, mais là, les enjeux étaient beaucoup plus importants. Selon les dires de Marethyu, ils se battaient pour l'avenir de l'espèce humaine ainsi que de toutes les espèces vivant dans les myriades de royaumes des Ombres.

Jeanne se contorsionna sur son siège peu confortable.

— Quand Francis et moi étions en Inde l'année dernière, nous avons vu ces engins volants dessinés dans d'antiques manuscrits et gravés sur des temples. D'après Francis, il existe de nombreuses histoires d'objets volants dans les anciens poèmes épiques indiens.

— C'est vrai, et ils apparaissent aussi dans les légendes babyloniennes et égyptiennes. Les rares vimanas qui n'étaient pas sur Danu Talis lors de la Chute ont échappé à la destruction. Mes parents en possédaient un, même s'il ne ressemblait absolument pas à celui-ci. Lorsque j'ai eu l'âge de le piloter, il était si vieux, il avait été rafistolé si souvent qu'il n'avait plus rien d'origine. Il décollait à peine du sol.

Scathach secoua la tête. Ce souvenir la fit sourire.

— Mon père m'a raconté que le ciel est devenu noir quand la flotte de vimanas est allée combattre le dernier Seigneur de la Terre...

Mercredi 6 Juin

La Guerrière parlait rarement de ses parents, et jamais de sa propre initiative. Elle se considérait comme une solitaire, bannie depuis tellement de temps. Cependant, elle avait de la famille : une sœur dans le royaume des Ombres terrestre, qu'elle ne voyait jamais ; ses parents et son frère vivaient dans un royaume lointain construit sur le modèle du monde perdu de Danu Talis. Et voilà qu'elle se retrouvait dix mille ans en arrière. Qu'il était étrange de se dire qu'à cet instant précis ses parents habitaient la ville en contrebas ! Cette pensée la frappa tel un crochet du droit qui lui coupa le souffle.

Soudain, elle se dit qu'elle aimerait les voir. Non, plus que cela : il fallait qu'elle sache à quoi ils ressemblaient avant sa naissance et celle de sa sœur Aifé. En effet, la destruction de leur monde les avait emplis de ressentiment et rendus irritables. Ils avaient grandi à une époque où ils étaient les maîtres incontestés et cela s'était arrêté le jour où l'île avait sombré. Après la destruction de Danu Talis, il était devenu évident qu'il n'y aurait plus ni maître ni serviteur, ni Grands Aînés ni Aînés. Juste des survivants.

À l'adolescence, Scathach et Aifé avaient vite compris que leurs parents leur en voulaient parce qu'elles étaient nées après la disparition de l'île. Les jumelles avaient été les premiers éléments de ce qu'on appellerait bientôt « la Génération Suivante ». Plus tard, bien plus tard, Aifé et Scathach avaient cru que leurs parents avaient honte d'elles, qu'ils préféraient leur frère aîné à la peau blême et aux cheveux carotte. Né sur Danu Talis, c'était un Aîné, contrairement aux filles.

Le traître

Scatty eut un haut-le-cœur quand le vaisseau plongea vers la ville.

Elle mourait d'envie de les voir. Juste un instant. Observer leur comportement avant. Parce que, au cours des millénaires suivants, elle ne les avait jamais vus rire ou sourire. Quand ils parlaient des autres – même des Aînés –, on sentait l'amertume dans leur voix. Cette colère s'était retranscrite sur leur corps, les avait rendus bossus, tordus, laids. Scathach rêvait de les voir jeunes et beaux, de savoir s'ils avaient été heureux un jour.

Soudain, l'obscurité les enveloppa. Des montagnes noires et déchiquetées apparurent tandis que le ciel se réduisait à un cercle irrégulier de bleu.

– Nous tombons dans quelque chose..., commença Scatty.

Tout à coup, elle perçut une odeur de soufre. Elle inspira longuement afin d'isoler cette odeur de celle de chien mouillé des anpous mêlée au piquant métallique du vimana.

– Je le sens aussi, confirma Jeanne qui eut un rire nerveux. Du soufre. Cela me rappelle Dee.

Le disque volant s'arrêta dans un soubresaut et l'anpou balafré se plaça devant Scathach. Il agita son khépesh sous son nez tandis qu'il défaisait avec sa main gauche les sangles qui l'attachaient. Scathach fronça les sourcils à la vue de l'arme. Elle lui rappelait de mauvais souvenirs : autrefois, elle avait appris au jeune roi Toutankhamon à se battre avec deux de ces glaives incurvés. Des années plus tard, elle avait découvert qu'il avait été enterré avec les lames jumelles qu'elle lui avait données.

Mercredi 6 Juin

— Scatty..., dit Jeanne, un soupçon de panique dans la voix. Où sommes-nous ?

— En prison. Et tu sais qu'aucune geôle au monde ne peut me retenir, déclara-t-elle à toute allure en français.

Le sommet du vimana se souleva, puis se rétracta. L'odeur de soufre fut si forte qu'elle leur coupa le souffle. Une chaleur puissante leur flétrit la peau et elles furent assourdies par un grondement formidable.

— Ça ne ressemble pas à ton genre de prison, cria Jeanne tandis qu'on entraînait son amie au bord du vaisseau.

Quand l'anpou lui donna une bourrade pour qu'elle avance, l'Ombreuse se tourna et lui montra une bouche remplie de dents de vampire. La créature recula. Juste avant de descendre de l'appareil, Scathach baissa le nez. Lorsqu'elle regarda Jeanne derrière elle, de minuscules points enflammés dansaient dans ses yeux.

— Tu peux le dire : nous sommes dans la gueule d'un volcan en activité.

CHAPITRE VINGT ET UN

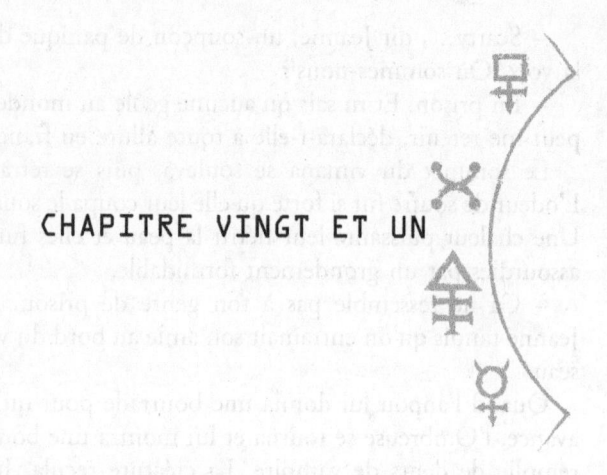

Les bras le long du corps, les Néréides plongeaient dans l'eau et en rejaillissaient tel un banc de dauphins.

– Quel est le problème ? s'enquit Josh. Je peux me servir de mon aura et...

– ... et révéler à tout le monde où nous sommes, grogna Dee. Je te l'interdis.

– O.K. Si vous avez une idée de génie, il serait temps de nous en faire part, suggéra Josh, nerveux.

Les Néréides approchaient. Leurs longs cheveux verts flottaient derrière elles. Certaines ressemblaient à des jeunes femmes extrêmement belles ; d'autres, dotées de nageoires et de griffes, s'apparentaient plus aux poissons et aux crabes. Leurs bouches étaient remplies de dents irrégulières pointues comme des aiguilles. Elles lui évoquèrent des piranhas.

Mercredi 6 Juin

– Fonce parmi elles ! aboya Dee. Pleins gaz.
– C'est ça votre idée ?
– Tu en as une meilleure ?

L'accent anglais du petit homme était soudain plus prononcé et il ne cessait de serrer et de desserrer les poings.

Josh poussa le levier d'accélération, le moteur rugit et le lourd hors-bord bondit en avant, le nez en l'air. Josh tourna la barre et le bateau traça un sillon en plein milieu du banc de Néréides... qui s'écartèrent simplement, puis essayèrent de l'attraper. Leurs griffes éraflèrent la coque et deux nymphes parvinrent à agripper la rampe métallique afin de se hisser à bord.

– Plus vite ! exigea Dee.

Le Magicien s'empara d'une corde et fouetta les créatures marines. Celles-ci retombèrent à l'eau en poussant des cris aigus aussi délicats que des rires d'enfants. Il y eut un bruit sourd quand l'une d'elles fusa soudain hors de l'eau et atterrit à l'arrière du hors-bord. Sa bouche sauvage se referma à quelques centimètres de la cheville de Dee qui eut juste le temps de reculer. Aussitôt, il l'attrapa par la queue et la jeta par-dessus bord. Ensuite, il se frotta les mains sur son pantalon, parsemant le tissu sombre d'écailles luisantes.

– Je déteste les Néréides, marmonna-t-il.

– Docteur ! hurla Josh. Accrochez-vous !

Une Néréide avait sauté sur la proue juste en face de lui et se tortillait dans sa direction. Des ongles de cinq centimètres aiguisés comme des rasoirs s'enfoncèrent dans la coque en fibre de verre. Josh rabattit la barre sur un côté et la vedette s'inclina quasiment à quarante-cinq degrés. Dans un cri de rage, la créature se mit à glisser ; ses griffes laissèrent de longues et profondes traînées dans la coque. Elle resta accrochée quelques instants avant de disparaître dans la baie.

– Accélère ! cria Dee.

– Je ne peux pas aller plus vite !

Le bateau rebondissait avec une telle force sur les vagues qu'il ne tenait pas sur son siège. Il avait mal à la mâchoire et au crâne, l'eau lui piquait les yeux et formait une croûte de sel sur ses lèvres. Lui qui ne souffrait jamais du mal de mer était à deux doigts de vomir.

Brusquement, le hors-bord fit une embardée et ralentit comme s'il venait de heurter un banc de sable. Le moteur mugit sans que l'embarcation avance. Josh risqua un coup d'œil derrière lui. Des dizaines de Néréides agglutinées autour de la vedette la tiraient vers l'océan. Les vagues passaient par-dessus bord et l'eau s'accumulait au fond du bateau. Dès qu'il vit leurs yeux affamés et leurs dents pointues, Josh sut que ni Dee ni lui ne survivraient plus d'une minute dans l'eau.

L'Anglais se tenait derrière Josh et frappait de droite et de gauche avec la corde, mais les Néréides étaient trop rapides pour lui, si bien qu'aucun coup ne les atteignait. Il en visa une qui bondissait hors de l'eau. Elle se balança sur sa queue et mordit la corde qui passait devant son visage, la coupant net en deux.

– Utilisez votre aura ou nous sommes morts ! hurla Josh.

Mercredi 6 Juin

— Si j'utilise mon aura, nous sommes morts !
— Alors nous deviendrons de la nourriture pour poissons dans une minute.

Josh grinça des dents de dépit.

— Il faut qu'on agisse...
— Une stratégie, répondit le Magicien en insistant sur le mot.
— Une stratégie..., acquiesça Josh.

Tout à coup, il capta une image, une espèce de souvenir... qui ne lui appartenait pas.

... une armée vêtue de l'armure laquée du Japon, piégée, encerclée et surpassée en nombre...

... un guerrier en cuir et cotte de mailles, un casque en métal sur la tête, seul sur un pont face à une armée qui n'avait jamais été humaine...

... trois navires légèrement armés encerclés par une flotte immense...

Et, chaque fois, le perdant avait triomphé parce qu'il avait une... stratégie.

— Les jerricans d'essence ! hurla Josh. Ils sont pleins ?

Dee fouetta une Néréide dotée de deux pinces en guise de mains. Elle les fit claquer et un autre morceau de corde se détacha tandis qu'elle replongeait dans son élément. Le Magicien s'empara d'un bidon en plastique et le secoua. Le liquide clapota à l'intérieur.

— À moitié. Peut-être plus.

Il agita le deuxième.

— Celui-ci est rempli.
— Accrochez-vous ! lui conseilla Josh. On vire de bord.

Le traître

Braquant la barre à tribord, il éloigna la vedette d'Alcatraz et effectua un grand cercle dans l'eau. Surprises, les Néréides ne les suivirent pas tout de suite.

– Videz-les par-dessus bord, ordonna Josh. Mais pas tout d'un coup. Lentement.

Le docteur ouvrit le premier bidon et jeta le bouchon. Suffoqué par la puissante odeur de gazole, il toussa et pleura. Enfin, il posa le jerrican sur le plat-bord et déversa le liquide dans la baie.

Josh n'en revint pas de voir la scène au ralenti : les Néréides dans l'eau, leur future position... Quand une vague se brisa sur la proue, il réussit à compter les gouttelettes qui volèrent devant son visage.

Une nymphe particulièrement laide, plus poisson que femme, se dressa devant lui. Les muscles striés de son ventre s'aplatirent et il sut que, sous l'eau, son énorme queue de poisson battait avec fureur avant de la propulser dans les airs. Elle allait se poser sur la proue et lui sauter à la gorge. Josh barra à l'instant précis où elle prenait son élan. Elle rata la vedette de quelques centimètres à peine et replongea sous les vagues.

– Ça y est ! hurla Dee.
– Allumez le bout de la corde.
– Avec quoi ?
– Vous n'avez pas d'allumettes ?
– Je n'en ai jamais eu besoin ! s'exclama Dee en remuant les doigts. J'ai toujours eu mon aura.

Josh réfléchit à toute allure, élaborant, puis rejetant une dizaine de scénarios.

Mercredi 6 Juin

— Prenez la barre ! ordonna-t-il. Continuez de tourner en rond.

Le Magicien anglais n'avait pas encore les mains sur la barre que Josh s'était déjà engouffré sous le pont dans la minuscule cabine. Il cherchait quelque chose... qu'il trouva dans la seconde.

Sous la boîte de premiers secours, dans un compartiment vitré, était accroché un pistolet à fusées éclairantes en plastique rouge. Josh l'arracha du mur. Il avait vu son père s'en servir, il savait donc comment il fonctionnait, bien qu'il n'eût jamais eu la permission de tirer. Il remonta en courant sur le pont. S'il avait eu des allumettes, il aurait trempé l'extrémité de la corde dans le gazole, l'aurait allumée et lâchée dans l'eau. Avec ce pistolet, il n'avait qu'une chance d'allumer la fine couche de gazole à la surface de l'eau.

Les Néréides approchaient. Assemblées autour du hors-bord, elles ouvraient et fermaient la bouche, claquaient et grinçaient des dents. L'odeur rance de poisson écœurait Josh et Dee.

Josh s'empara d'un jerrican et le secoua. Il restait un peu de liquide. Prenant le bidon par l'anse, il le balança comme s'il jetait une balle de base-ball et l'envoya sur le film huileux couleur de l'arc-en-ciel. Le bidon atterrit pile au milieu de la flaque.

Le bateau s'enfonça quand une Néréide à pinces de crabe entailla la coque.

Tenant le pistolet rouge à deux mains, conscient de la direction du vent, Josh suivit son instinct et visa un peu au-dessus du bidon qui flottait. Il visualisait exactement l'arc que décrirait la fusée et son point de chute.

Telle une flèche.

Il rabattit le chien et tira. Une fusée rouge cerise sortit du canon en grésillant, dessina un arc, tomba... et frappa le jerrican qui explosa au milieu d'une myriade de flammes jaunes et orange. Elles dansèrent sur l'eau, bondirent de vague en vague, s'enroulèrent sur elles-mêmes pour finalement former un cercle de feu autour du hors-bord.

Pendant un bref instant, le chant d'une beauté incroyable des Néréides bourdonna dans les airs, puis elles se glissèrent sous les vagues et disparurent. Une seconde plus tard, les flammes bleues s'éteignirent dans un grésillement.

Le Dr John Dee examina le bateau cabossé et éraflé avant de hocher la tête.

– Très impressionnant, jeune homme.

Josh se sentit soudain éreinté. Le monde tournait de nouveau à son allure normale tandis qu'une fatigue extrême le plombait, comme s'il avait joué deux matches de foot à la suite.

– D'où t'est venue cette idée ?

Josh secoua la tête.

– Des souvenirs, marmonna-t-il.

... une armée vêtue de l'armure laquée du Japon, piégée, encerclée et surpassée en nombre, mettant le feu à un dédale de roseaux et d'herbes afin de diviser et de piéger l'ennemi...

... un guerrier en cuir et cotte de mailles, un casque en métal sur la tête, seul sur un pont face à une armée qui

Mercredi 6 Juin

n'avait jamais été humaine, incendiant le pont pour s'assurer que les monstres avançaient uniquement en file indienne...

... trois navires légèrement armés encerclés par une flotte immense. L'un d'eux rempli de poudre noire, les pièces de bois trempant dans l'huile de poisson. L'équipage l'embrasant et l'envoyant au milieu de la flotte ennemie en rangs serrés où il explosa et provoqua un terrible chaos.

Le jeune homme savait qu'il ne s'agissait ni de ses souvenirs ni de ceux de Clarent. Ceux qu'il expérimentait quand il tenait l'Épée du Lâche lui donnaient toujours mal au cœur. Ces pensées-ci étaient différentes, à la fois excitantes et grisantes. Lorsqu'il avait vu la scène au ralenti, compris que chaque problème avait une solution et que rien ne lui était impossible, il s'était senti plus vivant que jamais. Dès que ces souvenirs qui n'étaient pas les siens l'avaient englouti et que le monde avait ralenti, pas une seconde il n'avait douté d'échapper aux Néréides. Il réfléchissait à un ou deux coups à l'avance. Si la fusée n'avait pas enflammé le gazole, des dizaines d'autres scénarios se seraient présentés à lui – il en était persuadé.

– Comment te sens-tu ? lui demanda Dee.

Il vira sur Alcatraz tout en fixant Josh.

– Fatigué.

Josh humecta ses lèvres desséchées par le sel.

– J'espérais que Virginia réapparaîtrait, ajouta-t-il.

Dee lança un regard hâtif à la surface de l'eau.

– Elle rappliquera, crois-moi, marmonna-t-il.

Le traître

Le Magicien effectua un grand cercle pendant que Josh cherchait l'immortelle, en vain.

– Les Néréides l'ont peut-être tuée.

– Ça m'étonnerait. À leur place, je la laisserais tranquille.

– Elles sont parties.

– Elles ne tarderont pas à revenir.

Dee laissa la barre à Josh. L'île d'Alcatraz les attendait.

– Allons voir notre ami italien à l'œuvre.

CHAPITRE VINGT-DEUX

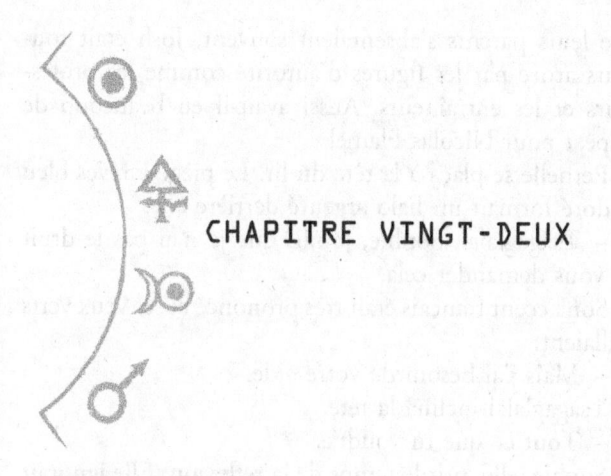

— C'est le moment.

Pernelle baissa les mains. Ses yeux étaient remplis de larmes lactescentes. D'autres lui zébraient les joues.

— Prométhée, Niten, pourriez-vous nous laisser seules, je vous prie ?

L'Aîné et l'immortel se dévisagèrent, puis hochèrent la tête et sortirent sans un mot, laissant Pernelle, Tsagaglalal et Sophie debout autour du lit.

Sophie examina Nicolas. L'Alchimiste semblait serein, tranquille. Même si les derniers jours avaient creusé des rides profondes sur son visage, certaines s'étaient estompées et elle entraperçut le bel homme d'autrefois. Elle avala sa salive. Elle l'avait toujours apprécié et, durant les semaines où Josh avait travaillé pour lui à la librairie, tous deux étaient devenus proches. Étant donné

Le traître

que leurs parents s'absentaient souvent, Josh était toujours attiré par les figures d'autorité comme les professeurs et les entraîneurs. Aussi avait-il eu beaucoup de respect pour Nicolas Flamel.

Pernelle se plaça à la tête du lit. Le piège à rêves bleu et doré formait un halo argenté derrière elle.

— Tsagaglalal, Sophie, je sais que je n'ai pas le droit de vous demander cela.

Son accent français était très prononcé et ses yeux verts brillaient.

— Mais j'ai besoin de votre aide.

Tsagaglalal inclina la tête.

— Tout ce que tu voudras.

Sophie, elle, prit le temps de la réflexion. Elle ignorait ce que Pernelle attendait d'elles, mais cela devait avoir un rapport avec la mort. Elle n'avait jamais vu de cadavre et la seule pensée d'en toucher un lui donnait des frissons. Elle leva les yeux. Les deux femmes la fixaient.

— Je ne peux pas... je veux dire... que voulez-vous que je fasse ? Je peux vous aider, bien entendu. Mais je ne peux pas toucher son corps, encore moins le préparer.

— Non, non, cela n'a rien à voir ! intervint Pernelle qui caressa les cheveux courts de son époux.

Des mèches argentées restèrent entre ses doigts. Elle sourit.

— Et puis, Nicolas n'est pas mort. Pas encore.

Choquée, Sophie regarda mieux l'Alchimiste. Elle avait cru qu'il s'était en allé paisiblement dans son sommeil. Mais non, elle perçut un infime mouvement au niveau du pouls de son cou, une palpitation irrégulière.

Mercredi 6 Juin

Elle ferma les yeux et se concentra sur son ouïe éveillée. En effet, elle entendait le très lent battement de son cœur. L'Alchimiste était en vie, mais pour combien de temps encore ? Elle ouvrit les yeux.

– Ensorceleuse, que dois-je faire ?

Pernelle lui fit un signe reconnaissant de la tête. Elle écarta les doigts et les plaça sur les tempes de son mari.

– Quand j'étais petite, commença-t-elle, le regard distant et rêveur, j'ai rencontré un homme vêtu d'un manteau ; il avait les yeux bleus et un crochet en métal à la place de la main gauche.

Tsagaglalal inspira brusquement.

– Tu as rencontré la Mort ! Je l'ignorais.

Pernelle esquissa un sourire triste empreint de mélancolie.

– Tu le connais ?

– Je l'ai rencontré sur Danu Talis avant qu'elle ne soit détruite... puis à la fin. Abraham le connaissait.

Sophie se tourna lentement vers Tsagaglalal. Sa tante se trouvait sur Danu Talis ? Quel âge avait-elle ? Des fragments d'images et de souvenirs cabriolèrent dans sa tête...

... une belle jeune femme aux yeux gris qui serrait contre elle un livre en métal et gravissait les marches interminables d'une pyramide incroyablement haute. Elle croisait des humains, des non-humains, des monstres, des bêtes qui fuyaient les zébrures déchiquetées de magie sauvage dansant au-dessus d'eux. Une vague silhouette apparut au sommet de la pyramide, un homme avec un crochet luisant en guise de main gauche qui diffusait un feu bleu clair...

Le traître

La voix de Pernelle se fraya un chemin dans ces souvenirs et ramena Sophie au présent.

— J'avais six ans quand ma grand-mère m'a conduite auprès de l'homme à la capuche.

Des volutes blanc glacé de son aura s'élevèrent de sa peau et l'enveloppèrent, telle une robe immaculée.

— Dans une grotte constellée de cristaux, sur le littoral de la baie de Douarnenez, il m'a dévoilé mon avenir et parlé d'un monde indescriptible, magique, rempli de rêves et de merveilles.

— Un royaume des Ombres ? chuchota Sophie.

— Je l'ai cru pendant longtemps. Aujourd'hui, je sais qu'il décrivait le monde moderne.

Pernelle secoua la tête et changea de langue, passant au français, puis au breton ancien de son enfance très lointaine.

— L'homme au crochet m'a dit que je rencontrerais l'homme de ma vie et deviendrais immortelle.

— Nicolas Flamel, compléta Sophie en regardant le corps immobile sur le lit.

— J'étais très jeune, continua Pernelle. Et bien qu'à cette époque on crût à la magie – souvenez-vous, nous étions au début du XIVe siècle –, même moi je savais que les gens ne vivaient pas éternellement. Je me suis dit qu'il était fou ou simple d'esprit… Toutefois, nous respections ces personnes en ce temps-là et nous les écoutions, nous prêtions attention à leurs prophéties. Des siècles plus tard, j'ai appris le nom de l'homme au crochet : Marethyu.

— La Mort, répéta Tsagaglalal.

Mercredi 6 Juin

— Il a prédit que je me marierais à la sortie de l'enfance...

— Nicolas, murmura Sophie.

— Non. Nicolas n'est pas mon premier mari. Il y a eu un autre homme, plus âgé que moi, un petit hobereau. Il est mort peu après notre mariage, faisant de moi une riche veuve. J'avais le choix pour me marier, mais je suis allée à Paris et je suis tombée amoureuse d'un écrivain public sans le sou de dix ans mon cadet. La première fois que j'ai vu Nicolas, je me suis souvenue des paroles de Marethyu : ma vie serait remplie de livres et d'écritures. La prophétie se réalisait.

La température avait chuté dans la pièce, devenant fraîche, puis froide. Le souffle de Sophie s'élevait en panache devant son visage et elle se retint de frotter ses mains l'une contre l'autre pour les réchauffer. L'aura de l'Ensorceleuse ruisselait de son corps, s'assemblait derrière elle et gonflait telles deux immenses ailes blanches. Sophie sentit sa propre aura crépiter et ramper sur sa peau. Quant à Tsagaglalal, ses traits devenaient flous derrière la gaze pâle de la sienne. Comme l'Ensorceleuse, elle portait une robe blanche et, lorsqu'elle baissa les yeux, Sophie fut estomaquée de voir qu'elle aussi était vêtue d'une robe argentée la couvrant du cou aux chevilles. Ses mains se perdaient sous de longues manches bouffantes.

— Marethyu... J'avais presque oublié qu'il existait jusqu'à ce qu'il se présente à la librairie un jour, continua Pernelle.

Elle plaqua les paumes de chaque côté de la tête de Nicolas ; des brins verts de son aura tournoyèrent

Le traître

au-dessus de son corps immobile et éclatèrent dans l'air comme des bulles.

— Un mercredi ; je m'en souviens comme si c'était hier parce que ce jour-là je ne restais jamais avec Nicolas. Marethyu a choisi précisément ce jour pour voir mon mari en tête à tête. À mon retour, le magasin était fermé bien qu'il fût tôt dans l'après-midi. Nicolas se trouvait dans l'arrière-boutique qui brillait de mille feux. Il y avait des bougies de toutes les tailles dans tous les coins. Il en avait posé une douzaine sur une table autour d'un petit objet rectangulaire en métal. Le Codex, le Livre d'Abraham le Juif. La première fois que je l'ai vu, la lumière se reflétait sur sa couverture comme si c'était un soleil miniature. Avant même que Nicolas ouvre la bouche pour le nommer, je l'ai reconnu. Je ne l'avais jamais vu auparavant, mais je savais à quoi il ressemblerait.

— Marethyu, répéta Tsagaglalal, des larmes coulant sur ses joues ridées. Il l'avait en sa possession.

— Comment le sais-tu ? chuchota Sophie.

Au moment où elle posa la question, la réponse se formait...

— Parce que je le lui ai remis, répondit la vieille dame dont l'aura s'illumina brièvement.

Et le souvenir frappa Sophie tel un coup de poing.

Les éclairs faisant exploser les cieux, le sol crachant du feu, d'énormes morceaux de pyramide dégringolant... et la jeune femme aux yeux gris donnant de force le livre à reliure métallique à l'homme à une main...

Les images s'estompèrent.

Mercredi 6 Juin

Il régnait un froid polaire dans la pièce et une gelée blanche commençait à la patiner. Une partie de l'aura de Pernelle tombait à présent sur le sol, semblable à un nuage de brume, pendant que le reste palpitait comme d'immenses ailes blanches sur ses épaules. Certains fils s'enroulaient autour de ses mains et enveloppaient ses doigts avant de ramper sur le crâne de Nicolas comme autant de vers de terre.

– J'étais une enfant quand Marethyu m'a annoncé que mon époux et moi deviendrions les gardiens du livre à reliure métallique. Nous serions les derniers d'une longue lignée d'humains à protéger ce précieux objet. Selon lui, le manuscrit contenait la totalité des connaissances du monde… Je ne l'ai pas cru sur le moment : il ne comprenait que vingt et une pages ! Nicolas et moi avons découvert bien plus tard les secrets du Codex et son texte en perpétuelle mutation.

– Vous ne pouviez pas le lire ? demanda Sophie qui ne s'étonna pas de s'exprimer dans la même langue que l'Ensorceleuse.

– Non. Nous avons mis vingt ans avant de comprendre.

Une lumière d'un blanc de givre éclairait la peau de Pernelle, rendant visibles les veines roses sur le dos de ses mains. Elle s'était aussi accumulée dans ses yeux verts, leur avait volé leur couleur et les avait rendus aveugles.

– Finalement, tout ce que Marethyu avait dit s'est réalisé…, soupira-t-elle, et son souffle blanc se matérialisa dans l'air glacial. Il ne reste plus qu'une prophétie.

Le traître

— Laquelle, Ensorceleuse ? demanda Tsagaglalal.

Son aura recouvrait son corps d'une toge de style vaguement égyptien et, sous sa peau ridée, Sophie entraperçut la belle jeune femme d'autrefois.

— Marethyu a prédit qu'un jour viendrait, dans un avenir lointain et un pays encore sans nom, où mon mari et moi serions sur le point de mourir...

Pernelle parlait d'une voix douce et neutre, mais des larmes coulaient sur ses joues.

— ... Nicolas mourrait le premier. Deux jours plus tard, ce serait mon tour.

Sophie cligna des yeux et des larmes argentées s'en échappèrent. Elle n'imaginait pas qu'on puisse vivre en connaissant le jour de sa mort. Ce devait être terrifiant ou bien totalement libérateur.

— Marethyu m'a demandé ce que je ferais pour garder mon époux en vie un jour de plus. J'ai répondu...

— Tout. N'importe quoi, chuchota Sophie sans se rendre compte qu'elle parlait à voix haute.

— Tout. N'importe quoi, répéta Pernelle. Sans la potion d'immortalité, il me reste peut-être deux jours à vivre.

Son aura se raviva, ses ailes enflèrent, leur extrémité touchant le plafond.

— Selon Marethyu, je ne peux pas sauver mon cher Nicolas, mais je peux lui donner un de mes jours.

Sophie retint son souffle.

— Tu ferais la même chose pour ton jumeau, affirma Pernelle sans hésiter.

Mercredi 6 Juin

Sophie frémit tandis que quelque chose de froid lui descendait le long du dos. Le prix de l'amour ? Tout et n'importe quoi.

L'Ensorceleuse regarda les deux femmes tour à tour.

— Pouvez-vous m'aider à transférer une partie de mon aura dans Nicolas ?

— Comment ? souffla Sophie.

— Vous devrez me donner une partie de la vôtre.

CHAPITRE VINGT-TROIS

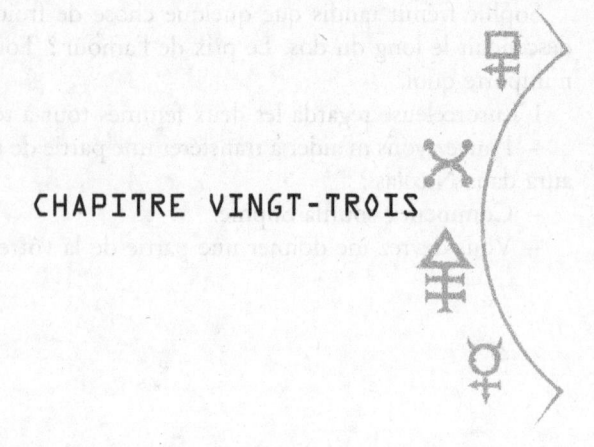

𝒮cathach se vantait souvent avec fierté qu'aucune prison ne pouvait la retenir et qu'aucun de ses amis ne serait jamais retenu prisonnier contre sa volonté. Là, elle s'apercevait peu à peu que la prison de Danu Talis était différente.

– Je crois, annonça-t-elle, que nous sommes dans de sales draps.

La Guerrière se tenait à l'entrée d'une grotte rudimentaire creusée dans la cheminée d'un volcan en activité. Cette grotte était sa cellule.

Au cours de sa longue vie, Scathach avait été emprisonnée des douzaines de fois. Mais jamais ainsi. Elle avait été chassée et piégée dans des royaumes des Ombres redoutables, abandonnée sur des îles désertes, lâchée dans les endroits les plus isolés et les plus dangereux de la Terre. Elle s'était évadée du terrifiant château d'Elmina au Ghana, enfuie du château d'If en Méditerranée.

Mercredi 6 Juin

Scatty examina les alentours. Les parois imposantes du volcan étaient parsemées de centaines de grottes. Si une bonne moitié hébergeait des prisonniers, d'autres ne contenaient plus que des os vermoulus et des lambeaux de vêtements.

Quand le vimana s'en alla, son odeur métallique chassa brièvement les vapeurs de soufre. Il s'arrêta devant une autre cellule dans laquelle l'anpou poussa Jeanne. Au même instant, un deuxième vimana descendit dans le cratère du volcan pour s'immobiliser juste au-dessus d'elle. Le dôme s'ouvrit et Saint-Germain bondit dans une grotte. L'immortel s'épousseta, puis aperçut Scatty et Jeanne. Ils se saluèrent. Saint-Germain mit les mains en porte-voix devant sa bouche et cria, mais le grondement sourd en contrebas couvrit ses paroles. Il haussa les épaules avec élégance et disparut dans la grotte... pour revenir peu après en secouant la tête.

Scathach s'enfonça dans sa cellule pour l'examiner. Elle ressemblait plus à une alcôve qu'à une grotte. Scatty y tenait à peine debout et touchait les parois si elle écartait les bras. Elle manqua éclater de rire en imaginant Palamède dans un tel endroit. À moins que certaines cellules soient plus grandes, il se sentirait vraiment à l'étroit. Quant aux portes, elles étaient tout bonnement inutiles. En bas, très, très loin, bouillonnait la lave rouge foncé. Entre le mur du fond et le vide, elle compta trois pas. Seule Jeanne, la plus petite du groupe, pourrait s'allonger. Le peu de lumière provenait des reflets vacillants dans la fosse. L'odeur et la chaleur étaient indescriptibles.

Le traître

L'Ombreuse croisa les bras sur la poitrine et regarda autour d'elle. Pas d'escalier, d'échelle ou de pont. Les vimanas constituaient le seul moyen d'accéder aux cellules. Et justement, le dernier vaisseau argenté venait de disparaître.

Elle jeta un coup d'œil à Saint-Germain, puis à William Shakespeare. Négligemment appuyé contre le mur de sa cellule un peu plus haut, celui-ci l'observait. Pile en face de lui, elle repéra Palamède, assis dans sa grotte, les pieds dans le vide. Penchée au bord de sa prison, Jeanne lui fit signe. Tous comptaient sur elle et Scathach savait pourquoi.

Chaque fois que ses amis avaient eu des ennuis, elle les avait libérés – Nicolas de la prison de la Loubianka à Moscou quelques heures avant son exécution, Saint-Germain – même si elle ne l'appréciait pas trop – du bagne de l'île du Diable. Quand Pernelle était enfermée dans la Tour de Londres, Scathach s'était frayé un chemin parmi une centaine de soldats et de mercenaires lourdement armés qui l'attendaient, postés en embuscade. Il avait fallu trente petites minutes à la Déesse Guerrière pour libérer l'Ensorceleuse. Et bien entendu, elle s'était rendue à cheval au cœur de Rouen pour sauver Jeanne d'une mort certaine sur le bûcher.

À plat ventre, Scatty examina la paroi sans trouver la moindre prise de pied ou de main. Après avoir roulé sur le dos, elle scruta la roche autour d'elle, qui semblait lisse comme un miroir, elle aussi. Elle s'assit en position du lotus et posa les mains sur les genoux.

– On dirait que j'ai du fil à retordre, marmonna-t-elle.

Mercredi 6 Juin

Souvent, une simple menace assurait la libération du prisonnier. Quand Hel avait capturé et entraîné Jeanne dans son royaume des Ombres, Scathach lui avait fait savoir qu'elle serait sur le pont de Gjallarbrú, à l'entrée du pays de Hel, à minuit pile. Si Jeanne ne lui était pas remise saine et sauve, Scatty promettait à Hel de traverser le pont d'or et de réduire son monde en poussière. À minuit une exactement, Hel en personne escortait Jeanne jusqu'au pont pour la confier à l'Ombreuse.

Un caillou lui tomba sur la tête : Jeanne la surveillait à trois mètres au-dessus d'elle.

– Alors ? Sur une échelle de un à dix ? lui cria la Française immortelle. À combien tu estimes nos ennuis, là ?

« Ma pauvre, si tu savais… », pensa Scatty.

– Nous avons dépassé douze. Nous ne sommes pas loin de treize.

Incrédule, Jeanne écarquilla les yeux comme des soucoupes.

– O.K. Peut-être quatorze, rectifia Scathach.

– Ce n'est pas grave, on a de la chance qu'aucune prison au monde ne puisse te retenir, lança Jeanne sans une once de sarcasme dans la voix.

« Sauf celle-là, peut-être », pensa Scathach.

CHAPITRE VINGT-QUATRE

Josh manœuvra la vedette contre le quai en bois d'Alcatraz, en essayant de s'approcher au maximum de la passerelle sur laquelle débarquaient les touristes. Le moteur toussa avant de s'arrêter dans un crachotement. Il tourna la clef de contact et tenta de redémarrer. Il entendit un cliquetis, mais rien ne se passa. Josh se pencha en avant pour regarder la jauge d'essence.

— Nous sommes à sec ! cria-t-il à Dee qui était à nouveau avachi sur le plat-bord du bateau écorché.

Dès le départ des dangereuses Néréides, son mal de mer l'avait rattrapé.

— Vous m'avez entendu ? hurla Josh pour attirer l'attention du Magicien.

Il prenait un certain plaisir à le voir malade.

— Je t'ai entendu, marmonna l'Anglais immortel. Que veux-tu que j'y fasse ?

Mercredi 6 Juin

— Nous sommes coincés ici, lui expliqua Josh. Comment repartirons-nous de l'île si... ?

Il s'interrompit net. Virginia Dare était assise sur la passerelle, appuyée sur un bras, ses pieds nus et sales étendus devant elle. Elle tenait sa flûte en bois contre ses lèvres avec la main gauche. Josh n'entendait aucun son à cause des vagues qui s'écrasaient contre les piliers en bois. L'immortelle était trempée et des algues pendaient autour de sa taille. Avec ses longs cheveux mouillés rabattus en arrière, elle semblait étonnamment jeune. Elle fixa Josh avec un grand sourire. Puis elle désigna la baie avec sa flûte.

— Bien joué, au fait ! Très bien joué.

— Comment avez-vous su que c'était moi ? demanda Josh que le compliment avait fait rougir.

— Trop subtil pour le docteur anglais, répliqua Dare. Dee aurait invoqué la foudre ou vidé la baie entière. Il ne connaît pas le sens du mot « retenue ».

— Tu aurais pu nous donner un coup de main, lui reprocha Dee en se redressant.

— J'aurais pu. J'ai choisi de rester en retrait.

— J'ai cru ne jamais vous revoir, avoua Josh. Et si vous n'aviez pas retrouvé votre flûte ?

Virginia fit virevolter l'instrument dans sa main.

— Oh ! Nous sommes de vieilles amies, cette flûte et moi. Nous sommes... liées. Je la retrouverai toujours comme elle reviendra toujours à moi. La Néréide a commis l'erreur de vouloir en jouer ; elle ignorait que j'étais la seule personne à pouvoir l'utiliser.

Le traître

Le visage de l'immortelle se couvrit d'un masque et son sourire afficha une certaine cruauté.

– Disons que Nérée n'a plus que quarante-neuf filles.
– Vous l'avez tuée ?

Josh imaginait mal cette femme apparemment si jeune en tueuse.

Virginia fit tourner sa flûte et, un instant, Josh crut entendre la mélodie chantée par les Néréides.

– Nous lui avons volé ses chansons et sa voix. Elle est muette, à présent. Jamais plus elle ne chantera ; elle ne sera donc plus d'aucune utilité à Nérée, finit Dare, presque joyeuse.

Quand elle éclata de rire, la flûte reprit le son, bien qu'elle fût loin de sa bouche.

– Tu n'as pas utilisé ton aura ? s'empressa de lui demander Dee tout en s'extirpant du hors-bord, les jambes flageolantes.

Dès qu'il fut à terre, Josh lui tendit les épées de pierre Excalibur et Joyeuse.

Dare se leva en douceur et tapota l'épaule de Dee avec sa flûte. Des fragments de musique discordante résonnèrent dans l'air de l'après-midi.

– Non, docteur, je n'en ai pas eu besoin. Ma flûte ressemble à tes épées : elle est ancienne, éternelle et élémentaire. Mais contrairement à tes instruments qui détruisent et tuent uniquement, le mien est subtil. Il peut même créer une nouvelle vie.

Elle remonta la passerelle et se rendit vers un mur en pierre marron qui comportait une pendule et un panneau où était écrit en blanc : ÎLE D'ALCATRAZ. Elle s'arrêta à

Mercredi 6 Juin

côté de l'horloge, se tourna face au soleil et ferma les yeux.

— Cela fait du bien !

Josh s'attacha les deux autres épées — Clarent et Durandal — dans le dos et descendit de la vedette.

— Nous sommes en panne sèche, répéta-t-il en les suivant. Nous sommes coincés ici.

— Pas tant que j'ai mes épées, lui lança Dee, sa voix résonnant dans le dock désert. Si nous étions sur le point de révéler notre emplacement, nous les chargerions avec nos auras et les utiliserions pour fabriquer des portails vers n'importe quelle destination...

Soudain, il se mit à chuchoter :

— ... et n'importe quelle époque sur cette planète.

Il se tut, comme s'il avait été frappé.

Virginia écarquilla les yeux.

— Docteur ?

Toute couleur disparut du visage du Magicien anglais. Son teint devint pâle et maladif, ses lèvres bleuirent. Ses cernes prirent l'aspect de vieilles ecchymoses. Josh et Dare se dévisagèrent avec inquiétude.

— Docteur ? répéta Virginia avant de poser doucement la main sur son bras. Ça va, John ?

Dee cligna des yeux à plusieurs reprises. Bien qu'il regardât l'immortelle, il était clair qu'il ne la voyait pas.

— John ? s'alarma-t-elle.

Et elle lui asséna une gifle magistrale.

Dee tituba en arrière, porta la main à sa joue où l'empreinte des doigts était dessinée en rouge. Quand il regarda Virginia, Dee avait les yeux d'un fou ; ses pupilles dilatées et noires ressortaient sur son visage blême. On aurait dit deux trous brûlés dans du papier.

– Oui, répondit-il, la voix chargée d'émotion. Oui, je vais bien. Franchement. Je vais bien.

Avant que Josh comprenne ce qui venait de se produire, des bruits de pas résonnèrent sous une arche à leur droite. Le trio fit volte-face, prêt à dégainer une arme. Deux silhouettes pressées surgirent.

– Voilà un couple bien étrange, murmura Dee.

Toujours élégant malgré son costume noir souillé, Niccolò Machiavelli s'arrêta devant le Magicien anglais et fit un signe de tête à Josh.

– Ai-je bien entendu ou mes oreilles me jouent-elles des tours ? Non, tu ne vas pas bien, docteur Dee, déclara l'Italien dans un anglais précis et sans accent. Tu as cette lueur dans les yeux.

– Quelle lueur ? le défia Dee.

– Celle que tu as chaque fois que tu t'apprêtes à commettre un acte incroyablement stupide et anormalement destructeur.

– J'ignore totalement de quoi tu parles. Je souffre juste du mal de mer.

– Ah ! Ça oui, il a été malade ! s'exclama l'immortelle.

Elle s'avança à grands pas vers l'Italien et lui tendit la main.

– Puisque le docteur a perdu ses bonnes manières et est trop grossier pour faire les présentations, je me débrouille donc seule. Virginia Dare.

Machiavel lui prit la main, puis l'effleura du bout des lèvres.

Mercredi 6 Juin

— Un honneur de vous rencontrer, mademoiselle Dare. Votre réputation vous précède.

Virginia se tourna vers Billy avec un sourire éclatant.

— Contente de te revoir, mon vieil ami. Comment vas-tu ?

— Très bien, Miss Dare. Et, oui, cela fait plaisir de vous voir aussi.

Il s'avança et la serra dans ses bras.

— Vous vous connaissez ? s'étonna Dee, demandant tout haut ce que Josh pensait tout bas.

Finalement, Dee trouva logique que des immortels américains se soient rencontrés à un moment ou à un autre au cours des siècles.

— Oh ! Le Kid et moi avons vécu quelques aventures ensemble ! expliqua Dare en lançant un clin d'œil au jeune homme. N'est-ce pas, Billy ?

— Pas sûr que j'emploierais le mot « aventure », répondit Billy avec un sourire timide. Ça se terminait toujours de la même manière : je prenais une balle ou j'étais frappé par un instrument pointu.

— Et je te sauvais la vie, lui rappela Virginia.

— C'est drôle, j'ai toujours cru l'inverse.

Machiavel porta son attention sur Josh et lui tendit la main. Josh sentit alors la force de l'Italien.

— Je suis ravi de te revoir, affirma Machiavel.

Il fallut quelques instants à Josh pour se rendre compte que l'immortel lui avait parlé en italien et qu'il l'avait compris.

— Je m'étonne que tu sois resté avec notre ami anglais.

— J'ai entendu, gronda Dee. Je parle italien !

Le traître

— Je sais, répliqua Machiavel. Je rappelais simplement au jeune M. Newman qu'il avait encore le choix.

Josh se mordit l'intérieur de la joue pour garder un visage impassible.

— Moi aussi, je suis content de vous voir, répondit-il en anglais.

Il aimait beaucoup l'Italien, bien plus que Dee. Machiavel possédait l'humanité qui manquait à Dee.

— Comment êtes-vous venus jusqu'ici ? À l'aide d'un nexus ou… ?

— Par avion.

Machiavel fit alors signe à Billy d'approcher.

— Voici Josh Newman. Un Or, ajouta-t-il en insistant sur le mot. Et l'un des jumeaux de la prophétie.

Ils se serrèrent la main et Josh fut surpris par la peau froide et rugueuse du Kid. Il découvrit aussi qu'il était un peu plus grand que le bandit.

— Si on m'avait dit que je rencontrerais un Or un jour ! déclara Billy.

— Si on m'avait dit que je rencontrerais une légende ! s'exclama Josh.

Quand il s'aperçut qu'il souriait comme un idiot, Josh essaya en vain de se calmer. Il connaissait vaguement Machiavel et Dare de nom avant de les rencontrer, il n'avait jamais entendu parler de Dee, mais pour Billy the Kid, c'était différent. Ce type était une véritable légende américaine. Son enfance avait été bercée par ses exploits.

Le Kid semblait presque gêné.

— Une légende, c'est vite dit si on compare à Wild Bill, Jesse James, Geronimo ou Cochise.

Mercredi 6 Juin

— Moi, je continue à penser que vous êtes une légende, insista Josh.

— Tu en es une aussi, répliqua Billy. Un des deux jumeaux : celui qui sauvera le monde et celui qui le détruira. Lequel es-tu ?

— Aucune idée, répondit Josh.

Alors que la prophétie était au cœur des conversations depuis une semaine, il n'avait pas pris le temps d'analyser les mots. *L'un pour sauver le monde, l'autre pour le détruire.* Il espérait être le premier... Cela voulait dire que Sophie serait le second. Cette pensée le cloua sur place.

— Venez, les interrompit Niccolò. Dépêchons.

L'Italien leur fit signe de le suivre sur le chemin qui menait au château d'eau.

— Nérée s'apprête à réveiller le Lotan, annonça-t-il tandis que les briques renvoyaient sa voix à l'infini. Je veux être présent à ce moment-là.

Josh se plaça à côté de Billy.

— C'est quoi, un Lotan ?

— Un monstre à sept têtes.

Josh se tourna vers la baie. Une telle créature saccagerait la ville. Les morceaux du puzzle se mirent soudain en place. Était-il le jumeau destiné à détruire le monde ?

— Sept têtes ? marmonna-t-il. Faut que je voie ça.

— Moi aussi, enchérit Billy. Je voulais qu'il réveille un kraken, mais apparemment, ils sont trop petits.

Virginia Dare attendit derrière les deux jeunes hommes que le Dr John Dee les rattrape.

Le traître

— Tu complotes, chuchota-t-elle. John, j'ai vu ce que Machiavel a remarqué.

— Je réfléchissais, affirma Dee avec une bonne humeur sincère.

Pendant un instant, il recouvra sa jeunesse.

— *Fortes fortuna adjuvat*, cita-t-il.

— Il va falloir que tu traduises, je n'ai pas reçu une éducation très classique quand je vivais dans les forêts de Caroline du Nord.

— « La fortune seconde le courage. »

Il se frotta la joue machinalement – elle était encore rouge à cause de la gifle.

— Une idée est en train de germer. Quelque chose de vraiment osé et téméraire.

— Ta dernière idée osée et téméraire ne s'est pas très bien terminée, lui rappela Dare.

— Cette fois-ci, ce sera différent.

— Tu as failli brûler tout Londres.

Dee préféra l'ignorer et se gratta la joue.

— Tu étais obligée de me frapper aussi fort ? J'ai l'impression d'avoir perdu un plombage.

— Crois-moi, s'esclaffa Virginia, je me suis retenue.

CHAPITRE VINGT-CINQ

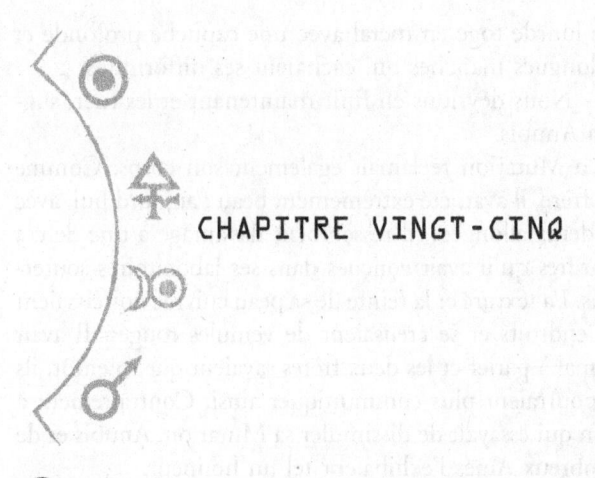

Depuis le toit du Palais du Soleil, Aton, le Seigneur de Danu Talis, observait les vimanas qui s'élevaient de la gueule de Huracan, le volcan prison.

— Et personne ne s'est enfui ? demanda-t-il, le menton levé.

— Personne, mon frère. Mes anpous les ont capturés sans difficulté.

— L'homme au crochet ?

— Séparé des autres, comme tu l'as exigé.

Aton fit face à son compagnon. Autrefois, il était impossible de les différencier, mais récemment, la Mutation qui s'opérait chez tous les Aînés faisait effet sur Aton. Son crâne, son nez et ses mâchoires s'allongeaient, ses lèvres s'épaississaient et ses yeux rentraient dans leurs orbites, ce qui les bridait un peu. Il portait désormais

183

Le traître

une lourde toge en métal avec une capuche profonde et de longues manches qui cachaient ses difformités.

— Nous devrions en finir maintenant et les tuer, suggéra Anubis.

La Mutation réclamait également son corps. Comme son frère, il avait été extrêmement beau ; aujourd'hui, avec ses dents allongées, il ressemblait davantage à une de ces créatures qu'il avait conçues dans ses laboratoires souterrains. La texture et la teinte de sa peau cuivrée noircissaient par endroits et se creusaient de veinules rouges. Il avait du mal à parler et les deux frères savaient que, bientôt, ils ne pourraient plus communiquer ainsi. Contrairement à Aton qui essayait de dissimuler sa Mutation, Anubis et de nombreux Aînés l'exhibaient tel un honneur.

— Les tuer ? s'étonna Aton.

— Oui. La solution la plus rapide pour résoudre un problème, c'est de le supprimer.

— Mais dans ce cas, mon frère, nous raterons la chance la plus extraordinaire de notre vie. Abraham prétend qu'ils viennent du futur.

— Alors réglons-lui aussi son compte, postillonna Anubis.

Il rejoignit son frère et tous deux scrutèrent le volcan par-delà la ville circulaire.

— Et ta curiosité scientifique ? demanda Aton sur un ton léger. Petit, tu adorais déjà les expériences !

Anubis étendit les mains. Ses doigts se terminaient par des griffes longues et noires.

— Regarde où elles m'ont mené. Je me transforme en monstre. Je suis convaincu qu'elles m'ont empoisonné et

Mercredi 6 Juin

qu'elles ont affecté ma Mutation. Ne devrions-nous pas nous ressembler, mon frère ?

— Selon Abraham, la Mutation serait simplement une révélation de notre vraie personnalité, l'informa Aton.

— Qu'en conclus-tu sur la mienne ? grogna Anubis.

Aton tourna le dos au parapet qui courait le long du toit et monta sur le premier niveau de l'immense jardin suspendu du palais royal. Il ne voulait pas révéler à Anubis qu'il s'apparentait de plus en plus aux monstres à tête de chien qu'il avait créés mille ans plus tôt.

— Viens avec moi, ordonna-t-il.

Le jardin sur terrasse – le Jardin de la Lune – était divisé en sept cercles distincts, aux couleurs et aux plantes différentes. Aton entra dans le premier, se recroquevilla dans son lourd manteau, ferma les yeux et prit une profonde inspiration. Dans ce cercle qui entourait complètement le toit du palais poussaient des lotus (plus d'un millier de variétés recueillies aux quatre coins du monde) ; il était capable de les identifier un par un à leur parfum.

— Petit frère, il ne doit rien arriver à nos visiteurs, déclara-t-il avec une pointe d'autorité – Anubis était capable du pire dans son dos. On leur apportera à boire et à manger ; je serai le seul à les interroger.

— Aton, est-ce bien raisonnable ?

Sans se retourner, le Seigneur de Danu Talis répondit avec calme :

— Ne conteste plus mes décisions, petit frère. Souviens-toi de notre autre frère. Tu obéis sans poser de questions. Si le moindre problème survient, je te tiendrai pour personnellement responsable.

Le traître

Il fit volte-face et surprit le regard arrogant et moqueur d'Anubis.

– Tu penses que je deviens faible, pas vrai ?

Anubis portait une longue cotte de mailles sans manches qui tournoyait autour de lui quand il marchait. Les bords du métal tissé tranchait les délicates fleurs de lotus à chacun de ses pas. Il posa un genou en terre devant Aton et courba la tête.

– J'ai assisté à tes combats contre les Anciens et les Archontes. J'ai chassé les Seigneurs de la Terre avec toi. Tu règnes sur un empire qui s'étend d'un horizon à l'autre, d'un pôle à l'autre. Seul un imbécile te traiterait de lâche et de faible.

– Alors ne joue pas les imbéciles !

Aton posa les mains sur les épaules musclées de son frère et l'obligea à se relever. Les pupilles de ses yeux jaunes et plats s'étaient rétrécies.

– Tu as oublié de dire que ces exploits datent de plusieurs siècles. Je n'ai pas guerroyé depuis huit cents ans.

– Pourquoi nous battrions-nous quand les anpous peuvent le faire à notre place ? demanda Anubis qui s'efforçait de ne pas bafouiller alors que la peur transparaissait dans ses yeux.

– Tu crois que la vie de palais m'a ramolli ? continua Aton comme s'il ne l'avait pas entendu. Tu crois que la Mutation m'a affaibli ?

Ses doigts serrèrent les épaules de son frère, lui pincèrent les nerfs et l'obligèrent à s'agenouiller à nouveau dans l'allée en cristal de quartz.

Mercredi 6 Juin

— Un souverain médiocre et faible peut être remplacé par un homme plus fort. Quelqu'un comme toi, par exemple. Sauf que tu oublies un détail, mon frère : j'ai autant d'espions dans cette ville qu'il y a de fleurs sur ce toit. Je sais ce que tu racontes, ce que tu complotes.

Enroulant son poing dans la cotte de mailles, Aton entraîna Anubis vers le parapet et le poussa contre le mur.

— Regarde en bas, grogna-t-il. Que vois-tu ?
— Rien…
— Rien ? Alors tu es aveugle. Regarde mieux.
— Je vois des gens, rapetissés par la distance. Des personnes insignifiantes.
— Peut-être, mais il s'agit de mon peuple, de mes sujets. Ce ne seront jamais les tiens.

Aton approcha davantage son frère du bord.

— Si tu remets encore en question mes décisions, je te tue. Si je découvre que tu complotes contre moi, je te tue. Si tu parles à nouveau de ma reine ou de moi en public, je te tue. Me suis-je bien fait comprendre ?
— Tu me tues, marmonna Anubis après un signe de tête.

Aton le rejeta sur le côté et Anubis s'étala dans un parterre immaculé de lotus blancs. Leur parfum était écœurant.

— Tu es mon frère et, si surprenant que cela puisse être, je t'aime. Et c'est la seule chose qui t'a permis de rester en vie jusqu'à ce jour. Maintenant, amène-moi l'homme au crochet.

CHAPITRE VINGT-SIX

Les deux ados aux cheveux gras adossés contre le mur de l'Esmiol Building à San Francisco regardèrent l'homme corpulent émerger de la rue d'en face en titubant. Il s'arrêta avant de prendre à gauche vers Broadway. En temps normal, ils évitaient les hommes imposants et les jeunes sportifs, préférant détrousser des femmes, des personnes âgées ou des enfants. Toutefois, ils faisaient une exception pour les ivrognes – des proies faciles. Sans se regarder, ils se décollèrent du mur et marchèrent à la même allure que le type.

– T'as vu sa dégaine ? Il a été opéré de la hanche, remarqua Larry, d'une maigreur peu naturelle, une toile d'araignée tatouée sur l'oreille. Ma grand-mère marche pareil.

– C'est peut-être le genou ? suggéra son ami Mo.

Mercredi 6 Juin

Trapu et musclé, Mo avait le torse d'un bodybuilder et une taille étroite. Il portait une lame de rasoir plaqué or en guise de boucle d'oreille.

– Il ne peut pas tendre la jambe. Regarde sa carrure. Je te parie qu'il jouait au foot. C'est ça qui lui a esquinté les genoux.

Son sourire dévoila une bouche remplie de dents gâtées.

– Y peut pas courir...

Larry et Mo accélérèrent le pas, ravis que les gens détournent le regard ou s'écartent sur leur passage. Dans cette partie de la ville, la plupart des piétons les connaissaient de réputation.

Les deux ados dépassèrent leur cible avant de s'arrêter devant un petit salon de beauté. De là, ils évaluèrent la valeur de leur victime. Rodés, ils n'attaquaient que si cela en valait le coup. Sinon, ils jugeaient le risque et la perte de temps inutiles.

– Il est grand, commenta Larry.

– Très grand, acquiesça Mo. Mais vieux, aussi...

– Jolie veste en cuir pour un vieillard, continua Larry. Rétro, style biker.

– Très jolie. Elle doit coûter du pognon.

– Belles bottes. Elles ont l'air neuves.

– Et la ceinture en cuir ? Superbe boucle, observa Mo. On dirait une sorte de casque dessus. Elle est pour moi !

– Hé ! c'est pas juste. T'as gardé la montre la dernière fois.

– Et toi, tu as filé le porte-monnaie en cuir de la

Le traître

bonne femme à ta grand-mère pour son anniversaire. On est quittes.

Soudain, le colosse traversa la route à grands pas sans se soucier de la circulation. Il se dirigeait droit vers Mo et Larry. Tous deux pivotèrent, soudain fascinés par la vitrine du salon de beauté. Maintenant qu'il était plus près, ils se rendaient mieux compte de sa taille. Il paraissait encore plus immense dans ses vêtements trop grands. Il portait un jean et un tee-shirt ample vaguement gris (il devait être blanc au départ) sous une énorme veste de motard en cuir noir et clouté, un bandana blanc et noir serré sur le crâne et noué sur la nuque, ainsi que des lunettes d'aviateur.

– Ce sont des Ray-Ban ? demanda Larry qui essayait d'apercevoir le logo sur le verre droit.

– Des copies, je te parie. Je les prends quand même. On les fourguera à un touriste.

Ils se retournèrent au moment où l'homme passait devant eux en chancelant, les jambes raides. Les clous en argent dessinaient le même casque de guerre sur le dos de sa veste que sur sa boucle de ceinture. Un clou rouge et un bleu représentaient les yeux de chaque côté du long protège-nez.

– C'est un biker, affirma Larry en secouant la tête. Sont pas tendres, ces gars-là. On ferait mieux de lâcher l'affaire.

– Elle est où, sa moto ? l'interrogea Mo. Moi, je vois qu'un gras du bide qui veut jouer les durs malgré son âge.

– Même les vieux bikers sont des durs à cuire.

Mercredi 6 Juin

– Ouais, mais on est plus forts.

Mo glissa la main sous son tee-shirt et toucha le morceau de tuyau en plomb coincé dans son jean.

– Et personne n'est plus costaud que notre cher ami en métal ici présent.

– Hum... O.K. On le suit. Mais on charge uniquement si on peut le choper par-derrière. D'accord ?

– Tope là.

Soudain, le type prit à droite sur Turk Murphy Lane, une ruelle étroite reliant Broadway et Vallejo Street.

– Putain, mec, y en a qui cherchent vraiment ! s'exclama Mo. C'est notre jour de chance.

Il tapa dans la main de Larry et tous deux partirent au pas de course à la suite de l'homme à la veste de cuir. Ils ne discutèrent même pas d'un plan – ils agresseraient le vioque dans la rue tranquille, lui prendraient sa veste, ses bottes, sa ceinture et son argent s'il en avait avant de s'enfuir à toutes jambes. Ils ralentiraient en arrivant sur Vallejo Street : la ruelle donnait pile en face du poste de police local. Larry et Mo connaissaient les rues autour de China Town comme leur poche ; ils seraient à plusieurs pâtés de maisons de là quand quelqu'un remarquerait le corps ratatiné et donnerait l'alerte.

– Souviens-toi, prévint Mo. La boucle de ceinture est à moi.

– O.K., mais la prochaine fois, c'est moi qui choisis en premier...

Seulement, au coin de la rue, le colosse les attendait, les bras croisés, au milieu du trottoir.

Le traître

Un battoir géant jaillit et empoigna Larry par le col de son tee-shirt sale. L'homme le souleva du sol puis le jeta six mètres plus loin sur le capot d'une voiture. Le pare-brise s'étoila et l'alarme se mit à mugir.

Aucun passant ne jeta un coup d'œil dans leur direction.

Mo cherchait son tuyau en plomb quand, tout à coup, une main énorme se referma sur son crâne. Et serra. La douleur fut effroyable. Des points noirs dansèrent aussitôt devant ses yeux et ses jambes cédèrent sous lui. Il serait tombé si l'homme ne l'avait pas retenu par la tête. Le vieillard – qui n'avait finalement pas l'air si vieux – prit le tuyau, l'examina, le sentit, le lécha avec une langue noire comme du charbon et enfin l'écrasa aussi facilement qu'une cannette avant de le jeter. L'homme leur adressa des mots incompréhensibles. Il répéta la même phrase dans plusieurs langues jusqu'à ce que...

– Vous me comprenez, là ?

Mo répondit par un cri étranglé.

– Vous avez de la chance que je sois de bonne humeur aujourd'hui, continua l'homme. Je cherche mon chemin.

– Pardon ? murmura Mo.

– Mon chemin.

Le colosse relâcha Mo qui tituba et bascula contre un mur. Il se palpa le cuir chevelu, convaincu de trouver les énormes empreintes du type sur son crâne.

– Mon chemin, insista l'homme. J'ai l'adresse quelque part.

Dès qu'il plongea la main sous sa veste, Mo attaqua et tenta une prise de karaté au niveau de la gorge. Rapide

Mercredi 6 Juin

comme l'éclair, le type lui attrapa le bras, serra puis le frappa à la poitrine avec la paume de sa main. La force du coup propulsa Mo dans le mur en briques.

– Ne sois pas idiot, gronda le géant en lui montrant un bout de papier. Sais-tu où se trouve cet endroit ?

Il fallut quelques secondes à Mo pour reprendre ses esprits, et enfin, l'adresse écrite en lettres majuscules enfantines sur du papier ligné flotta devant ses yeux.

– Oui, chuchota-t-il, terrifié. Oui.
– Dis-moi.
– T'es à pied ou t'as un véhicule ?
– J'ai l'air de conduire ? grogna l'homme. Tu as vu un char dans les parages ?

Mo déglutit bruyamment. Il avait mal aux côtes, respirait avec difficulté et sa tête résonnait après sa rencontre avec le mur. Cependant, il aurait juré que le gars avait dit « char ».

– Par où ?
– Tu suis cette rue, Broadway, jusqu'à Scott Street – ce sera sur ta gauche. L'adresse se trouve par là-bas.
– C'est loin ?
– C'est pas à côté, répondit Mo avec un semblant de sourire. Tu vas me lâcher, monsieur, hein ? J't'ai rien fait, dis.

Le colosse plia le bout de papier avec l'adresse et le fourra dans la poche arrière de son jean baggy.

– À moi non, mais vous avez dépouillé d'autres personnes. Vous terrorisez ce quartier.

Le jeune ouvrait la bouche pour mentir quand le type

Le traître

ôta ses Ray-Ban et les rangea dans une poche intérieure. Des yeux d'un bleu stupéfiant fixèrent le visage du gamin.

– Dis à tes amis… ou à tes semblables, parce que, à mon avis, tu n'as pas d'amis… Dis-leur que je suis de retour et que je ne tolérerai pas ces attaques.

– De retour ? Mais qui t'es ? Une espèce de cinglé… ?

– Avant, oui.

L'homme sourit et Mo découvrit une bouche remplie d'immenses incisives semblables à des crocs de vampire. Une langue noire et fourchue se faufila entre les dents.

– Dis à tes amis que Mars Ultor est revenu.

Puis il prit Mo par le colback, le souleva et le jeta sur son copain. L'alarme de la voiture se tut dans un couinement.

Ensuite, Mars Ultor regagna nonchalamment Broadway, à la recherche de Scott Street et de Tsagaglalal.

CHAPITRE VINGT-SEPT

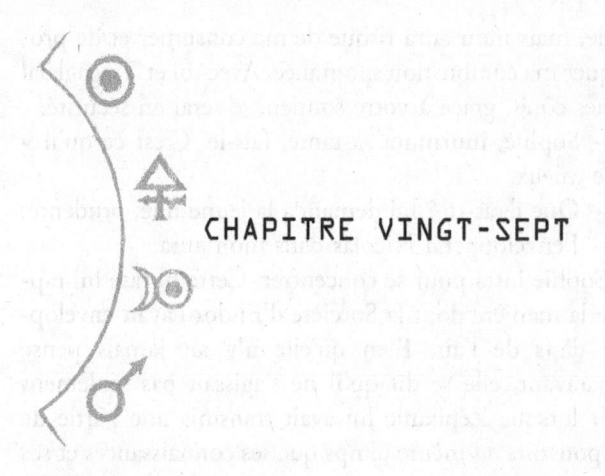

Son instinct souffla à Sophie que Pernelle lui demandait quelque chose de mal, même si elle ne savait pas bien pourquoi. Des pensées et des souvenirs très flous dansèrent dans son esprit, mais elle peinait à avoir les idées claires vu que l'Ensorceleuse la fixait avec ses grands yeux verts.

– Vous voulez que je vous donne mon aura ?
– Oui, un petit peu…
– Comment… ? Pourquoi ?

Sophie ne serra pas la main tendue de la femme.

– Tu es d'Argent, Sophie. Quelqu'un d'extrêmement puissant, expliqua Pernelle. Mets ta main dans la mienne et je pourrai me servir de la force de ton aura pour augmenter la mienne pendant que je transfère un peu de ma vie dans mon époux. Il se peut que j'y parvienne

Le traître

seule, mais mon aura risque de me consumer et de provoquer ma combustion spontanée. Avec toi et Tsagaglalal à mes côtés, grâce à votre soutien, je serai en sécurité.

– Sophie, murmura sa tante, fais-le. C'est ce qu'il y a de mieux.

– Que feras-tu ? lui demanda la jeune fille, prudente.

– J'envelopperai Nicolas dans mon aura.

Sophie lutta pour se concentrer. Cette phrase lui rappela la manière dont la Sorcière d'Endor l'avait enveloppée dans de l'air. Bien qu'elle n'y ait jamais pensé auparavant, elle se dit qu'il ne s'agissait pas seulement d'air lorsque Zéphanie lui avait transmis une partie de ses pouvoirs en même temps que ses connaissances et ses souvenirs.

– Sophie, nous n'avons pas beaucoup de temps, remarqua Pernelle, un tantinet agacée. Je ne peux pas réussir seule.

– Sophie, insista Tsagaglalal, Nicolas se meurt.

Mal à l'aise, Sophie tendit la main droite. Pernelle la serra dans la sienne et Sophie sentit des callosités au bout de ses doigts et dans ses paumes.

Aussitôt affluèrent des souvenirs qui n'étaient pas les siens. Voilà pourquoi elle ne souhaitait pas que Pernelle exploite son aura ! Après les événements récents, Sophie ne lui faisait pas totalement confiance. D'un côté, elle mourait d'envie d'en apprendre davantage sur Pernelle ; de l'autre, elle ne voulait pas que l'Ensorceleuse ait accès à des souvenirs, des pensées, des idées que la Sorcière d'Endor avait partagés avec elle. Il n'y avait aucune raison

Mercredi 6 Juin

qu'elle les partage. Et si ces derniers jours lui avaient appris quelque chose, c'était de se fier à son instinct.

– Le scarabée, Tsagaglalal, demanda Pernelle.

Tante Agnès s'empara de l'insecte aux détails incroyables sur son étagère et le posa dans ses deux mains. Dès qu'elle le toucha, l'objet émit une lumière chaude, émeraude ; l'aura blanche de Tsagaglalal scintilla et se para de fils luminescents couleur de jade. Soudain, les marques du temps s'estompèrent et Tsagaglalal redevint jeune et extraordinairement belle. Le scarabée vibra et la femme que Sophie connaissait en tant que Tante Agnès réapparut.

Sophie la regarda et se souvint...

... Tsagaglalal assise à une table à damier devant un homme qui portait un masque en or sur la moitié de son visage. Sauf qu'il ne s'agissait pas d'un masque. Sa peau se transformait en métal. Dans ses mains en coupe – l'une de chair, l'autre d'or – le scarabée. Il le déposa avec douceur dans les mains de Tsagaglalal et referma ses doigts sur l'objet. « Tu es Tsagaglalal, annonça-t-il d'une voix semblable à un grondement sourd, Celle qui Observe. Maintenant et pour l'éternité. L'avenir des humani se trouve ici, entre tes mains. Garde-le bien. »

Sophie cligna des yeux et vit...

... Tsagaglalal devant deux fillettes rousses aux yeux verts presque identiques : Aifé et Scathach. Elles portaient des tenues de guerre, la peau de cerf décorée des Grandes Plaines. Derrière elles, de la fumée s'élevait d'un immense champ de bataille jonché de cadavres qui n'appartenaient ni à des hommes ni à des animaux, mais à des créatures à mi-chemin des deux. La plus petite des sœurs, des taches de rousseur sur

le nez, s'avança vers la femme nommée « Celle qui Observe » par la tribu et prit le scarabée de jade. Puis elle se tourna et leva l'objet vers le ciel. L'armée cria alors son nom : « Scathach ! »

Les images tourbillonnèrent au moment où...

... Aifé, vêtue de noir et de gris, sautait par la fenêtre d'une tour et tombait dans des douves glacées. Juste avant de disparaître dans les eaux ardoise, elle brandit la sculpture de jade qu'elle venait de voler.

Sophie était consciente du temps qui passait, des mois et des années qui filaient en quelques secondes. Là, la rouquine aux taches de rousseur était une jeune fille et...

... Scathach, vêtue de cuir et de fourrure, courait au milieu d'une forêt de bambous. De grosses flèches noires pleuvaient autour d'elle. Elle tenait une épée incurvée dans une main, le scarabée dans l'autre. Derrière elle, Aifé et son armée de monstres à peau bleue fonçaient entre les arbres.

Les souvenirs arrivaient en masse, les images se bousculaient...

... Scathach à genoux devant un garçon vêtu des robes royales d'Égypte, les bras tendus pour lui remettre le jade vert.

... Scathach à nouveau, penchée au-dessus du corps inerte de ce même garçon, les bras croisés sur la poitrine. Doucement, elle extirpa le scarabée coincé entre ses doigts raidis. Elle porta l'objet à ses lèvres, l'embrassa et versa des larmes de sang pour son ami Toutankhamon, l'enfant-roi. Il y eut des cris. L'Ombreuse se retourna avant de bondir par la fenêtre au moment où les gardes nubiens du roi se ruaient

Mercredi 6 Juin

dans la pièce. Ils la poursuivirent pendant trois jours dans le désert, mais elle parvint à leur échapper.

D'autres images défilèrent à une vitesse stupéfiante – fragments de visages, de lieux… – et soudain…

… Pernelle, dans une élégante toilette du XIXᵉ siècle, Nicolas à ses côtés, acceptant une boîte fermée par un ruban à rayures que lui remettait Scathach. Celle-ci portait un uniforme militaire et une épée sur la hanche. « Tu m'offres un bousier ! » s'exclama la Française en riant quand elle ouvrit le paquet.

Sophie cligna des yeux…

… Pernelle, en costume du début du XXᵉ siècle, chapeau cloche sur la tête, présentant cette même boîte au ruban rayé à Tsagaglalal, Celle qui Observe. Derrière elles, les ruines de San Francisco brûlaient et fumaient à la suite d'un terrible séisme.

Les souvenirs s'effacèrent. Sophie ouvrit les yeux tandis que la vieille femme tendait le scarabée à Pernelle.

– Je connais cet objet depuis dix mille ans, affirma Tsagaglalal. Bien que j'en aie souvent été dépossédée, il m'est toujours revenu, tôt ou tard. Je me suis toujours demandé pourquoi les autres Gardiens et moi devions le conserver pour cet instant précis.

Pernelle leva les yeux.

– Je pensais que vous le sauriez mieux que quiconque.

Tsagaglalal secoua la tête.

– Quand il me l'a donné, il a dit que je tenais l'avenir du genre humain entre mes mains. Mais il disait souvent des choses comme celles-là. Il aimait dramatiser.

Le traître

L'Ensorceleuse examina les gravures et tourna le scarabée pour en admirer les détails.

– Quand Scathach me l'a offert pour mon cinq centième anniversaire, je l'ai taquinée parce qu'elle avait choisi un bousier. L'Ombreuse m'a répondu : « Le fumier a plus de valeur que n'importe quel métal précieux. On ne fait pas pousser de nourriture dans de l'or. »

Pernelle regarda Tsagaglalal.

– J'ignorais alors à quel point il était ancien et précieux.

Celle qui Observe hocha la tête.

– Moi aussi. Le lendemain, il me remettait le Livre.

Sophie fronça les sourcils.

– Qui t'a remis le scarabée et le Livre ?

Un nom clignota dans son esprit.

– Était-ce Abraham le Juif ?

L'air triste, Tsagaglalal acquiesça, puis sourit.

– Oui, c'était bien lui, même si jamais je ne l'ai appelé ainsi. Il détestait ce titre.

– Comment l'appelais-tu ? demanda Sophie dont le cœur se mit à battre à toute allure, la laissant hors d'haleine.

– Je l'appelais époux.

CHAPITRE VINGT-HUIT

$\mathcal{B}$illy the Kid fonça d'un bout du couloir à l'autre, examina dans chaque cellule la ménagerie qui y dormait.

— J'ai vécu sur cette Terre très longtemps et je n'ai jamais rien vu de pareil.

Il regarda un homme musclé à la peau bleue, avec une masse de cheveux noirs et rêches. Deux cornes recourbées lui poussaient sur le front.

— Vraiment ? demanda Niccolò Machiavelli avant de jeter un rapide coup d'œil dans la cellule. C'est un démon japonais. Ceux à la peau bleue sont très désagréables, mais les pires sont les rouges.

L'Italien continua le long des couloirs lugubres de la prison, les mains croisées dans le dos, ses yeux gris rivés droit devant lui.

— Vous ruminez encore de sombres idées, remarqua

Le traître

Billy à voix basse, alors qu'il s'approchait de l'immortel en costume sombre.

— Tu lis dans les pensées, maintenant ?

— Dans les gestes. Pour survivre au Far West, il faut observer la manière de se tenir et de bouger des gens, interpréter les expressions, les regards, reconnaître celui qui risque de dégainer et celui qui va se rendre. Je suis très doué à ce petit jeu, se vanta l'Américain. Et j'ai toujours su quand une personne allait faire quelque chose d'idiot.

— Tel n'est pas mon cas, murmura Machiavel. J'ai donné ma parole à mon maître et je l'honorerai : je réveillerai ces bêtes et je les lâcherai sur la ville.

— Mais cela ne vous enchante pas, hein ?

Machiavel lança un coup d'œil à Billy qui poursuivit :

— Quand je vois ce qui croupit dans ces cellules, je n'ai pas très envie de les savoir en liberté ici ou ailleurs, chuchota le Kid. Ce sont tous des carnivores et des buveurs de sang, pas vrai ?

— Je n'ai jamais rencontré un monstre végétarien de ma vie, répliqua Machiavel. Oui, la plupart d'entre eux aiment la viande et ceux qui ressemblent le plus à des hommes se nourrissent de l'énergie sombre contenue dans les rêves et les cauchemars.

— Voulez-vous vraiment les expédier à San Francisco ?

Machiavel ne répondit pas mais secoua légèrement la tête. Ses lèvres formèrent un mot qu'il ne prononça pas à voix haute : *Non*.

— Ma main à couper que vous mijotez quelque chose, ajouta Billy.

Mercredi 6 Juin

– Qu'est-ce qui te fait dire cela ?
– Facile.

Les yeux bleus de l'Américain étincelaient dans la pénombre.

– C'est évident. Vous n'avez jamais eu à survivre dans le Grand Ouest.

– J'ai survécu dans des endroits bien plus dangereux que ton Amérique du XIXe siècle ! J'ai réussi en gardant un visage impassible et mes opinions pour moi-même.

– Et c'est là que vous commettez une erreur, monsieur Machiavelli.

– Appelle-moi Niccolò. Instruis-moi, jeune homme.

Billy dévoila ses dents saillantes dans un large sourire.

– Si on m'avait dit que je vous apprendrais quelque chose un jour.

– Nous cessons d'apprendre à la seconde où nous mourons.

Billy se frotta rapidement les mains.

– Je crois avoir raison quand je dis que vous êtes un homme curieux. Je me trompe, monsieur Machiavelli ?

– Je l'ai toujours été. C'est l'un des nombreux traits que je partage avec Dee. Nous sommes tous les deux très curieux. La curiosité est à mon avis l'une des plus grandes forces de l'homme.

– Pour moi également, continua Billy. Cela m'a attiré pas mal d'ennuis, d'ailleurs. Bon, vous allez jeter un rapide coup d'œil derrière vous...

Machiavel regarda. Josh, Dee et Dare les suivaient.

– Le garçon a l'air à la fois surpris et effrayé..., commenta Billy sans se retourner.

Le traître

La mine hébétée, la bouche et les yeux grands ouverts, Josh Newman passait devant les cellules en compagnie des deux immortels et découvrait une créature nouvelle chaque fois. Il était mort de peur. Des volutes de fumée dorée s'échappaient de ses cheveux, de ses oreilles et de ses narines. Il serrait aussi ses poings gantés d'or.

— Dee n'est pas intéressé par les créatures parce qu'il les a rassemblées ici, poursuivit Billy. Virginia non plus. Soit elle les a combattues par le passé, soit elle sait que sa flûte la protégera.

Il réfléchit, la tête penchée.

— À moins qu'elle se sache plus dangereuse qu'elles.

— Je ne la connais que de réputation, enchaîna Machiavel. Est-elle aussi mauvaise qu'on le dit ?

— Pire. Bien pire. Conseil d'ami : ne lui faites jamais confiance.

Dee et Dare fermaient la marche. Machiavel remarqua que le Magicien était en grande conversation avec la femme. On ne pouvait rien lire sur le visage de celle-ci et ses yeux gris avaient la même couleur que les pierres du mur et du sol. Quand elle remarqua que Niccolò l'observait, elle lui adressa un signe de la main. Dee le fusilla du regard ; une odeur d'œuf pourri envahit soudain les couloirs et domina celle des monstres endormis. Machiavel tourna la tête avant que Dee ne voie son sourire. Cela l'amusait de pouvoir encore effrayer le Magicien.

— Par ailleurs, étant donné votre curiosité, vous devriez examiner l'intérieur des cellules, termina Billy. Mais non.

Mercredi 6 Juin

J'en conclus qu'un projet plus important occupe votre esprit.

— Impressionnant, lui accorda Machiavel. Une logique impeccable, à un détail près...

— Lequel ?

— Les créatures à forme bizarre et les bêtes monstrueuses ont depuis longtemps perdu leur capacité à me faire peur. En vérité, les seuls qui m'ont toujours terrifié sont les hommes et leurs proches parents — les Aînés et ceux de la Génération Suivante. Ces pauvres animaux ont simplement besoin de survivre et de se nourrir. Comme c'est dans leur nature, cela les rend prévisibles. L'homme, en revanche, a la capacité de changer sa nature ; il est le seul animal capable de détruire le monde. Les bêtes vivent uniquement dans le présent, contrairement aux hommes qui se projettent dans l'avenir, échafaudent des plans pour leurs enfants, leurs petits-enfants, et cela peut prendre des années, des décennies, voire des siècles pour mûrir.

— Il paraît que ce genre de planification est votre spécialité, rétorqua Billy.

— Exact.

Machiavel désigna une cellule contenant trois domovoïs poilus qui dormaient, plus hideux les uns que les autres.

— Ils ne m'effraient pas plus qu'ils ne m'intéressent.

— Là, je vous trouve aussi arrogant que Dee, riposta Billy sur un ton sec. Je suis sûr que les habitants de San Francisco ne seront pas d'accord avec vous.

— Tu as raison, concéda Machiavel.

Le traître

— Si ces créatures atteignent les rives, ce sera...

Il s'interrompit pour chercher le mot juste.

— Le chaos. L'anarchie.

— Qui a des idées sombres ? ironisa l'Italien. Qui aurait cru que cela existait, un hors-la-loi doté d'une conscience ?

— Vous n'aviez pas les mêmes idées, par hasard ? murmura Billy. J'admets que cela me met mal à l'aise de lâcher ces monstres sur mon peuple.

— Ton peuple ?

— Oui, je sais que ce ne sont pas vos compatriotes, qu'ils ne sont pas italiens...

— Ils sont humains. Ce qui fait d'eux mon peuple aussi.

Billy lui lança un coup d'œil et chuchota :

— Lors de notre première rencontre, je vous ai assimilé à Dee. J'hésite, à présent.

Le plus ténu des sourires passa sur les lèvres de Machiavel.

— Dee et moi nous ressemblons de nombreuses manières. Ne va pas le lui répéter ! Il le prendrait pour une insulte. Contrairement à moi, Dee fera tout ce qui est nécessaire pour atteindre son but. Il a obéi aux ordres de son maître alors que cela signifiait la destruction de villes entières et de dizaines de milliers de vie. Je n'ai jamais agi ainsi. En échange de mon immortalité, je rends des services, je ne vends pas mon âme. Je suis et j'ai toujours été humain.

— Voilà qui est dit, murmura Billy.

Mercredi 6 Juin

Le couloir se terminait par une porte métallique que Machiavel ouvrit. Ébloui par le soleil de l'après-midi, il dévala les marches en béton qui donnaient sur la cour de promenade. Machiavel prit une profonde inspiration pour remplacer par du salubre air marin l'odeur fétide et musquée des animaux emprisonnés. Il attendit Billy et se retourna quand le Kid atteignit la dernière marche et fut à la même hauteur que lui.

— J'ai promis à mon maître et à Quetzalcóatl que je lâcherais les créatures sur la ville. Je ne peux plus reculer.

— Vous ne pouvez plus ou vous ne voulez plus ?

— Je ne peux plus. Je refuse de devenir un *waerloga*, un briseur de serment.

— Je respecte ceux qui tiennent parole. Je m'assurais juste que vous le faisiez pour de bonnes raisons.

Machiavel se pencha en avant. Ses doigts durs comme de l'acier s'enfoncèrent dans l'épaule de Billy. Il le regarda droit dans les yeux.

— Non, mais assure-toi de briser ce serment pour de bonnes raisons !

CHAPITRE VINGT-NEUF

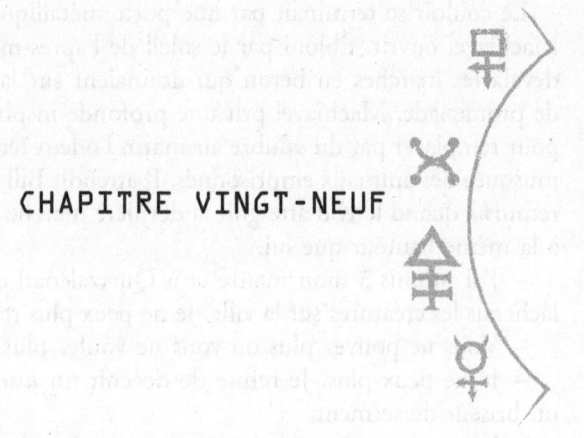

*P*ernelle posa avec douceur le scarabée en jade vert sur la poitrine de Nicolas. Puis elle le déplaça sur la gauche, pile sur son cœur.

Tsagaglalal prit les mains de l'Alchimiste dans les siennes, la gauche puis la droite, les plaça sur l'insecte sans le couvrir complètement. Ensuite, elle regarda l'Ensorceleuse.

– Tu es sûre de toi ?
– Oui.
– On ne réussit pas chaque fois. C'est dangereux.
– Qu'entendez-vous par dangereux ? s'inquiéta Sophie.

Tandis qu'elle tenait encore la main de Pernelle, elle ressentit une once de peur au travers de leur connexion et fut encore moins rassurée. Sans remuer la tête, Pernelle fixa Sophie.

Mercredi 6 Juin

— Si cette tentative échoue, Nicolas mourra et j'aurai gâché une journée entière de ma vie. Mais j'essaie néanmoins. Je n'ai pas le choix.

L'Ensorceleuse serra les doigts de Sophie.

— Si nous réussissons, Nicolas sera parmi nous un jour de plus.

Une question jaillit dans l'esprit de Sophie...

— Cela fera une grande différence, lui répondit Pernelle.

Tsagaglalal glissa sa main gauche dans celle de Pernelle et tendit la droite au-dessus du lit, vers sa nièce.

— Pernelle va prélever un peu de nos auras avant de les transmettre au scarabée qui les distillera dans Nicolas. Imagine une batterie. Tant qu'il y aura de l'énergie dans le scarabée, Nicolas vivra.

Sophie posa sa main gauche dans la main osseuse de la vieille dame.

— C'est indolore, la rassura Tsagaglalal. Et puis tu es jeune, ton aura ne mettra pas longtemps à se recharger.

— Et la tienne ?

— Il est inutile que la mienne se régénère. Ma mission dans ce royaume des Ombres arrive quasiment à son terme... J'avais pour tâche de guetter votre venue et de veiller sur vous. Je reposerai bientôt en paix.

Soudain, la température de la pièce dégringola. Frigorifiée, Sophie en eut le souffle coupé.

— Quoi que tu fasses, lui recommanda Pernelle qui exhalait un souffle blanc à chaque mot, tu ne dois pas briser le cercle tant que le scarabée n'est pas chargé du pouvoir de nos auras. Compris ?

Le traître

Sophie hocha la tête.

— Compris ? répéta Pernelle. Si le processus est incomplet, Nicolas mourra sur-le-champ et moi demain.

— J'ai compris, bredouilla Sophie qui claquait des dents.

Elle regarda le corps inerte de Nicolas Flamel. Il avait la peau blême et une fine couche de cristaux lui givrait les narines et les lèvres.

L'aura blanche comme la glace de Pernelle tourbillonnait autour d'elle ; des fils d'argent – ceux de Sophie – s'y entrelaçaient. Sophie remarqua soudain des gantelets protecteurs sur ses mains agrippées à celles de Tsagaglalal et de l'immortelle.

L'Ensorceleuse ferma les yeux.

— Ainsi soit-il.

L'aura de Sophie se déploya et la vague de chaleur la prit par surprise. L'éclosion commença au milieu de sa poitrine, irradia vers l'extérieur, se diffusa dans ses jambes, lui chatouilla les orteils. La chaleur se répandit le long de ses bras, lui brûla la paume des mains, lui déclencha des fourmillements dans les doigts. Ensuite, elle se propagea dans son cou, lui brûla les joues et lui sécha les yeux. Elle les ferma de toutes ses forces et frissonna quand un méli-mélo de souvenirs la submergea. Certains provenaient de Pernelle...

... un homme encapuchonné assis au milieu d'une grotte ; dans ses yeux d'un bleu vif le reflet d'immenses cristaux enchâssés dans les parois. Il tenait un petit livre à la reliure de métal dans sa main droite. Il avait posé le crochet métallique qui lui servait de main gauche sur la couverture...

... Nicolas Flamel – svelte, brun, jeune et beau – debout

Mercredi 6 Juin

derrière un éventaire en bois qui ne proposait que trois livres épais reliés en vélin. Il se tourna pour la regarder ; ses yeux incolores sourirent...

... Nicolas à nouveau, plus âgé, la barbe et les cheveux gris, dans une petite pièce sombre, une douzaine d'étagères supportant deux fois ce chiffre en livres et en manuscrits.

... une table sur laquelle était posé un seul livre, le Codex à reliure de métal, les pages se tournant de leur propre chef avant de s'arrêter sur une en particulier, couverte de couleurs et d'une écriture en bâtons qui dessinaient un scarabée, puis une demi-lune peut-être, voire un crochet.

... et une ville qui brûlait, brûlait, brûlait...

Une chaleur accablante coupa le souffle de Sophie et les images changèrent, devinrent sombres, violentes : les souvenirs de Tsagaglalal.

... une pyramide en mille morceaux...

... un jardin en terrasse circulaire en proie aux flammes, des plantes exotiques qui explosaient telles des boules de feu, la sève qui bouillait...

... une immense porte métallique en fusion, les visages gravés qui s'allongeaient sous l'effet de la chaleur, se dissolvaient, s'écoulaient en de longues gouttelettes poisseuses ; or et argent qui dégoulinaient sur le sol en marbre, s'enchevêtraient...

... des centaines d'embarcations volantes circulaires tombant du ciel et éclatant à travers la ville labyrinthe, telles des comètes embrasées...

... Scathach et Jeanne d'Arc, en sang, sales, dos à dos sur les marches d'une pyramide cernée par d'énormes monstres à tête de chien...

Le traître

... pendant que Palamède protégeait Shakespeare tombé à terre d'un aigle à tête de lion. Ses ailes acérées lui tranchaient les bras, ses serres assassines à quelques centimètres de son visage...

... Saint-Germain qui faisait pleuvoir du feu des cieux, pendant que, derrière lui, la mer se transformait en une muraille d'eau noire...

... et Sophie... ou une fille qui lui ressemblait tellement qu'on aurait dit sa vraie jumelle...

Soudain, Sophie eut cinq ans dans cette même maison. Elle tenait son frère par la main et on leur présentait une vieille femme qu'ils n'avaient jamais vue auparavant.

« *Voici votre Tante Agnès,* annonça leur mère. *Elle veillera sur vous en notre absence...* »

Quelque chose de froid se glissa dans un coin de son esprit, une pensée aigre et amère plus qu'un souvenir. Si Tante Agnès n'était pas sa vraie tante, que dire de la mystérieuse Tante Christine qui vivait à Montauk Point et à qui ils rendaient visite chaque Noël ? Ils n'étaient pas parents. Avait-elle un lien avec Tante Agnès ? Sophie regretta de ne pouvoir parler à son père et à sa mère pour leur demander quand et comment ils avaient connu les deux femmes. Oui, comment s'étaient-elles insinuées dans la vie des Newman ? Son père évoquait souvent Tante Agnès et, enfant, sa mère avait passé tous ses étés chez Tante Christine. Les implications la terrifiaient. Depuis quand la famille Newman était-elle sous surveillance ? Pourquoi ? Parce que Josh et elle étaient jumeaux ? Mais alors, pourquoi Agnès et Christine gardaient-elles un œil sur ses parents ? À moins qu'elles

Mercredi 6 Juin

aient su, autrefois, que Richard et Sara se rencontreraient, tomberaient amoureux, se marieraient et donneraient naissance à des jumeaux d'or et d'argent. Savaient-elles que cela se produirait naturellement ou avaient-elles manipulé le destin ? Sophie frissonna : rien que l'idée était effrayante.

Elle avait besoin d'en discuter avec Josh. Si seulement il se trouvait à ses côtés…

… *et soudain, Josh apparut…*

Elle sentit une connexion avec son jumeau et eut l'impression d'être à nouveau entière. Ces quinze dernières années, ils n'avaient pas été séparés plus de deux jours de suite ; à ces occasions, ils continuaient de communiquer par téléphone, textos et e-mails. Depuis que Josh lui avait tourné le dos et préféré Dee et Dare, Sophie avait l'impression d'avoir reçu une blessure physique, comme si elle avait été amputée d'une partie d'elle-même. Au moins, elle le savait en vie.

Il était…

Sophie se concentra sur son frère, essaya désespérément de mettre en pratique ce qu'on lui avait appris sur ses sens éveillés. Elle avait juste besoin de savoir s'il était sain et sauf. En bonus, si un indice pouvait lui indiquer sa position, elle pourrait aller le chercher.

Elle le vit clairement en pensée – ses cheveux blonds en bataille et sales, des cernes noirs sous ses yeux bleus, des traces de suie sur le visage…

Tout à coup, cela sentit le sel et l'iode, également des odeurs de zoo, de musc et de viande. Les images se formèrent peu à peu. L'une fut plus nette que les autres :

la silhouette d'une île surmontée d'un bâtiment blanc et massif, un phare à son extrémité.

Josh se trouvait sur Alcatraz.

Il longeait un couloir de la prison. Il y avait des cellules de chaque côté et chacune contenait une créature différente. Il ne connaissait pas leur nom, contrairement à la Sorcière d'Endor et Sophie, évidemment. Elle identifia des cluriclauns celtes, des oni japonais, des boggarts anglais, des trolls scandinaves, des huldus norvégiens près d'un minotaure grec, un wendigo amérindien dans la cellule voisine d'un vetála indien. Elle perçut sa respiration saccadée, puis son malaise quand il passa devant un nue, une créature japonaise à tête de singe, corps de chien et queue de serpent.

Josh ne semblait pas blessé et personne ne lui prêtait attention. Devant lui, l'immortel qui les avait traqués à Paris, Niccolò Machiavelli, bavardait avec un jeune homme vêtu d'un jean usé et de bottes de cow-boy élimées. Josh tourna la tête et Sophie vit John Dee et Virginia Dare en grande discussion. Ils stoppèrent leurs chuchotements et regardèrent en même temps Josh… et Sophie.

Celle-ci interrompit aussitôt la connexion avec son jumeau. Elle s'efforça de revenir au présent et à cette impression de chaleur qui se diffusait dans son corps. Il gelait dans la chambre. Elle se focalisa sur les mains des deux femmes dans les siennes et le flux constant de son aura entre ses doigts et ceux de Pernelle.

Nicolas Flamel remua.

Mercredi 6 Juin

Sophie manqua lâcher les mains de Pernelle et de Tsagaglalal. Des brins de son aura argentée et de l'aura blanche de Tsagaglalal s'enroulaient autour de leurs bras tendus pour aboutir dans les mains de Pernelle. Des étincelles dorées et des filaments blanchâtres crépitaient entre le corps de l'Ensorceleuse et le scarabée qui palpitait doucement. Sa couleur vert pâle s'assombrissait, pâlissait... Sophie eut soudain conscience que les battements de son cœur s'harmonisaient avec les pulsations du scarabée. La peau de l'Alchimiste rosit ; les rides les plus profondes autour de ses yeux et sur son front s'étaient estompées. Il paraissait plus jeune.

Il remua encore, serra le scarabée sculpté entre ses doigts, les desserra, puis serra à nouveau.

– Un peu plus, chuchota Pernelle, la voix trahissant son épuisement.

– Je ne peux pas t'en donner davantage, marmonna Tsagaglalal.

Des étincelles bleutées zigzaguaient dans ses cheveux.

– À toi, Sophie, insista Pernelle. J'ai besoin d'un peu plus de ton aura.

La jeune fille secoua la tête.

– Je ne peux pas non plus.

Éreintée, elle titubait et sentait la fièvre monter. Sa tête cognait, sa gorge s'asséchait, son estomac était pris de crampes, comme si elle venait de manger un piment rouge. Scatty l'avait prévenue des dangers d'une utilisation excessive de son aura : si une personne se servait de toute son énergie aurique naturelle, l'aura commençait à se nourrir de la chair de cette personne. Elle courait un réel danger, celui de se consumer spontanément.

— Il le faut !
— Non !

Sophie tenta de se dégager, mais l'immortelle lui bloquait la main comme dans un étau.

— Si ! s'écria Pernelle avec sauvagerie, et pendant une fraction de seconde, son aura passa du blanc au gris puis au noir avant qu'une fumée blanche s'en échappe.

Sophie tira sur ses doigts sans pouvoir se libérer de son étreinte.

— Lâchez-moi !
— Encore un peu ! Nicolas en a besoin.

L'aura de l'Ensorceleuse s'assombrissait, s'épaississait. Soudain, une odeur de thé vert et d'anis parfuma l'air. Sophie reconnut le parfum de Niten et de Prométhée une seconde avant que des fils colorés de leurs auras transpercent le sol. Le bleu roi se mêla à une épaisse colonne rouge sang vif, puis s'enroula autour de l'Ensorceleuse. L'aura de celle-ci noircit aussitôt.

— Cela suffit, Ensorceleuse, coassa Tsagaglalal. Tu as fait ton possible.

La porte de la chambre s'ouvrit en grand sur Prométhée et Niten. L'aura de l'Aîné et de l'immortel japonais formait une armure autour de leur corps. À cet instant, le métal rouge et décoré de Prométhée se mit à pâlir. Il devint transparent au fur et à mesure que la tenue de samouraï en bois et laque s'effilochait.

— Ensorceleuse ! rugit Prométhée. Que fais-tu ?
— Ça suffit ! répéta Niten. Tu vas tous nous détruire !

Mercredi 6 Juin

– Cela ne sera jamais assez ! gronda Pernelle.

Son aura tourbillonnante se parait de volutes et de zébrures provenant des autres auras dans la pièce. Les couleurs se percutaient, se brouillaient, noircissaient. Elles devinrent boueuses avant de finalement se changer en une aura noire et frémissante. Une horrible odeur de moisi empuantit l'air. Quand l'Ensorceleuse tourna la tête vers Prométhée et Niten, ses yeux gris avaient cédé la place à deux billes de marbre noir.

– J'ai besoin de plus... Nicolas a besoin...

Sophie réussit à s'arracher à son étreinte. Ce geste soudain l'expédia à l'autre bout de la chambre, dans les bras de Niten où son aura d'argent solidifia l'armure métallique du Japonais.

– Non ! hurla Pernelle en se ruant sur Sophie. Nous n'avons pas terminé !

Un fil blanc tremblota dans son aura noire, l'éclaircit et peu à peu en aspira la noirceur.

Prométhée se campa devant Sophie et Niten.

– Tu as fini, Ensorceleuse.

Il regarda la vieille femme et hocha la tête. Tsagaglalal lâcha la main de Pernelle et recula.

– Mais Nicolas..., chuchota Pernelle dont l'aura blanchissait à nouveau et dont les yeux reprenaient leur couleur verte.

– Tu as fait tout ce que tu pouvais pour lui, affirma l'Aîné.

Soudain, Nicolas poussa un long soupir et une fumée blanche s'éleva entre ses lèvres bleues. Il ouvrit ses yeux incolores, se redressa et regarda autour de lui.

– J'ai raté quelque chose d'intéressant ?

CHAPITRE TRENTE

*C*inq immenses anpous escortèrent l'homme au crochet à travers les couloirs d'or et de marbre du Palais du Soleil. D'habitude débordants d'activité, ils avaient été vidés et des anpous armés – certains tenant en laisse des chiens à quatre pattes leur ressemblant – montaient la garde devant chaque porte. Des bougies parfumées et des roseaux aromatiques brûlaient dans des supports disposés à intervalles réguliers. Malheureusement, leur parfum sucré était neutralisé par la puanteur lourde et musquée des anpous.

Marethyu était entravé par des chaînes en pierre incassables – une à chaque poignet, une autre autour de la taille et deux aux chevilles. Les gardes en tenaient chacun une et le maintenaient au centre d'un cercle. On lui avait enlevé son grand manteau (l'un des gardes le portait sur

Mercredi 6 Juin

un bras), si bien qu'il n'était vêtu que d'une chemise à manches longues en cotte de mailles sur un jean sale et effrangé. Des embouts en métal brillaient sur ses bottes de sécurité éraflées et déformées. Ses cheveux blonds et graisseux lui tombaient aux épaules et une frange mal coupée dégringolait sur ses yeux d'un bleu saisissant. Une barbe grisonnante de trois jours couvrait ses joues et son menton. Il regardait partout tandis qu'ils s'enfonçaient dans le palais ; il traduisait en silence les glyphes sur les anciens lambris ou déchiffrait les écritures oghamiques grossières qui décoraient les socles sous les statues de verre et de métal disposées le long du couloir.

Les anpous le poussèrent vers une haute porte étroite à deux battants mais ne frappèrent ni n'entrèrent.

L'homme au crochet se pencha en avant pour l'examiner. Deux grosses plaques en métal, or et argent, polies tels des miroirs, encadraient l'ouverture. Au-dessus, un linteau en or de la taille d'un homme comportait des milliers de glyphes carrés, chacun contenant le visage d'un humani, d'un animal ou d'un monstre. Plusieurs étaient vides ou à moitié achevés. Au centre du linteau, il en distingua un plus large que les autres. La gravure détaillée représentait une demi-lune... ou un crochet.

Marethyu secoua sa main gauche et manqua soulever l'anpou au bout de la chaîne quand il leva le bras pour comparer son crochet et la représentation. Ils étaient quasiment identiques. Les yeux plissés, il traduisit avec soin les glyphes gravés autour.

– Étrange, n'est-ce pas ? gronda une voix puissante dans le couloir.

Le traître

La porte à deux battants s'ouvrit. Une fumée blanche et parfumée s'échappa au ras du sol : l'odeur écœurante de l'oliban. L'interlocuteur demeura caché jusqu'à ce que la porte s'ouvre complètement sur une lumière blanche et crue. Dans l'encadrement se tenait une silhouette anormalement grande vêtue d'une longue robe à capuche que la lumière rendait floue.

— J'ai trouvé cette embrasure dans les ruines d'une cité des Seigneurs de la Terre, au milieu de marécages abandonnés, plus loin au sud. Le marais avait recouvert la majeure partie de la ville, mais l'embrasure demeurait impeccable. Elle a dix mille ans, peut-être dix fois cet âge.

Marethyu remua encore et l'anpou qui tenait sa chaîne batailla pour rester debout. Il leva le bras et la demi-lune plate de métal fichée dans son poignet prit une couleur argent puis or au gré de la lumière.

— Oui, c'est étrange, admit-il, et pourtant je ne suis pas surpris. Plus rien ne me surprend.

Il désigna du menton la ligne de glyphes carrés.

— Content de voir qu'ils se souviennent de moi dans leurs histoires.

— Les Seigneurs de la Terre vous connaissaient.

— Nous nous sommes brièvement rencontrés.

— Vraiment ? Ils ont gravé votre symbole là-haut à côté de la liste de leurs rois et souverains.

La grande silhouette en robe métallique fit un pas en avant, repoussa sa capuche et révéla des yeux allongés ainsi que des traits anguleux.

— Je suis Aton de Danu Talis.

— Je sais qui tu es. Et moi, je suis… Marethyu.

Mercredi 6 Juin

— Je vous attendais.
— Abraham t'a prévenu de ma visite ?
— Non. J'entends parler de vous depuis longtemps, très longtemps.

Il regarda les anpous, puis les chaînes en pierre qui emprisonnaient Marethyu.

— Ces entraves sont-elles nécessaires ?
— Ton frère semble le croire, répondit Marethyu avec un sourire qui révéla de petites dents blanches. En fait, il a beaucoup insisté.

Les longues dents d'Aton mordirent sa lèvre inférieure.

— Je présume qu'elles sont inutiles.
— Totalement.

L'air crépita ; une ombre clignota autour du manchot. Les attaches en pierre craquèrent et tombèrent en poussière autour de lui. Abasourdis, les anpous reculèrent tout en cherchant à tâtons leur khépesh. Marethyu se frotta le poignet gauche.

Aton fixa les gardes à tête de chacal.

— Laissez-nous ! ordonna-t-il avant de tourner les talons.

Perplexes, les anpous se dévisagèrent, interrogèrent du regard Marethyu qui leur sourit et les chassa.

— Filez, bons petits toutous.

Il suivit l'Aîné dans la pièce et ferma la porte derrière eux. Alors que les deux battants étaient aussi épais que lui, ils se refermèrent en silence sans le moindre effort.

— Ton frère ne va pas être content, remarqua-t-il.
— Anubis l'est rarement ces derniers temps, répliqua Aton. Je devrais vous tuer, selon lui.

221

Le traître

— Essayer serait déjà une erreur. Si tu savais combien ont échoué.

Les bras croisés, il examina l'immense pièce circulaire éclairée par un petit soleil artificiel qui flottait au ras du haut plafond. Il approuva d'un signe de tête.

— J'aime la technologie des Archontes. Elle brûle depuis combien de temps ?

Le Seigneur de Danu Talis agita une main aux longs doigts.

— Ce n'est pas l'originale. Celle-ci éclaire cette pièce depuis un millier d'années environ. C'est la dernière de son genre. Quand elle s'éteindra, nous devrons choisir quelque chose de plus primitif.

La pièce ronde ne comprenait aucun meuble ; les murs en or et le plafond en argent ne comportaient ni décoration ni écriture. Cependant, un labyrinthe circulaire en carreaux d'argent et d'or couvrait le sol dans sa totalité : la carte de Danu Talis. L'argent représentait l'eau ; grâce à la lumière chatoyante, on avait l'impression qu'elle bougeait.

Aton prit place au centre du dédale et se tourna vers Marethyu. La lumière dorait ses grands yeux jaunes.

— J'ai trouvé ce sol dans une ruine isolée des Anciens, au milieu du Grand Désert. Ce devait être le plafond d'une cathédrale.

Ses doigts coururent sur le dessin.

— J'ai conçu cette cité à son image. J'aimais assez l'idée qu'un motif ancien devienne la carte d'une ville moderne.

— Je l'ai déjà vu quelque part, annonça Marethyu qui marchait au bord du cercle. Il traverse le monde des humani, pénètre dans les royaumes des Ombres et au-delà.

Mercredi 6 Juin

Les mains à présent croisées dans le dos, il pencha la tête pour admirer la carte.

– Elle est complète.

– Chaque pièce est là.

– Nos ancêtres étaient stupéfiants. Qu'en dis-tu ?

– Vous ne me craignez pas ? demanda Aton sans répondre à la question.

– Je n'ai aucune raison de te craindre. Contrairement à toi.

– J'ai peur de ce que vous représentez.

– Explique-toi.

– La fin de mon monde.

Marethyu secoua la tête.

– Au contraire. Je suis ici pour m'assurer que ton monde, cet extraordinaire et fascinant monde que tu as créé, survivra.

Aton traversa le labyrinthe, toisa l'homme au crochet ; ce dernier ne bougea pas et continua de le regarder sans ciller.

Des fentes horizontales remplacèrent les yeux jaunes de l'Aîné.

– Tu te moques de moi.

– Non, répondit Marethyu le plus sérieusement du monde.

Il leva le bras gauche pour que la lumière dégouline sur son crochet. Aton recula d'un pas.

– Tu n'as aucune idée de ce que cela m'a coûté de venir ici, poursuivit le manchot. J'ai enduré des millénaires de souffrance, j'ai traversé un nombre incalculable de couloirs du temps pour être en cet endroit, à cet instant précis. J'ai tout sacrifié, tout ce que j'aimais, pour me tenir ici devant toi.

– Pourquoi ?

– Parce que, nous deux, nous pouvons décider du destin de Danu Talis et des générations à venir.

L'aura sombre de Marethyu cligna et eut brièvement le dessus sur les reflets dorés de la pièce. Il fit un geste et soudain l'immense carte se volatilisa sous les pieds de l'Aîné, puis explosa en mille morceaux. L'argent recouvrit peu à peu l'or.

– Si Danu Talis ne s'effondre pas, le monde à venir n'existera jamais...

Les carreaux en argent brunirent, se craquelèrent et se brisèrent. Nouveau geste de Marethyu. Une brise glaciale balaya le sol ; les carreaux de la carte ancienne s'éparpillèrent, ne laissant que la pierre nue en dessous.

– Ton empire, le vaste empire de De Danann, finira par se détruire, mais il emportera cette planète tout entière en une seule génération.

– J'aimais beaucoup cette mosaïque, murmura Aton.

– Crois-moi, Aîné, tu es condamné à assister à des destructions pires que celle-ci.

Aton enfonça les mains dans ses manches et pivota. L'Aîné traversa à grands pas le sol nu, le bord de sa robe en métal jetant des étincelles sur les pierres. Il se rendit sur un balcon drapé de fleurs et de lierre qui surplombait la cité de Danu Talis. Il prit une profonde inspiration, huma le doux parfum de la vie, chassa le goût amer et âcre de l'aura de Marethyu.

Mercredi 6 Juin

Le soleil plongeait à l'ouest, dorait les bâtiments, argentait les canaux. Aux premiers étages des plus hautes maisons, les lumières brûlaient. Loin en contrebas résonnaient des rires et des notes de musique.

Marethyu se plaça à côté d'Aton. Il s'accouda au balcon et contempla l'île-cité.

– Voyez la plus magnifique cité que cette planète ait jamais connue, s'exclama fièrement l'Aîné.

Marethyu acquiesça, puis leva la tête. Ses yeux bleus s'assombrirent pour s'harmoniser avec la couleur du ciel. Le soleil couchant peignait les vimanas qui volaient à basse altitude, si bien qu'ils ressemblaient à des éclairs dans les cieux.

– Quelle merveille.

– De grandioses cités ont existé sur cette Terre avant celle-ci, continua Aton. Les Anciens avaient des universités, leurs fameux centres du savoir. Les Archontes et les Seigneurs de la Terre ont construit d'immenses villes de verre et de métal par le passé. Mais rien de semblable à Danu Talis.

– Sa légende perdurera pendant des millénaires, déclara Marethyu.

– Danu Talis est une ville, un État, un pays et je règne depuis près de deux mille ans. Mon père, Amenhotep, a régné sur la ville qui était là avant moi, et mon grand-père, Thot, était l'un des Grands Aînés qui ont arraché l'île originelle du fond des mers, dix mille ans plus tôt.

– Oui, je sais, je l'ai vu faire.

– Vous étiez présent ?

Le traître

– Oui.

Le Seigneur de Danu Talis observa longuement l'homme au crochet et finit par dire :

– Je vous crois. Peut-être aurons-nous le loisir de discuter des choses que vous avez vues au cours de votre longue vie et de vos voyages extraordinaires ?

– Non. Il me reste très peu de temps en ce lieu et ce moment.

– D'accord. Autrefois, Danu Talis n'était rien de plus qu'un petit État entouré d'ennemis. Quand je suis monté sur le trône, nous étions assiégés de toutes parts. Anubis et moi avons changé cela. À présent, Danu Talis se trouve au cœur d'un empire tentaculaire qui s'étend sur tout le globe. Nous avons des avant-postes sur chaque continent, y compris les Terres du Nord glacées. Tous ceux qui se dressaient contre nous – Anciens, Archontes, Seigneurs de la Terre – ont été vaincus ou conduits aux frontières du monde connu.

– Tu étudies l'histoire, enchaîna Marethyu. Mon père, enfin celui que je crois être mon père, m'a appris que tous les empires étaient condamnés. Mes innombrables voyages dans l'espace et le temps m'ont montré qu'il avait raison. Les empires les plus puissants s'effondrent immanquablement.

– Mes études de l'histoire du monde m'ont conduit au Temps avant le Temps, répliqua Aton. La leçon est claire : les empires prospèrent et s'écroulent.

Il se tourna face à l'immense pyramide qui dominait le centre de l'île. Une moitié était éclairée par le soleil couchant, l'autre était plongée dans l'ombre. De petits

Mercredi 6 Juin

feux brûlaient sur chacune des centaines de marches qui menaient à son sommet plat orné de drapeaux colorés claquant dans la brise du soir.

— Danu Talis est condamnée, insista Marethyu. Tu n'as pas besoin de devin ou de prophétie pour prévoir son avenir.

— Qu'êtes-vous ? s'écria soudain Aton. Vous n'êtes ni un Aîné, ni un Ancien. Vous n'êtes définitivement pas un Archonte ou un Seigneur de la Terre.

— Je ne suis aucun de ceux-ci, rétorqua Marethyu avec sérieux. Je suis ton avenir. Tu as régné sur cette cité pendant des millénaires. On peut appeler cette période l'Âge d'Or de Danu Talis, mais cette ville est destinée à sombrer dans le chaos et le désespoir. Si cela se produit, tes œuvres, tes sacrifices n'auront servi à rien. Il n'est pas inévitable que tout se passe ainsi. Tu peux protéger la réputation de ta ville et t'assurer qu'elle soit à la base non pas d'une mais de quantité de civilisations pour les millénaires à venir.

— C'est vrai ?

— Je l'ai vu, affirma Marethyu tandis que le soleil couchant lui dorait les yeux. Je te le jure.

— Je vous crois, chuchota Aton. Qu'attendez-vous de moi ?

— J'ai besoin que tu deviennes un *waerloga*, un briseur de serment. Un traître. Il faut que tu livres ta cité.

— À qui ?

— À moi.

CHAPITRE TRENTE ET UN

Et soudain, Josh sut le nom des créatures enfermées. Cluricauns. Oni. Boggarts. Trolls. Huldus. Minotaure. Wendigo. Vetâla. Il n'eut pas le temps de se demander d'où ses mots lui venaient. Une forme ondulante attira son attention et il s'arrêta pour regarder dans une cellule sombre. Il se pencha, les yeux plissés vers ce qui ressemblait à un singe. L'odeur lui retourna l'estomac, si bien qu'il manqua vomir. Quand ses yeux s'accommodèrent à la faible lumière, il constata que la créature avait bel et bien la tête d'un primate sur le corps d'un raton laveur. Elle possédait également des pattes de tigre et, en guise de queue, un long serpent noir qui se tortillait sur le sol. C'était un nue, une créature issue des légendes les plus sombres du Japon. Et l'un des nues les plus célèbres avait été tué par Niten.

Mercredi 6 Juin

Les mains de Josh se figèrent sur les barreaux de la cellule.

Comment savait-il ce détail ?

Quelques minutes plus tôt, les cellules étaient pleines de monstres sans nom. Il en reconnaissait vaguement certains grâce aux histoires que lui avaient racontées ses parents, comme celle du minotaure à tête de taureau. La plupart des autres semblaient tout droit sortis d'un cauchemar.

Sophie !

L'image de sa sœur jaillit dans son esprit. Il se demanda pourquoi il pensait à elle à cet instant... puis il se souvint de leur dernière rencontre. Elle se trouvait avec Niten. Et maintenant, où était-elle ? Accompagnait-elle toujours l'Escrimeur ? Allait-elle bien ?

— Dépêche-toi, Josh, ordonna Dee quand Dare et lui le dépassèrent.

— J'arrive, marmonna Josh.

Il attendit d'être seul pour se retourner vivement : il était quasiment sûr que sa sœur le suivait.

Sophie.

Il prit une profonde inspiration au cas où un arôme de vanille flotterait parmi les odeurs de sel, d'iode et cette puanteur de zoo.

Sophie.

Oppressé par une bouffée de chaleur, il frotta ses doigts qui picotaient. L'observait-elle à cet instant ? Ce ne serait pas la première fois. Elle l'avait espionné pour Flamel et Pernelle quand il s'apprêtait à évoquer Coatlicue dans le bureau de Dee.

229

Le traître

Sophie. Ses lèvres formèrent son prénom... mais rien. Jamais, dans leur vie, ils n'avaient été ainsi déconnectés. Sa jumelle avait toujours été sa constante. Quand leurs parents s'absentaient, quand la famille voyageait de pays en pays, Sophie et lui changeaient sans arrêt d'école. Sa sœur était la seule personne sur laquelle il pouvait compter. Maintenant, elle n'était plus là.

– Josh ! l'interpella Virginia. Ça ne va pas ?
– Je ne sais pas. Je ne suis pas sûr.
– Dis-moi ce qui te contrarie.

Elle glissa le bras sous le sien et l'éloigna doucement de la cellule. Puis elle le guida vers la porte ouverte où attendait Dee. Quand le Magicien les vit avancer, il disparut dans la lumière aveuglante du dehors.

– Ce n'est rien. Vraiment..., commença Josh, mal à l'aise.
– Raconte-moi, insista la femme.

Josh prit une profonde inspiration.

– C'est bizarre...

Virginia éclata de rire.

– Bizarre ! s'exclama-t-elle en désignant les cellules. Qu'y a-t-il de plus bizarre que ceci ? Dis-moi !
– Quand je suis entré ici, j'ignorais tout de ces créatures. À présent, je connais leur nom et je sais que Niten a tué l'une d'elles. En revanche, j'ignore d'où viennent ces informations !
– Rien de plus simple ! Tu es connecté à quelqu'un. Ta sœur, probablement.

Josh hocha la tête, l'air malheureux.

– C'est bien ce que je supposais.

Mercredi 6 Juin

Il baissa la voix et regarda autour de lui.

– Je pense qu'ils nous espionnent.

Quand Virginia fit non, des mèches de ses longs cheveux effleurèrent le visage de Josh.

– C'est toi qu'ils espionnent, pas nous. Si on me surveillait, je le saurais instantanément. Et je t'assure que nul ne peut espionner Dee ou Machiavel à leur insu. À mon avis, ta sœur vérifie si tu vas bien.

Ils passèrent devant une cellule contenant un monstre à tête de chèvre.

– Qu'est-ce que c'est ? demanda Virginia.

Josh s'approcha pour mieux voir.

– Je l'ignore, admit-il. Qu'est-ce ?

– Un puck. Et ton ignorance m'indique que ton espion est parti. Je crois que ta sœur s'est connectée avec toi et tu as ainsi pu avoir accès à ses connaissances.

Virginia se fit un chignon épais à la base de la nuque.

– Vous étiez proches, ta sœur et toi ?

– Très proches.

– Elle doit te manquer.

Josh fixa le rectangle de lumière devant eux. Les larmes lui montèrent aux yeux ; il feignit d'être ébloui par la lumière crue.

– Oui, avoua-t-il. Elle me manque. Je ne comprends pas ce qui lui est arrivé.

– Elle doit penser la même chose à ton sujet. Est-ce que tu l'aimes ?

Il ouvrit la bouche, mais ne répondit pas. Il eut soudain conscience des battements de son cœur. Il tambourinait dans sa poitrine comme s'il venait de courir un cent mètres. Il avait presque peur de répondre, voire d'envisager la question.

— Est-ce que tu l'aimes ? insista Virginia.

Josh examina l'immortelle. À une époque, il aurait répondu du tac au tac... mais les choses avaient changé. Sophie avait changé et ses sentiments pour elle étaient... confus.

— Alors ?

— Oui... Non... Je ne sais pas. Elle est ma sœur, ma jumelle, ma famille...

— Ah. D'après mon expérience, quand les gens répondent ainsi, ils pensent non. Dans ton cas, j'hésite. Tu as encore des sentiments pour elle. Si tu en avais l'occasion, lui porterais-tu secours ?

— Bien sûr.

— Que ferais-tu pour la secourir ?

— N'importe quoi. Tout.

— Alors tu l'aimes encore, conclut Dare sur un ton triomphant.

— Il faut croire, admit Josh. J'aimerais simplement savoir ce qui l'a changée.

— Oh ! c'est simple. Les Flamel l'ont changée.

L'immortelle lui tapota le torse.

— Comme eux — et Dee — t'ont changé. Pour le meilleur ou pour le pire, je ne saurais dire. Toi seul en es juge.

Elle se pencha en avant et ajouta :

— Avec le temps, bien entendu.

— Les Flamel sont-ils si mauvais ? murmura-t-il, bien que Dee soit sorti. Je ne sais toujours pas si je peux croire le docteur ou non. Vous êtes une amie de Dee et tout ça, mais je me demandais juste...

Mercredi 6 Juin

— Je suis peut-être une amie de Dee — lui-même te dira qu'il n'est pas un bon ami —, toutefois mon amitié ne m'empêche pas de voir ce qu'il est vraiment.

— Et qu'est-il ?

— Il est mû par les mêmes besoins et désirs qui contrôlent Machiavel et Flamel. À une autre époque, en d'autres circonstances, je pense qu'ils auraient fait de merveilleux amis.

— Puis-je lui faire confiance ?

— À ton avis ?

— Je ne sais plus quoi penser. Sophie battait Coatlicue avec un fouet. Pourquoi ? Ma sœur n'aurait jamais fait de mal à une mouche. Elle me demandait de jeter par la fenêtre les araignées qu'elle trouvait dans la baignoire. Et elle déteste les araignées.

— Elle croyait peut-être te protéger. Quand ceux que nous aimons sont menacés, nous réalisons l'impensable.

— Vous ne m'avez pas répondu. Les Flamel sont-ils aussi mauvais que Dee le prétend ?

Virginia s'arrêta sur le seuil de la porte et se tourna vers Josh. Son visage était dans l'ombre, mais ses yeux gris brillaient de manière anormale.

— Oui, ils sont aussi mauvais qu'il le dit. Pires, probablement.

— Vous croyez que les Aînés devraient revenir sur cette Terre ?

— Ils apporteraient de nombreux avantages.

— Cela ne répond pas à ma question, gronda Josh, sincèrement en colère. Vous n'êtes pas douée pour donner des réponses franches.

Le traître

— Ta question est hors de propos. Les Aînés reviennent, que nous le voulions ou pas. Bientôt, Nérée libérera le Lotan et Machiavel réveillera la ménagerie endormie qui fondra sur San Francisco. Ils saccageront la ville. La police, l'armée, les forces aériennes et la marine de la nation la plus puissante sur cette Terre n'y pourront rien. Toutes leurs armes sophistiquées ne serviront à rien. Quand la ville sera sur le point de s'effondrer, quand les dirigeants de ce pays en viendront à la conclusion que la seule manière de contenir les monstres est de boucler la cité puis de la détruire entièrement, un représentant des Aînés apparaîtra avec une offre extraordinaire. Les Aînés vaincront les monstres. Ils sauveront San Francisco, le continent entier, le monde. C'est une offre que le gouvernement des États-Unis ne pourra pas refuser. Les Aînés leur sauveront la mise et seront adulés comme des héros et des dieux. Cela s'est produit ainsi par le passé. Cela se reproduira dans l'avenir. À l'origine, cet événement survenait à l'époque de Litha, le jour du solstice d'été...

Un rapide sourire effleura les lèvres de Virginia Dare.

— Mais le bon Dr Dee a obligé les Aînés à changer leurs plans. Ils agissent bien plus vite qu'ils ne le prévoyaient.

— Dee œuvre pour le bien, alors, conclut Josh. Quand ils reviendront, les Aînés apporteront leur ancienne technologie.

— Possible.

— Et que feront-ils de Dee ? Il les a trahis. Ils n'ont pas peur de lui ?

— Il les terrifie, s'esclaffa Virginia. Les Aînés craignent

Mercredi 6 Juin

les serviteurs qu'ils ne peuvent contrôler. Et le docteur est totalement hors de contrôle en ce moment.

Alors que Virginia se tournait, Josh lui toucha l'épaule. Des étincelles dorées et vert clair crépitèrent entre ses doigts. L'immortelle lui lança un regard interrogateur.

– La dernière personne qui m'a touchée sans ma permission a eu une mort atroce.

Josh ôta vite la main.

– Vous disiez que les Aînés allaient revenir. Qu'adviendra-t-il de Dee ?

Les pupilles de Virginia grossirent, devinrent hypnotiques, mais elle ne répondit pas.

– Si les Aînés en veulent à Dee, il ne peut pas souhaiter leur retour, poursuivit Josh. Ils le tueraient.

Comme Virginia continuait de le fixer sans un mot, Josh bredouilla :

– Il croit peut-être qu'en leur livrant la ville il reviendra dans leurs bonnes grâces.

Dare cligna des yeux, secoua la tête, ce qui accentua la tension entre eux. Josh, qui retenait son souffle sans le savoir, expira.

– Question intéressante, murmura Dare. Je suis sûre que le docteur y a déjà réfléchi. Il aura un plan. Il a toujours un plan.

Elle sortit dans la lumière, laissant Josh seul dans le noir.

– Et neuf fois sur dix, il tourne mal, marmonna-t-elle.

Mais sa remarque ricocha sur les murs et parvint aux oreilles de Josh.

CHAPITRE TRENTE-DEUX

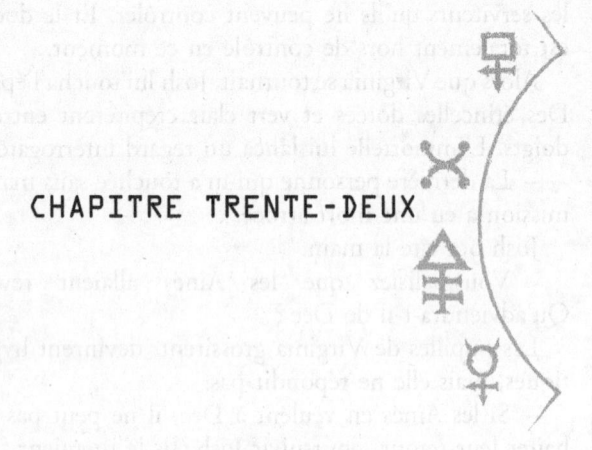

*A*nubis toucha la commande du vimana et le vaisseau circulaire s'inclina doucement sur un côté, tout en restant dans l'ombre des nuages du soir. Loin en contrebas, sur le jardin en terrasse du Palais du Soleil, il vit son frère Aton en compagnie du manchot.

– Je donnerais une petite fortune pour savoir de quoi ils parlent, déclara-t-il à la silhouette cachée sous un grand manteau assise à côté de lui.

– Ils ne devraient pas se parler en tout premier lieu, grogna la voix sous les plis du tissu.

– Que dois-je faire, Mère ?

La silhouette remua et se pencha en avant. Les reflets de la ville sous eux enflammèrent ses yeux jaunes. La lumière courut sur un museau velu, de hautes oreilles triangulaires, dansa sur de longues moustaches. La Mutation

Mercredi 6 Juin

avait été particulièrement cruelle pour Bastet, mère d'Aton et d'Anubis. Tandis que son corps demeurait celui d'une belle jeune femme, sa tête et ses mains étaient celles d'un gros chat.

— Parfois, je me dis que ton père a choisi la mauvaise personne pour lui succéder, siffla-t-elle. Cela aurait dû être toi.

Anubis hocha la tête. Les changements opérés dans la structure de sa mâchoire et son menton l'empêchaient de sourire.

Une griffe féline désigna l'homme au crochet.

— Je ne comprends pas comment ton frère supporte d'être dans la même pièce que cette vile créature.

— Aton connaît-il sa véritable identité ?

— Forcément ! Aton a étudié l'histoire. Il sait que toutes les légendes — Seigneurs de la Terre, Anciens, Archontes — parlent de ce personnage : l'homme au crochet, le destructeur. Les Seigneurs de la Terre l'appelaient Moros, les Anciens Mot et les Archontes Oberour Ar Maro. Voilà d'où nous vient son nom : Marethyu.

— La Mort.

— La Mort, acquiesça Bastet. Venue nous détruire. Cela ne fait aucun doute. Même ces crétins indiscrets Abraham et Cronos sont d'accord avec moi.

— Que dois-je faire ? répéta Anubis tout en diminuant leur altitude.

Ils suivaient Aton et l'homme au crochet qui marchaient sur le balcon ceignant le toit.

Bastet enfonça ses griffes dans la paroi lisse du vimana,

creusant de profonds sillons la céramique virtuellement indestructible.

— Ton père aurait honte. Je suis contente qu'il ne soit pas là pour voir son fils en grande conversation avec cette créature. Je l'ai aidé à arracher cette île des fonds marins. Avec ton père, j'ai régné sur Danu Talis pendant des millénaires. Pas question que la stupidité de ton frère la détruise.

Des filets visqueux de salive gouttaient des crocs de Bastet.

— À partir d'aujourd'hui, Aton n'est plus mon fils.

Son énorme tête sauvage se tourna vers les yeux noirs d'Anubis.

— Reprends Danu Talis. Je t'aiderai à accéder au trône. Je parlerai à Isis et à Osiris. Ils n'aiment pas ton frère, ils te soutiendront.

— Ils ne sont jamais à la cour, grogna Anubis. Qui sait à qui mon oncle et ma tante sont fidèles !

— Je n'ai jamais remis leur loyauté en question. Contrairement à ton frère, ils ont toujours su que leur devoir était de soutenir leur famille et cette île. Individuellement, ils sont forts ; ensemble, ils détiennent des pouvoirs extraordinaires. J'ai vu certains royaumes des Ombres qu'ils ont commencé de créer : ils sont magnifiques. Même si ton oncle et ta tante ont mon âge – en fait, Isis est un peu plus vieille –, ils sont parvenus à éviter la Mutation. Il est beau et elle est encore jolie.

Bastet ne put masquer l'amertume dans sa voix.

— Si Isis et Osiris me donnent leur appui, le reste des Aînés et des Grands Aînés se joindront à eux, réfléchit

Mercredi 6 Juin

Anubis à voix haute. Pourquoi s'opposeraient-ils à mes prétentions ?

— Ils n'ont pas d'enfants. Après Aton, tu es leur plus proche neveu. Et puis cela ne les intéresse pas de régner sur un seul continent d'un seul royaume. Il y a plusieurs millénaires, ils ont annoncé qu'un jour ils dirigeraient une myriade de mondes, peu importait s'ils devaient les créer de leurs mains.

Bastet désigna l'extérieur du vaisseau.

— Capture Marethyu. Tu y es déjà parvenu. Tu devras agir vite si tu veux arrêter ton frère, mais les anpous n'obéissent qu'à toi. Envoies-en quelques-uns à Murias pour s'emparer d'Abraham et de ses partisans.

— Et ensuite, Mère ?

Surprise, Bastet cligna des yeux, puis elle tourna la tête vers le nord et le volcan prison de Huracan.

— Eh bien, jette-les tous dans les entrailles du volcan. Je dis bien tous : Aton, Marethyu, Abraham et les prisonniers étrangers.

— Quand, Mère ?

Bastet regarda en contrebas. Aton venait de prendre la main de Marethyu dans la sienne et de sceller leur accord.

— Maintenant, ce serait bien.

Elle empoigna les mains en forme de pattes de son fils et planta ses griffes dans la chair qui saigna.

— Tue-les, Anubis ! Tue-les tous et Danu Talis t'appartiendra !

— Ainsi qu'à toi, Mère, chuchota Anubis qui essayait de dégager ses mains égratignées.

— Ainsi qu'à moi, concéda-t-elle. Nous régnerons pour l'éternité.

CHAPITRE TRENTE-TROIS

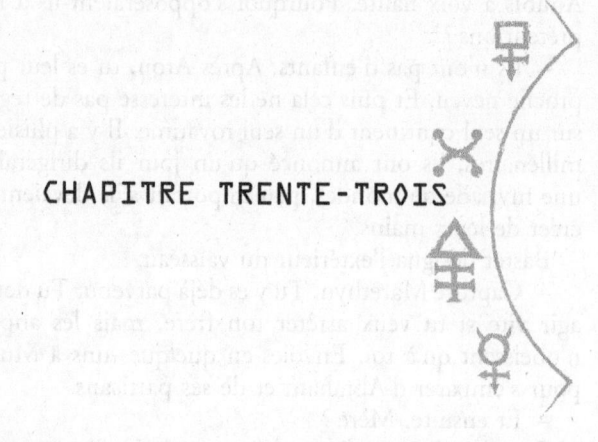

Mars Ultor s'arrêta au coin de Broadway et Scott Street pour reprendre son souffle. Adossé à un mur de brique, il considéra Broadway. Il ne s'était pas rendu compte que la rue grimpait et ses jambes, longtemps restées sans exercice, ressemblaient à deux solides piliers de douleur. Quand Zéphanie l'avait libéré de sa prison en os dans les catacombes de Paris, des siècles d'aura encroûtée et durcie étaient tombés en poussière à ses pieds, si bien qu'il avait beaucoup minci et même rapetissé.

Sous la coquille, il avait été horrifié de découvrir un corps flasque, des jambes molles, à peine capables de supporter son poids. Mais au moins, Mars Ultor pouvait recouvrer ses forces. Zéphanie, elle, avait perdu la vue à tout jamais car elle avait donné ses yeux à Cronos en échange des connaissances qui assureraient la sécurité de

Mercredi 6 Juin

son époux. Mars Ultor inspira longuement. Quand toute cette histoire serait terminée – à supposer qu'il survive –, il rendrait une petite visite à cet exécrable Cronos. Il pariait que le répugnant Aîné avait gardé les yeux de Zéphanie dans un bocal quelque part. Peut-être réussirait-il à le persuader de s'en séparer ? Mars entrelaça ses doigts et fit craquer les articulations. Il pouvait se montrer très persuasif.

Il prit à gauche et s'engagea dans Scott Street.

L'Aîné sentit l'extraordinaire vague de pouvoir et s'éloigna de la route avant même que la jeep de l'armée cabossée avec trois personnes à son bord fasse couiner ses pneus en se garant le long du trottoir.

Un Amérindien impressionnant à la peau cuivrée et aux traits taillés à la machette se pencha au-dehors.

– C'est toi, Mars.

Il s'agissait d'une affirmation et non d'une question.

– Cela intéresse qui ? demanda Mars Ultor en scrutant la rue car il pressentait une attaque.

Un des individus à l'arrière se redressa et souleva le bord de son Stetson. Il portait un bandeau sur un œil.

– Moi.

Mars Ultor se figea.

– Odin ?

Enfin, la troisième personne, plus petite, emmitouflée dans un gros duffle-coat, releva sa capuche et révéla un étroit visage canin. Deux crocs épais pointaient sous sa lèvre supérieure. Le visage caché par de grandes lunettes de soleil, la femme ne pouvait néanmoins pas dissimuler le liquide noir qui zébrait ses joues.

Le traître

– Hel ?
– Mon oncle.

De ses gros yeux bleus, Mars Ultor regarda tour à tour Odin, Hel et le chauffeur.

– Je rêve encore ?
– Dans ce cas, c'est un cauchemar.

Le chauffeur tendit la main, révélant un avant-bras musclé. Un épais bracelet en turquoise lui entourait le poignet.

– Ma-ka-tai-me-she-kia-kiak.

Il portait un jean usé, de vieilles bottes de cow-boy et un tee-shirt délavé du Grand Canyon.

– Mais tu peux m'appeler Black Hawk. Quetzalcóatl, mon maître, m'a dit de récupérer ces deux-là...

Il désigna du pouce Odin et Hel derrière lui.

– ... et j'ai reçu un coup de fil peu après me demandant de te retrouver. Oh ! Il t'envoie ses amitiés.

Black Hawk se pencha quand Mars s'installa sur le siège passager.

– Je ne pense pas qu'il était sincère.

Il fit ronfler le moteur, puis examina le trio mal assorti.

– C'est quoi ? Une convention des Aînés mal sapés ?

Encore sous le choc, Mars l'ignora et pivota pour regarder les deux Aînés.

– La dernière fois que je vous ai vus, vous vous sautiez à la gorge.

– C'est du passé, répondit Odin.

– Concentrons-nous sur le présent, déclara Hel. Nous avons un ennemi commun désormais. Un serviteur *utlaga* qui veut devenir le maître absolu.

Mercredi 6 Juin

Black Hawk s'éloigna du trottoir et gravit la colline. Ses yeux noirs naviguaient de droite et de gauche, à la recherche d'une adresse.

– C'est un humani du nom de John Dee, expliqua Odin.

– Zéphanie m'en a parlé, enchaîna Mars. Il aurait essayé d'évoquer Coatlicue afin qu'elle s'en prenne à nous.

– Dee a détruit Yggdrasil, l'informa Odin dans une langue précédant l'arrivée des humani de plusieurs millénaires. Il a tué Hécate.

Il y eut une soudaine odeur de chair brûlée et un chatoiement violet brunit la peau de l'Aîné.

– Ah ! Ma chère épouse a oublié de le mentionner. Un humani a tué Hécate ? s'exclama Mars Ultor, la voix tremblante de colère. Ton Hécate, Odin ?

– Mon Hécate, murmura celui-ci.

– Et il a détruit Yggdrasil, insista Hel. Les royaumes des Ombres d'Asgard, de Niflheim et le Monde Obscur ont été anéantis. Les portes de six autres mondes se sont effondrées, les scellant à tout jamais, les condamnant à la stagnation et à l'anéantissement.

– Un seul homme a fait cela ?

– L'humani Dee, répondit Hel qui se pencha en avant et enveloppa Mars d'un miasme fétide. Les maîtres de Dee le veulent vivant. Mais tant qu'il vivra, il représentera un danger pour nous tous. Mon oncle et moi nous sommes réconciliés dans un seul but : le tuer.

Elle posa sa main griffue sur l'épaule de Mars Ultor.

– Ce serait une erreur de te dresser contre nous.

Mars balaya sa main comme s'il chassait des peluches.

Le traître

— Ne t'avise pas de me menacer, nièce. Je suis parti depuis longtemps. Peut-être as-tu oublié qui je suis. Ce que je suis.

— Nous savons qui tu es, cousin, intervint Odin. Nous savons ce que tu es. Nous avons tous perdu des amis et des parents à cause de tes colères. La seule question est : pourquoi es-tu là ?

— Eh bien, pour une fois, cousin et nièce, nous sommes dans le même camp. Aujourd'hui même, mon épouse m'a libéré et m'a assigné une mission : tuer le Dr John Dee.

Black Hawk gara la jeep et coupa le moteur avant que les Aînés à l'arrière n'aient le temps de répondre.

— Nous sommes arrivés, annonça l'immortel amérindien.

— Où ? s'enquit Mars Ultor.

— Chez Tsagaglalal, Celle qui Observe.

Mars et Odin aidaient Hel à descendre de la jeep quand la porte d'entrée s'ouvrit sur Prométhée et Niten, tous deux enveloppés dans leur armure aurique. Un mélange de parfums acidifia l'air ambiant – chair brûlée, thé vert, anis, salsepareille et poisson pourri. Tout à coup, dans un cri de rage, Mars Ultor dégaina une petite épée de sous sa veste en cuir et se rua sur Prométhée.

CHAPITRE TRENTE-QUATRE

– Je viens de discuter avec le garçon, confia Dare à John Dee qui marchait sur le sentier entourant l'île.

Dee lança un regard en coin à Virginia.

Celle-ci secoua la tête, ce qui défit son chignon.

– Il m'a demandé ce qu'il arrivera quand tous les monstres déambuleront en ville.

– Ce sera la terreur, le chaos.

– Ah oui ! Ta spécialité, docteur. Et les Aînés ? Selon ton plan, les monstres dévastaient San Francisco, puis les Aînés apparaissaient et sauvaient tout le monde.

– Oui, c'était le plan de départ.

Ils tournèrent à un coude et le vent qui soufflait dans la baie les fouetta. San Francisco et le Golden Gate Bridge s'élevaient au-dessus de l'eau dans la brume.

– J'en conclus que le plan a changé.

Le traître

— Il a changé.

Virginia poussa un gros soupir de frustration.

— Dois-je extirper chaque phrase de ta bouche ou comptes-tu les partager avec moi ? Je suis impliquée dans cette histoire par ta faute ! J'étais heureuse à Londres, contente et invisible. Maintenant, ma tête est mise à prix !

Dee ne pipa mot.

— Tu commences à m'agacer, continua Virginia sans s'emporter. Tu ne veux pas que je me mette en colère, non ? Je crois que tu ne m'as jamais vue en colère, au fait.

Le Magicien jeta un coup d'œil derrière lui. Machiavel papotait avec Billy pendant que Josh était à la traîne. Les trois étaient assez loin pour ne pas l'entendre, mais il baissa néanmoins la voix :

— Je t'ai fait des promesses.

— Tu m'as promis ce monde.

— Exact.

— Tu as intérêt à la tenir.

— Je suis et j'ai toujours été un homme de parole.

— Faux, docteur. Tu es et tu as toujours été un menteur patenté, mais au moins tu prenais soin de me dire la vérité.

La voix de Virginia était aussi glaciale que le vent dans la baie.

— C'est la seule chose qui t'a gardé en vie au cours de ces nombreux siècles.

— Tu as raison, soupira-t-il. Je ne t'ai jamais menti intentionnellement. Ces derniers jours ont été... difficiles.

— Difficiles ? s'esclaffa Virginia. Ce n'est rien de le dire. En l'espace d'une semaine, tu es passé d'agent

Mercredi 6 Juin

— mieux, d'agent avec un grand A – d'un des plus importants Ténébreux à humani *utlaga*. Ils veulent ta mort. Tu as assassiné une Aînée et détruit un nombre incalculable de royaumes des Ombres.

— Inutile de me le rappeler...

— En seulement sept jours, tout ce pour quoi tu as travaillé, tout ce en quoi tu croyais a changé de manière radicale.

— Tu te régales, pas vrai ?

— Je suis curieuse de voir comment tu vas t'en sortir, docteur.

— Comme tu le dis si bien, tu es dans la même galère que moi. Tu as passé la majeure partie de ta vie dans l'ombre, Virginia. Aujourd'hui, les projecteurs sont braqués sur toi. Les Aînés, ceux de la Génération Suivante et des mercenaires humani nous traqueront l'un et l'autre.

— C'est exactement ce qui me pose problème, répliqua Virginia dont les doigts serrèrent sa flûte en bois qui s'échauffait.

— J'ai un plan, affirma Dee.

— Je n'en doute pas.

— Un plan dangereux.

— Cela ne m'étonne pas.

Dee s'arrêta devant un amas de rochers sur la plage étroite. Il tourna la tête vers Josh et les immortels qui approchaient.

— Les jours passés m'ont beaucoup appris. J'ai pris conscience que je devrais être le maître et non l'esclave. Cette semaine n'a pas été un échec complet.

— Puis-je te rappeler que tes bureaux ont brûlé, que

tu n'as plus d'argent et que tu n'es en sécurité nulle part dans ce royaume des Ombres ? Même la libération de Coatlicue a échoué.

— Mais j'ai les quatre Épées du Pouvoir et le Codex. Enfin... une partie du Codex. Flamel possède les deux dernières pages.

— Vraiment ?

Elle réfléchit une seconde avant de poursuivre :

— Tu devrais te servir de ce que tu as, les armes et le livre, comme monnaie d'échange pour avoir la liberté et la vie sauve.

— Ce serait les brader à vil prix ! Et puis, grâce à eux, qui sait ce dont je serai capable !

— Dès que tu auras activé les épées, tu dévoileras ta position aux Aînés. Vends-les contre le bannissement dans un obscur royaume des Ombres.

— Il m'est venu une bien meilleure idée. Je t'ai promis ce monde... Je suis dans une position où je peux t'offrir beaucoup, beaucoup plus.

— Dis-moi, demanda Dare, soudain intéressée.

— Tu as toujours été insatiable. Tu souhaites toujours régner ?

— John... méfie-toi.

— Reste avec moi ! Crois en moi, protège-moi et soutiens-moi. Je ne te donnerai pas un monde sur lequel régner, ni deux, ni trois, mais tous !

— Tous ? John, cela n'a aucun sens.

— Comment aimerais-tu diriger la myriade de royaumes des Ombres ?

— Lesquels ?

Mercredi 6 Juin

– Comme je te l'ai dit : tous.
– Ce n'est pas possible...
– Tu te trompes. Et je sais comment y parvenir.
Le Magicien éclata d'un rire aigu et hystérique.
– Si j'obtiens ces royaumes, docteur Dee, que te restera-t-il ?
– Un monde, un seul. Je veux le premier monde. L'original.
– Danu Talis ? lâcha Virginia.
– Oui, Danu Talis, confirma Dee, le regard fou. Cependant, je ne souhaite pas en être le souverain. Tu t'en occuperas à ma place, si tu veux. J'ai passé ma vie entière à acquérir des connaissances. Et là, réunis en un seul lieu, j'aurai les savoirs de quatre grandes races – Aînés, Archontes, Anciens et Seigneurs de la Terre.
Virginia en resta coite.
– Je ferai de toi la nouvelle Isis, l'impératrice de tous les royaumes des Ombres.
Il se plaça face à elle et recula d'un pas sans la quitter des yeux.
– Je ne t'ai jamais menti, Virginia. Tu l'as dit toi-même. Réfléchis-y. Virginia Dare, impératrice de tous les royaumes des Ombres.
– Le titre me plaît. Que veux-tu que je fasse ?
– *Video et taceo.*
– Ce qui signifie ? s'impatienta Virginia.
– C'est la devise d'une personne que j'ai aimée autrefois. Cela se traduit par « Je vois et je me tais ». Pourquoi ne suivrais-tu pas ce conseil ? Observe et ne dis rien !

CHAPITRE TRENTE-CINQ

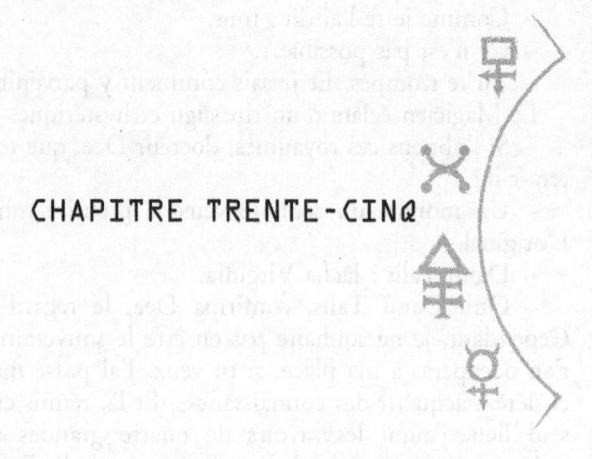

— Ce rire me fait flipper, murmura Billy.
— La pression lui monte au cerveau, expliqua Machiavel.
— Ils mijotent quelque chose.
— Tu connais Virginia Dare mieux que moi. Est-ce que tu lui fais confiance ?

Billy enfonça les mains dans les poches arrière de son jean.

— La dernière personne à qui j'ai fait confiance m'a tiré dans le dos.
— Je prends ça pour un non.
— Niccolò, je l'aime beaucoup. Nous avons vécu de grandes aventures ensemble. Elle m'a sauvé la vie à plusieurs reprises et j'ai sauvé la sienne.

Son air guilleret se transforma en grimace de douleur.

— Mais Virginia est... Comment dire ? Un peu étrange.

Mercredi 6 Juin

– Billy ! s'exclama Machiavel. Nous sommes tous un peu étranges !

Assailli par la brise, il se recroquevilla dans la veste de son costume abîmé.

– Virginia est plus étrange que la plupart. C'est une humani immortelle dangereusement différente. Elle a grandi seule dans les forêts de Virginie. Les tribus amérindiennes locales veillaient sur elle, lui laissaient de la nourriture et des habits. Ils la craignaient et l'appelaient wendigo : monstre. Quand des villageois disparaissaient dans la forêt, on disait qu'ils avaient été capturés par la wendigo... et dévorés par elle.

– Suggérerais-tu...

– Je vous raconte simplement l'histoire. Pour autant que je le sache, elle est végétarienne. Elle a toujours été vague avec les dates, mais elle n'a appris à parler qu'à dix ou onze ans. À cet âge, elle communiquait déjà couramment avec les animaux et elle n'avait pas son pareil pour se débrouiller dans la forêt. Cependant, j'ignore comment elle a pu survivre et ce qu'elle a dû faire. Ne comptez pas sur moi pour lui poser la question ! Par contre, je sais que ces années l'ont marquée. Elle ne se soucie pas des gens. Pourtant, il n'y a pas un animal qu'elle ne puisse pas apprivoiser. Un jour, elle m'a dit avoir été plus heureuse qu'une reine lorsqu'elle régnait sur les forêts de Virginie, où toutes les créatures la connaissaient, les indigènes l'honoraient et la craignaient.

– Je n'en avais pas idée. Son dossier ne contient pas beaucoup d'informations.

– Saviez-vous qu'elle avait tué son maître ?

Le traître

— Oui, et aussi que Dee et elle étaient proches. Fiancés, paraît-il. Pas par amour, à mon avis.

— J'étais au courant, continua Billy. Elle veut régner. Dans deux ou trois royaumes des Ombres proches de celui-ci, elle est vénérée comme une déesse. Elle aime que les gens l'adulent et la craignent, comme les natifs de Virginie.

— Elle a l'impression qu'on a besoin d'elle. Peu surprenant pour quelqu'un qui a été abandonné bébé. Mais est-elle dangereuse ?

— Très. Dans la plupart de ces royaumes, on la surnomme la déesse de la Mort. La dernière erreur à commettre serait de la sous-estimer. L'avant-dernière serait de lui faire confiance.

À cet instant précis, le rire dément de Dee parvint jusqu'à eux.

— Je me demandais... Dee le sait-il ? l'interrogea Machiavel. Lui serait-elle fidèle s'il se passait quelque chose ?

Billy scruta le visage de l'Italien.

— Quoi, par exemple ?

Les sourcils froncés, Machiavel fixa la ville par-delà la baie. Des rides profondes se creusèrent sur son front haut.

— J'ai beaucoup pensé à ma femme Marietta récemment. As-tu été marié, Billy ?

— Pas eu le temps avant de devenir immortel. Pas voulu après. J'en suis venu à la conclusion que les immortels devraient se marier entre eux. Nicolas et Pernelle ont de la chance d'avoir vécu si longtemps ensemble.

Mercredi 6 Juin

Le Kid éclata de rire et poursuivit :

— Dee aurait peut-être dû épouser Dare ! Quel couple ils auraient fait ! Je crois qu'elle l'aurait tué la première année. Virginia a un sale caractère.

— Marietta avait du caractère. Et il en fallait ! Je n'étais pas un très bon mari. Je passais trop de temps à la cour ; à cause de la politique de cette époque, je vivais sous la menace constante d'être assassiné. Ma pauvre Marietta en a supporté. Un jour, elle m'a accusé d'être un monstre inhumain et de ne plus voir les gens en tant qu'individus. Je les considérais comme des masses sans visage, anonymes, qu'elles soient amies ou ennemies.

— Est-ce qu'elle avait raison ?

— Oui, répondit Machiavel sur un ton triste. Là, elle m'a tendu notre nourrisson Guido et m'a demandé s'il était un individu.

Billy suivit le regard de l'Italien.

— Voyez-vous une ville remplie de masses sans visage ou d'individus ?

— Pourquoi me demandes-tu cela ?

— Parce que vous obéiriez sans problème à votre Aîné et à Quetzalcóatl et lâcheriez les créatures sur une masse sans visage.

— Tu as raison. Je l'ai déjà fait.

— Mais face à une ville remplie d'individus...

— Ce serait différent, lui accorda Machiavel.

— Qui a dit, déjà : « Tenir parole était une nécessité du passé ; manquer à sa parole est une nécessité du présent » ?

Le traître

Machiavel tourna la tête vers l'Américain et l'inclina bien bas.

— J'ai dû dire cela autrefois, il y a très, très longtemps.

— Vous avez aussi écrit qu'un prince ne manquait jamais de raisons légitimes pour briser ses promesses.

— C'est exact. Tu es un garçon surprenant, Billy.

Celui-ci regarda l'Italien droit dans les yeux.

— Alors, que voyez-vous ? Des masses sans visage ou des individus ?

— Des individus, chuchota Machiavel.

— Raison suffisante pour ne pas honorer la promesse faite à votre maître et à un monstre à queue d'oiseau ?

— Raison suffisante.

— Je savais que vous me répondriez cela.

L'immortel américain serra le bras de l'Italien.

— Vous êtes un homme bon, Niccolò Machiavelli.

— Je ne pense pas. À cet instant, mes pensées font de moi un *waerloga*, un briseur de serment. Un traître.

— *Waerloga*, répéta Billy. Ça me plaît. Je crois que je vais en devenir un, moi aussi.

CHAPITRE TRENTE-SIX

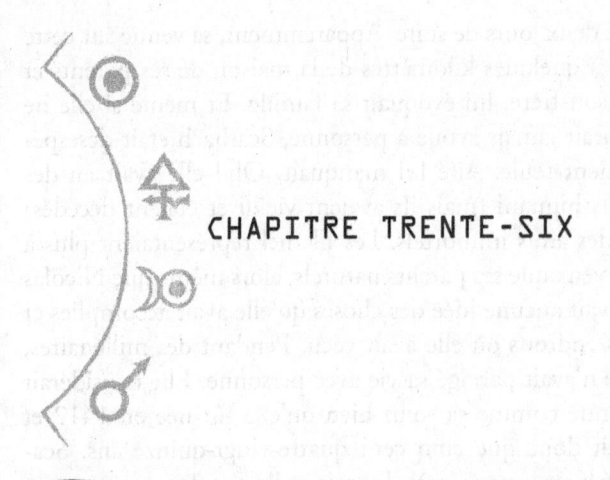

« Tout problème a sa solution », pensa Scathach.

Le hic ? Elle n'avait jamais été très douée pour résoudre les problèmes. C'était la spécialité de sa sœur. Aifé était le stratège ; quant à elle, elle préférait l'approche directe. Parfois foncer à cheval au milieu des rangs ennemis fonctionnait – n'avait-elle pas sauvé Jeanne ainsi ? Sauf que certains problèmes nécessitaient une approche plus subtile et Scatty ne l'avait jamais été, subtile.

La Guerrière s'assit à l'entrée de sa cellule, les pieds pendant dans le vide, et regarda la lave bouillonnante loin en contrebas. Si seulement sa sœur se trouvait avec eux à cet instant ! Aifé saurait quoi faire. L'Ombreuse balançait les jambes, cognait les talons contre le mur. Elle leva la tête vers le cercle de ciel. Dire qu'elle n'avait pas pensé à sa sœur depuis très longtemps et elle songeait à

Le traître

elle deux jours de suite. Apparemment, sa venue sur cette île, à quelques kilomètres de la maison de ses parents et de son frère, lui évoquait sa famille. Et même si elle ne l'aurait jamais avoué à personne, Scathach était désespérément seule. Aifé lui manquait. Oh ! elle avait eu des amis humani (mais ils avaient vieilli et étaient décédés) et des amis immortels. Les Flamel représentaient plus à ses yeux que ses parents naturels, alors même que Nicolas n'avait aucune idée des choses qu'elle avait accomplies et des endroits où elle avait vécu. Pendant des millénaires, elle n'avait partagé sa vie avec personne. Elle considérait Jeanne comme sa sœur bien qu'elle fût née en 1412 et n'ait donc que cinq cent quatre-vingt-quinze ans. Scathach avait passé près de trois mille ans dans ce royaume des Ombres terrestre et près de sept mille à errer dans les autres. Seule sa jumelle savait ce que vivre un tel laps de temps signifiait.

Elle se demanda si sa sœur pensait parfois à elle. Scatty en doutait. Aifé des Ombres ne s'intéressait qu'à sa petite personne.

Où se trouvait-elle ? Encore dans le royaume des Ombres terrestre ? Scathach ferma les yeux et se concentra sur sa sœur. En de rares occasions par le passé, elle avait entraperçu des endroits, des gens… et s'était demandé si elle était connectée à sa sœur. Là, elle ne vit rien… que du noir et du vide. La Guerrière fronça les sourcils. Aifé voyait-elle cela ? Scathach eut l'impression d'être dans un vaste espace sombre, sauf qu'elle n'était pas seule. Il y avait autre chose… qui bougeait dans ce

Mercredi 6 Juin

vide. Quelque chose de gros qui ondulait, sifflait, gloussait. Quelque chose de vieux et de malfaisant.

Bien qu'il fît une chaleur infernale dans le volcan, Scathach frissonna.

Sa sœur avait-elle des ennuis ? Elle ne pouvait le concevoir. Aifé était au moins aussi meurtrière que sa sœur. Rapide, impitoyable, elle n'avait aucun sentiment pour les humani... excepté un : Niten – Miyamoto Musashi. Scatty hocha la tête malgré elle. L'Escrimeur devait savoir où était sa sœur. Peut-être, quand ce serait terminé – et si elle survivait –, irait-elle voir Niten pour lui demander de transmettre un message à Aifé. Peut-être l'heure avait-elle sonné de faire amende honorable.

Scathach s'appuya sur les coudes et fixa le cercle de ciel. Le bleu pâle virait au violet et la première des étoiles clignotait.

Un flash cramoisi zébra le ciel et la surprit.

Au début, elle crut à une étoile filante, puis elle comprit qu'il s'agissait d'un vimana se déplaçant en silence, éclairé par la lueur rouge de la lave. Plusieurs autres suivaient. Un instinct de survie aiguisé la fit bondir sur ses pieds ; de l'autre côté du volcan, Saint-Germain se leva aussi. Cela sentait mauvais. En effet, un seul vimana était entré et parti ces dernières heures pour déposer des prisonniers et, plus récemment, pour jeter des miches de pain rassis et des gourdes d'eau croupie dans les cellules. Certaines provisions n'avaient pas atteint leur but et avaient sombré dans la lave. De toute manière, l'anpou aux commandes du vaisseau se moquait bien que les prisonniers aient faim ou soif.

Le traître

— Jeanne ! cria Scatty.

— Je les vois, répondit Jeanne d'Arc.

Son visage apparut au bord de la grotte, un peu plus haut.

— Ils sont dix ou douze...

— Huit... Dix..., compta Scatty, les yeux plissés. Douze... Non, treize. Quatorze. Je dirais quatorze.

Depuis la cellule d'en face, Palamède lui faisait signe. Dès qu'il capta son attention, il ouvrit et ferma la main droite par trois fois.

— Quinze, cria Scatty à Jeanne. Palamède en a dénombré quinze.

— Quel est le plan ?

— Cela dépend...

— De quoi ?

— De celui qu'ils viennent chercher en premier. À mon avis, ce sera Palamède ou moi.

— Et ensuite ?

Scathach dévoila ses dents de vampire dans un grand sourire.

— Les vimanas sont notre seul moyen d'entrer et de sortir. Nous devons prendre le contrôle de l'un d'entre eux.

— Bon plan, répliqua Jeanne sur un ton sarcastique. O.K. Tu neutralises deux anpous d'une seule main tout en maintenant le vimana dans les airs. Et les quatorze autres appareils ? Tu crois qu'ils vont te regarder sans intervenir ?

— J'ai dit que c'était un plan. Je n'ai pas dit qu'il était parfait.

Mercredi 6 Juin

— Je crois qu'il va falloir en changer, la prévint Jeanne.

Un nouveau vimana venait d'apparaître. Plus gros que les autres, il ressemblait à un long triangle aérodynamique aplati. Sur sa surface se reflétait le ciel de la nuit d'un côté, la lave rouge de l'autre, ce qui rendait difficile la lecture des détails. Il plana au-dessus d'un des vaisseaux plus petits, silhouette menaçante dans l'obscurité. Soudain, il s'alluma. Des lumières rouges, vertes et bleues jaillirent aux trois extrémités.

— Un vimana Rukma, hurla Scathach dans la langue de sa jeunesse. Un vaisseau de guerre. Retournez dans vos cellules !

Soudain, le vimana triangulaire plongea dans la gueule du volcan.

CHAPITRE TRENTE-SEPT

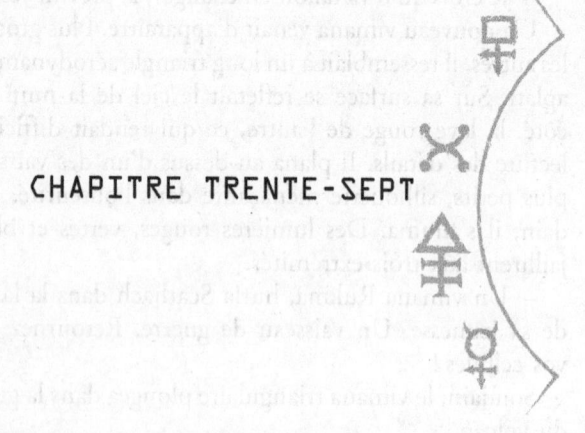

*M*ars Ultor se jeta sur Prométhée avec sa courte épée aiguisée. Plus rapide que l'éclair, Niten frappa le dessous du poignet de l'Aîné d'un coup sec des doigts. La main de Mars se contracta et s'ouvrit automatiquement. Niten rattrapa la lame au vol et la fit pivoter avec habileté. L'instant d'après, elle visait la gorge de Mars.

Niten pencha la tête de côté.

– À une époque, je n'aurais jamais pu t'approcher. Tu vieillis.

Mars lui lança un sourire agressif.

– Aussi vif qu'autrefois…

Tout à coup, il grogna quand une crampe lui mordit l'arrière du mollet. Il s'étala sur les marches.

Niten lança la courte épée à Prométhée et tendit la main à Mars.

Mercredi 6 Juin

— C'est un honneur de te combattre.
— Nous ne nous sommes pas battus !

Mars se redressa d'un coup, enfonça le haut de son crâne dans le ventre de Niten qui se courba en deux, puis il le poussa en arrière. L'Escrimeur roula, atterrit sur ses pieds et se plaça en position de combat.

— Arrêtez-moi ça tout de suite !

Tsagaglalal pinça Niten au niveau de la nuque avant de pousser Prométhée et de saisir Mars par l'oreille. Il hurla quand elle la tordit.

— Quant à toi, qu'est-ce que je t'avais dit au sujet des bagarres ?

Mars Ultor devint aussi rouge que son aura.

— Désolé, Maîtresse Tsagaglalal, marmonna-t-il.

La vieille femme regarda Niten.

— Tu vas rentrer, maintenant.
— C'est lui qui a commencé.
— Je me moque de savoir lequel des deux a commencé ! Rentre et va te laver les mains. Elles sont sales. Toi aussi ! ordonna-t-elle à Prométhée. Et donne-moi ça.

Elle tendit la main. Luttant pour garder un visage impassible, Prométhée lui présenta l'épée par la garde.

— Oui, madame, répondit-il en inclinant la tête.
— Va mettre la table dans le jardin. Nous avons des invités.

Elle se retourna et sourit à Odin, Hel et Black Hawk qui attendaient en bas des marches.

— Vous restez avec nous.

Personne ne pipa mot.

— Ce n'était pas une question, ajouta-t-elle soudain, inflexible.

CHAPITRE TRENTE-HUIT

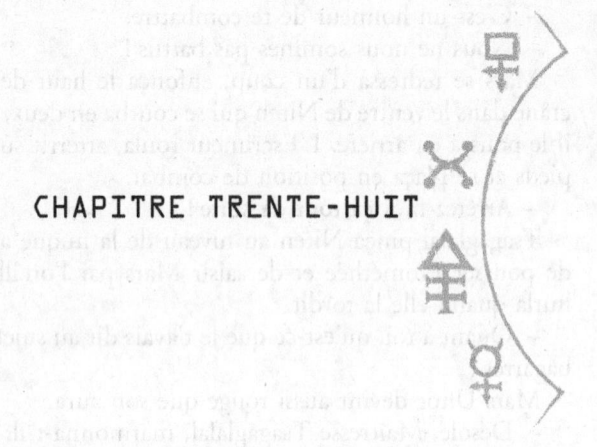

*P*ernelle Flamel tourna le dos à la fenêtre de la chambre et s'adressa à son époux.

— Tu ne me croirais pas si je te racontais ce que je viens de voir, annonça-t-elle en vieux français.

Devant le miroir, Nicolas Flamel rasait avec soin sa barbe de trois jours. Il regarda le reflet de sa femme.

— Tu m'as ramené d'entre les morts. Je peux croire tout ce que tu me diras.

Pernelle s'assit à un bout du lit qui était si haut que ses pieds pendaient au-dessus du sol.

— Trois Aînés et un immortel viennent d'arriver. L'un d'eux avait un bandeau sur l'œil.

— Odin ! Venu chasser Dee. Qui d'autre ?

— Une fille bizarre. Je n'ai pas bien vu son visage,

Mercredi 6 Juin

mais il semblait malade, avec des taches noires et blanches...

— On dirait Hel... Odin et Hel ensemble. Dee a de sérieux ennuis. Et puis ?

— Un gros Aîné en veste de cuir. Je ne l'ai jamais vu de ma vie. Mais dès qu'il a aperçu Prométhée, il s'est rué sur lui avec une épée courte.

— Ce peut être n'importe qui ! Prométhée a de nombreux ennemis, même si très peu d'entre eux sont encore en vie. Et l'immortel ?

— Son visage m'est familier, hésita Pernelle. Un Amérindien. Pas ton ami Geronimo, en tout cas.

— Cela m'aurait étonné, répliqua Nicolas en essuyant la mousse à raser sur son menton. Il n'arriverait jamais en compagnie de Ténébreux.

Il se tourna vers sa femme et écarta les bras.

— De quoi j'ai l'air ?

— D'un vieux.

Pernelle sauta au bas du lit et serra Nicolas fort dans ses bras. Elle effleura les plis de son front.

— Même tes rides ont des rides.

— J'ai juste six cent soixante-dix-sept ans...

— Six cent soixante-seize, rectifia-t-elle. Il reste encore trois mois avant ton anniv...

Elle s'interrompit. Tous deux savaient qu'ils seraient décédés avant son prochain anniversaire. Pernelle tourna vite la tête pour qu'il ne voie pas les larmes dans ses yeux et désigna une pile d'habits sur le lit.

— Les parents des jumeaux dorment dans cette chambre

quand ils viennent en ville. Ces vêtements appartiennent au père. Ils seront peut-être un peu grands, mais au moins, ils sont propres.

— Et mon jean ? Mon tee-shirt ?

— Irrécupérables.

Elle se rassit sur le lit et regarda son mari s'habiller.

— Un jour, Nicolas. Je t'ai pour un petit jour.

— Il peut se passer plein de choses en vingt-quatre heures.

Il enfila une chemise kaki. L'encolure était trop large et les manches trop longues. Pernelle les roula avant de boutonner la chemise, puis elle prit le scarabée en jade sur la table de chevet. Elle l'avait entouré d'un lien en cuir et Nicolas pencha la tête quand elle le lui glissa autour du cou. La paume sur l'insecte, elle l'appuya contre la peau de Nicolas. Il posa la main sur la sienne. Leurs auras blanche et verte crépitèrent et une forte odeur de menthe parfuma la pièce.

— Merci, dit-il simplement.

— De quoi ?

— De m'avoir donné une journée de plus.

— Je ne l'ai pas fait pour toi, mais pour des raisons purement égoïstes.

Il l'interrogea du regard.

— Je l'ai fait pour moi. Je ne voulais pas vivre un jour sans toi.

— Nous ne sommes pas encore morts, lui rappela-t-il tout en glissant la main dans la sienne. Viens ! Descendons voir ce que trament les Aînés. C'est étrangement silencieux en bas, non ?

Mercredi 6 Juin

— Ils sont terrifiés par Tsagaglalal. Ils savent tous qui elle est.

Pernelle se tut quelques instants avant de se corriger.

— Ce qu'elle est.

CHAPITRE TRENTE-NEUF

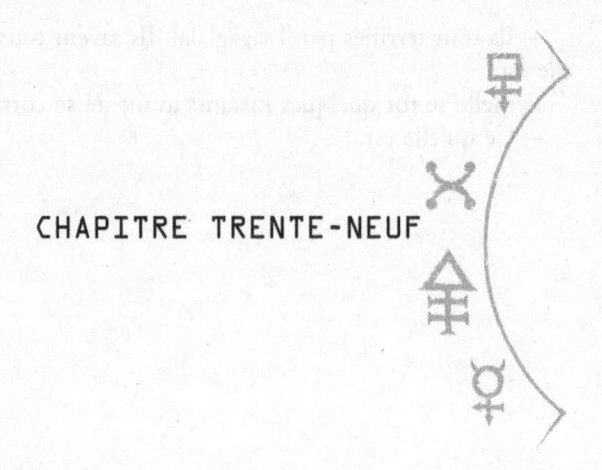

– Que le spectacle commence, marmonna Billy the Kid.

Il tapota Josh sur l'épaule et désigna le Golden Gate Bridge.

Accroupi sur la berge ouest d'Alcatraz, Josh observa le long V à la surface de l'eau qui s'approchait. La vague d'étrave se brisa sur les rochers de la plage et de l'écume blanche gicla. Un tentacule verdâtre en forme de serpent transperça les flots et s'agita un long moment avant de tomber sur la terre ferme. Il remua délicatement sur le sable et les pierres ; aussitôt, des centaines de petites ventouses situées sur le dessous pâle s'attachèrent à un gros rocher. Un deuxième tentacule apparut, puis un troisième et un quatrième. Josh déglutit.

– Des serpents !

– Tu as le teint un peu vert, remarqua le Kid qui s'accroupit à côté de lui.

Mercredi 6 Juin

— On dirait des serpents, gémit Josh. Je déteste les serpents.

— Je ne les porte pas dans mon cœur non plus, admit Billy. Je me suis fait mordre par un crotale quand j'étais petit. Tout mon corps a gonflé et je serais mort si Black Hawk ne m'avait pas soigné.

— Si cela ne tenait qu'à moi, il n'y aurait pas de serpents sur cette Terre.

— Tout à fait d'accord.

Josh frissonna. Bien qu'on fût en juin, le vent venant de la baie était cinglant et les gouttelettes d'eau lui glaçaient le visage. Cependant, il savait que cette impression de froid ne venait pas que du temps. Le mal qui flottait dans les airs était presque palpable. Un mal ancien.

— Vous avez déjà rencontré ce Nér... Néron... ?

— Nérée, rectifia Billy. Non, mais j'en ai entendu parler. En fait, je n'ai jamais eu beaucoup de relations avec les Aînés ou ceux de la Génération Suivante dans l'Ouest. Dee et Machiavel sont les premiers vrais immortels de la vieille Europe que j'aie rencontrés.

Il écarta des longues mèches de son visage avant de poursuivre :

— Je ne me mêle pas aux autres et j'accomplis des tâches spéciales pour mon maître, Quetzalcóatl. Je pars en mission, je joue les gardes du corps lors de ses rares séjours en ville, etc. Je me suis aventuré dans des royaumes des Ombres voisins avec Virginia, mais la plupart étaient des copies de celui-ci et nous n'avons guère croisé de monstres.

Le traître

Il désigna du pouce les cellules en contrebas et derrière eux.

– Je n'avais jamais vu des créatures comme celles-ci.
– Le voilà, dit Josh.

Quand la surface de l'eau ondula, Josh s'arc-bouta. Il s'attendait à une sorte de monstre reptilien à tentacules. Il fut surpris lorsque la tête d'un homme normal apparut au-dessus des vagues, une épaisse tignasse bouclée sur le crâne. Il avait un visage large, des pommettes proéminentes et une mâchoire puissante. Dans sa grosse barbe tortillée en deux boucles serrées s'enchevêtraient des morceaux d'algues.

– Le Vieil Homme de la Mer, chuchota Billy. Un Aîné.
– Il m'a l'air normal, commenta Josh.

Toutefois, quand Nérée se redressa, le jeune homme put voir que la partie inférieure de son corps était remplacée par huit énormes jambes de pieuvre. Seulement, quelque chose n'allait pas. Trois d'entre elles se terminaient en moignons effilochés et son front présentait une affreuse boursouflure due à une brûlure. L'Aîné portait un blouson sans manches en feuilles de varech cousues avec des bouts d'algues et un trident en pierre était attaché dans son dos. Josh toussa, Billy essuya ses yeux qui pleuraient : l'air marin était pollué par une odeur atroce de poisson putréfié et de blanc de baleine rance.

– Nérée ! l'interpella Dee qui s'approcha du bord de l'eau. Il était temps. Nous avons failli attendre.

Le Vieil Homme de la Mer appuya ses bras humains sur le gros rocher et sourit à Dee. Sa bouche contenait de nombreuses petites dents pointues.

Mercredi 6 Juin

— Tu te prends pour qui, humani ? Je n'ai rien à voir avec toi, rétorqua-t-il d'une voix gluante et liquide. Et j'ai faim.

— C'est une menace inutile et vous le savez, aboya Dee.

Nérée l'ignora.

— Mais qui avons-nous là ?

Il examina Machiavel et Billy, puis Virginia et enfin Josh.

— Des immortels et un Or, venus en finir avec le monde. Comme cela a été prédit dans le Temps avant le Temps.

Quand Nérée fixa Josh, l'aura de ce dernier créa une armure en cotte de mailles dorée autour de lui.

— Et toi... Tu n'as pas changé.

Josh ne parvint pas à rire.

— Je ne vous ai jamais rencontré, monsieur.

— Tu en es sûr ?

— Je m'en souviendrais, répliqua Josh, content que sa voix ne tremble pas trop.

— On m'a dit que vous exécuteriez mes ordres, intervint Dee.

Nérée l'ignora et se tourna vers Machiavel.

— L'heure est venue ?

— Oui. Vous l'avez amené ?

— Je l'ai amené.

Le Vieil Homme de la Mer regarda tour à tour les deux Européens.

— Qui veut contrôler le Lotan ?

— Moi ! s'exclama Dee en faisant un pas en avant.

Le traître

— Cela ne m'étonne pas, cracha Nérée.

Un tentacule se décolla du rocher pour s'enrouler autour du poignet de Dee et le tirer plus en avant. L'immortel n'eut pas le temps de crier. Virginia Dare se rua vers lui, flûte au poing ; un regard de Nérée la stoppa net.

— Ne sois pas idiote. Si je l'avais voulu mort, je l'aurais déjà donné en pâture à mes filles.

Derrière lui, une douzaine de Néréides aux cheveux verts apparurent à la surface de l'eau, la bouche ouverte pour révéler leurs dents de piranhas.

— Nous avons un compte à régler, tous les deux. Ma famille m'est très chère.

Un sourire cruel enlaidit le visage de Dare.

— Vous n'êtes pas le premier Aîné à me menacer et vous savez ce qui lui est arrivé...

L'odeur de poisson pourri s'accentua au point que Billy et Josh s'étranglèrent et reculèrent en même temps. Virginia bascula la tête en arrière et prit une profonde inspiration.

— Ah ! Comme j'aime l'odeur de la peur !

Nérée se tourna vers Dee.

— Un petit présent pour toi.

Il déposa une sorte d'œuf veiné de bleu dans la paume de Dee et referma les doigts du docteur dessus.

— Quoi que tu fasses, ordonna Nérée, n'ouvre surtout pas la main.

Puis il serra très fort et ils entendirent un bruit de coquille cassée.

— Pourquoi ? demanda Dee avant d'étouffer un cri.

Mercredi 6 Juin

Ses yeux enflèrent sous le coup de la douleur.

— Au fait…, glouglouta Nérée, tout sourires, le Lotan va te mordre.

Dee trembla sans dire un mot, ses yeux gris rivés sur le visage de l'Aîné.

— Tu es courageux, je dois l'admettre, le complimenta Nérée, son énorme bouche affichant un sourire encore plus féroce. Il paraît que la morsure du Lotan est plus douloureuse qu'une piqûre de scorpion.

Le docteur aux yeux exorbités devint pâle comme un linge. Des perles de sueur jaune brillaient sur son front et l'air empestait le soufre.

— Je pensais…, marmonna-t-il entre ses dents serrées, je pensais qu'il serait plus gros.

Billy fit un clin d'œil à Josh.

— Moi aussi !

— Il va grossir, répondit Nérée dans un éclat de rire. Il doit boire un peu de sang avant.

Dee tremblait violemment de tout son corps à présent. Quand il voulut se dégager, un autre tentacule de Nérée lui encercla l'avant-bras.

— Une fois qu'il aura goûté à ton sang, il sera lié à toi pour la vie. Ensuite, tu devras le contrôler. Agis vite : les Lotans sont comme les éphémères, ils vivent très peu de temps. Tu as trois heures, quatre au maximum, avant qu'il meure.

L'Aîné libéra Dee.

— Cela devrait suffire pour détruire la ville humani.

Le Vieil Homme de la Mer recula sur le bord rocheux de l'île et se glissa dans les eaux vertes et glacées de la baie. Les femmes surgirent autour de lui, leurs cheveux verts se déployant telles des algues sur l'eau. L'Aîné fixa Josh, fronça les sourcils comme s'il fouillait dans sa mémoire, puis il secoua la tête et plongea sous la surface. Une par une, les Néréides disparurent à leur tour.

Virginia Dare se précipita vers Dee qui titubait. Il avait la peau blême. Il fermait encore le poing, mais du sang coulait entre ses doigts couleur d'ecchymose.

— À l'aide ! cria Virginia.

Billy courut sur les rochers et passa un bras autour de la taille de Dee.

— Je le tiens !

— Approchons-le du bord de l'eau, proposa Virginia.

— Non ! s'écria Machiavel qui se posta devant Dee. Attendez ! Josh, viens par ici.

Sans réfléchir, le jeune homme s'approcha de l'Italien.

— Observe-moi bien.

Machiavel tendit les bras et deux gants en métal orné se formèrent sur ses mains.

— Tu peux copier cela ?

— Facile.

Josh l'imita et une odeur d'agrume parfuma l'air marin tandis que des gants d'or lui couvraient les doigts.

— Tiens-lui le bras, commanda Machiavel, et quoi qu'il arrive, ne le lâche pas.

Il regarda Virginia et Billy debout de chaque côté du Magicien chancelant.

— Vous êtes prêts ?

Les deux immortels se dévisagèrent et hochèrent la tête.

Mercredi 6 Juin

— Josh ?

Le jeune homme s'empara du bras de Dee et le tendit. L'aura sulfureuse du Magicien pétilla et crépita quand les gants en or touchèrent sa peau, mais l'orange l'emporta sur l'œuf pourri. Machiavel tourna la paume de Dee vers le haut et lui écarta doucement les doigts. Le Lotan apparut au milieu des fragments de coquille nichés au creux de sa main.

— On dirait un lézard, commenta Josh qui se pencha en avant pour mieux l'examiner.

La petite créature ne mesurait pas plus de trois centimètres de long, arborait quatre pattes, une peau verte, de longues lignes horizontales sur le corps.

— Si l'on excepte les têtes.

Sept têtes identiques étaient collées à la paume de Dee et leurs minuscules bouches rondes lui suçaient le sang avec bruit.

— Si je n'étais pas dans la confidence, remarqua Billy, je dirais que le Vieil Homme de la Mer s'est moqué de nous. Ces petits lézards ne vont pas terroriser grand monde.

— Oh, Billy ! Que faut-il pour que les choses poussent ? lui demanda Virginia.

À court de réponses, l'Américain haussa les épaules.

Virginia secoua la tête, clairement déçue par son silence.

— De l'eau !

La créature leva ses sept petites têtes quand Machiavel la décrocha avec précaution de la main ensanglantée de Dee. Elle se débattit violemment, couina tel un chaton

273

Le traître

à peine né... Chaque tête s'attaqua aux mains de l'Italien ; les dents aussi pointues que des aiguilles piquaient et griffaient les gants auriques de l'immortel.

– Saloperie, marmonna-t-il.

Tenant le Lotan à bout de bras, Machiavel le jeta dans une flaque d'eau à ses pieds.

– Et maintenant ? l'interrogea Billy.

– On court !

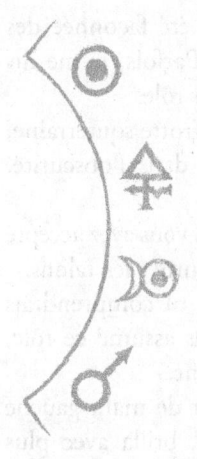

CHAPITRE QUARANTE

Marethyu et Aton couraient le long d'un étroit tunnel. Sur les murs en verre noir, des textes dans des milliers de langues mortes se distordaient tandis que les lignes et les colonnes ne cessaient de remuer. Le crochet luisant de Marethyu faisait danser des ombres sur les mots.

– J'aimerais savoir une chose…

Alors que les paroles d'Aton rebondissaient doucement sur les parois, Marethyu leva son crochet et la pâle lumière dorée balaya les traits étroits d'Aton.

– Dis-moi ?
– Pourquoi faites-vous tout cela ?

Surpris, Marethyu écarquilla ses yeux bleu vif.

– Ai-je le choix ?
– Tout le monde a le choix.

L'homme au crochet secoua la tête.

Le traître

— Je n'en suis pas si sûr. Ma vie a été façonnée des milliers d'années avant ma naissance. Parfois, je me dis que je suis juste un acteur qui joue un rôle.

Le tunnel déboucha dans une vaste grotte souterraine, fraîche et propre. De l'eau s'écoulait dans l'obscurité. Aton fit face à Marethyu.

— Vous êtes peut-être un acteur, mais vous avez accepté votre rôle. Vous auriez pu refuser et tourner les talons.

— Si tu connaissais toute l'histoire, tu comprendrais que c'était impossible. Si je n'avais pas assumé ce rôle, le monde serait un endroit très différent.

L'Aîné toucha le crochet qui servait de main gauche à Marethyu. Le métal pétilla, crépita, brilla avec plus d'intensité.

— Vous n'êtes pas né avec ceci.

— Non.

— Comment avez-vous perdu votre main ?

— Par choix. C'est le prix que j'ai dû payer et je l'ai fait de bon cœur.

— Tout a un prix.

— Tu connais celui que tu auras à acquitter pour m'avoir permis de m'évader ?

— Anubis et Bastet utiliseront cette excuse pour se dresser contre moi. Isis et Osiris convoqueront le Conseil des Races Aînées qui me déclarera inapte à gouverner et me donnera en pâture au volcan.

Il tapa fort dans ses mains et une vague de lumière tremblota dans la grotte. Puis il applaudit à nouveau et une chaude clarté d'un blanc laiteux les éclaira.

Mercredi 6 Juin

— Les moisissures sur les parois sont très sensibles au bruit, expliqua Aton.

Un lac occupait le centre de la grotte ; de longues rides perturbaient l'eau noire piquetée de blanc. Un vimana en cristal reposait sur les bords du lac. Quasiment transparent, il devait sa visibilité à la lumière blanche qui se réfléchissait sur sa coque.

— Prenez-le, offrit Aton. Je l'ai trouvé dans un bloc de glace sur un plateau au sommet du monde. C'est peut-être le plus vieux vimana qui existe et, malgré son apparence fragile, il est quasiment indestructible.

Des cris ricochèrent soudain dans le tunnel derrière eux. Les moisissures tressaillirent et ondulèrent au rythme des hurlements.

— Ils arrivent. Partez ! Faites ce que vous avez à faire !
— Tu pourrais m'accompagner.
— Le vimana est conçu pour une seule personne. Et puis tout a un prix, n'est-ce pas ?

Les pas lourds se rapprochaient, le cliquetis des épées et des armures crépitait sur les murs.

Marethyu tendit la main droite. Aton la prit dans la sienne.

— Nous nous reverrons, lui promit l'homme au crochet. Dans un lieu différent, à une époque différente.
— C'est vrai ?
— C'est vrai.
— Vous avez vu l'avenir ?
— Je l'ai vécu.

Le traître

Anubis et l'anpou surgirent dans la grotte au moment où le vimana en cristal décollait. Il s'éleva en silence, le manchot clairement visible à l'intérieur. Il fit un salut militaire avec son crochet ; Aton lui répondit et le vaisseau disparut dans le lac.

– Qu'as-tu fait, frère ? gronda Anubis. Tu nous as trahis !

– J'ai fait mon devoir pour sauver le monde.

– Enchaînez-le, ordonna Anubis dont le visage figé se tordit tout de même de rage. *Waerloga*, cracha-t-il.

– Aton le Traître. Cela sonne bien, tu ne trouves pas ?

CHAPITRE QUARANTE ET UN

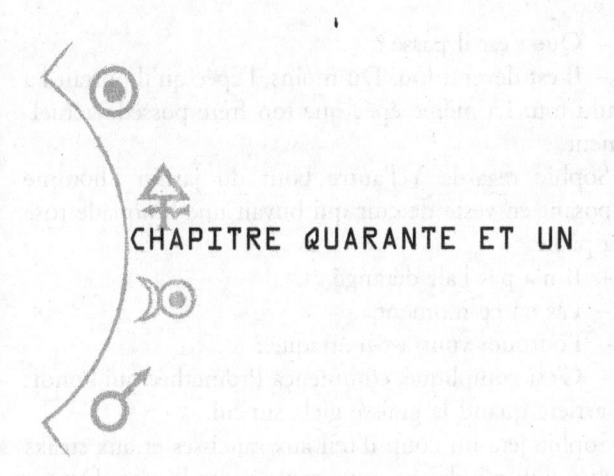

Debout à côté du barbecue dans le jardin, Sophie Newman observait Prométhée qui grillait des saucisses. Souriant, l'immense Aîné sifflotait.

— Qu'y a-t-il de si drôle ?
— Tu aurais dû voir le visage de Mars !
— Vous étiez... Vous êtes ennemis ?

Au même instant, des images dansèrent dans sa tête.

... Mars Ultor et Prométhée, dos à dos, contre une armée de guerriers à tête de serpent.

... Prométhée portant Mars blessé sur son dos et sautant d'un pont dans un torrent en furie...

... Mars attrapant au vol une flèche barbelée, au ras de la gorge de Prométhée...

— Maintenant, peut-être. Autrefois, nous étions amis, plus proches que des frères.

Le traître

– Que s'est-il passé ?
– Il est devenu fou. Du moins, l'épée qu'il portait l'a rendu fou. La même épée que ton frère possède actuellement.

Sophie regarda à l'autre bout du jardin l'homme imposant en veste de cuir qui buvait une limonade rose à la paille.

– Il n'a pas l'air dérangé.
– Pas en ce moment.
– Pourquoi vous a-t-il attaqué ?
– C'est compliqué, commença Prométhée qui bondit en arrière quand la graisse gicla sur lui.

Sophie jeta un coup d'œil aux saucisses et aux steaks hachés qui grésillaient, puis tourna vite la tête. Depuis son réveil, elle avait la nausée dès qu'elle voyait de la viande.

– À quel point ?
– Eh bien, Mars a épousé ma sœur Zéphanie, ce qui fait de nous des beaux-frères. Quand l'épée l'a rendu fou, j'ai aidé ma sœur à le capturer et à le piéger dans son aura durcie. Elle l'a enfoui dans les profondeurs de la terre et, au fil des siècles, la ville de Paris a grandi au-dessus de sa tête.

– Sophie ! cria Tante Agnès qui sortait de la cuisine, un plateau à la main.

– Une minute, Tante...
– Maintenant, Sophie, insista Tsagaglalal.
– Veuillez m'excuser.

Sophie traversa le patio et Tsagaglalal lui tendit le plateau garni de sushis.

Mercredi 6 Juin

— Peux-tu m'aider à les distribuer ? Nos invités doivent avoir faim.

— Tante Agnès... Tsagaglalal, rectifia Sophie, perturbée. Que faisons-nous ?

— Nous nous occupons de nos invités !

— Mais ce sont des ennemis mortels.

— Ils savent qu'ils doivent mettre leurs inimitiés de côté en ma présence. C'est la tradition.

Le coin de ses yeux gris se plissa tellement elle s'amusait.

— Tout se déroule comme prévu. Maintenant, aide-moi à servir. Pernelle et Nicolas ne vont pas tarder à nous rejoindre.

Sophie et Tsagaglalal se rendirent auprès de Mars Ultor, appuyé contre un petit mur. Il se redressa quand il vit la vieille femme s'approcher et posa son verre de limonade. Il s'inclina.

— Maîtresse Tsagaglalal.

Soudain, ses yeux bleus s'emplirent de larmes.

— Je pensais ne plus jamais te revoir.

Elle plaqua la paume de la main contre la joue de l'Aîné.

— Mars, mon vieil ami ! Quel bonheur de t'avoir ici ! Tu m'as l'air en forme. Tu as perdu du poids. Cela te va bien. Comment se porte Zéphanie ?

— Bien, je pense. Nous... Nous n'avons pas beaucoup discuté. Elle a parlé et j'ai écouté ses instructions.

Mars fit une pause et sourit.

— Comme au bon vieux temps. Elle m'a libéré pour

Le traître

que je retrouve Dee, mais d'abord, je devais venir te voir. Tu aurais quelque chose pour moi.

— En effet. Je te le remettrai plus tard. Pour le moment, j'aimerais que tu rencontres…

— Nous nous sommes déjà rencontrés, l'interrompit froidement Sophie. Dans les catacombes de Paris. Mars Ultor, que l'on appelait aussi Arès, Nergal et Huitzilopochtli. Il a éveillé Josh à Paris.

Tsagaglalal tapota le bras de Sophie.

— Je sais. Sophie, ne le juge pas d'après les souvenirs de la Sorcière ou ce qu'il a été obligé de faire en France. Quand Danu Talis est tombée, Mars est resté jusqu'à la fin et a conduit des milliers d'esclaves humani en lieu sûr. Il a été l'un des derniers à partir de l'île.

— La Sorcière vous assimile à un monstre, lança Sophie à Mars.

— Elle a raison. Je l'étais, à cause de Clarent. L'épée m'a empoisonné et a changé ma nature. Et maintenant, ton frère la porte. À moins que tu l'éloignes de cette arme, elle le changera, lui aussi.

— Je la lui reprendrai, affirma Sophie dont la voix tremblota soudain. Je sais où il est.

— Sur Alcatraz. Lui et moi sommes liés, tu te souviens ?

Il rejeta la tête en arrière et ferma les yeux. Ses narines se dilatèrent quand il inspira à pleins poumons.

— Je le sens. Les autres aussi : Dee, Machiavel, un immortel qui a une odeur de sauge…

— Virginia Dare, déduisit Tsagaglalal.

Mercredi 6 Juin

Un par un, Odin, Hel et Black Hawk traversèrent le patio et entourèrent Mars.

— ... et un autre, un homme, jeune, qui sent le piment de Cayenne.

— Mon ami Billy the Kid ! s'exclama Black Hawk.

— Tu es sûr que le Magicien est sur l'île ? demanda Odin, la voix rauque, laborieusement.

— Certain, répliqua Mars. J'en sens un autre.

Le dégoût déforma son visage.

— Ah ! L'odeur nauséabonde de Nérée.

Prométhée s'éloigna du barbecue avec deux assiettes. L'une contenait des hamburgers, l'autre des saucisses cocktail piquées de cure-dents.

Mars se raidit à son approche, mais Tsagaglalal lui saisit le bras et lui chuchota des paroles que Sophie intercepta :

— Tu es invité dans ma maison. Je veux que tu te tiennes bien.

— Bien sûr, Maîtresse, murmura Mars.

Il hocha la tête et Prométhée lui sourit.

— Qu'est-il arrivé à tes cheveux ? demanda Mars.

— J'ai vieilli, expliqua Prométhée. Contrairement à toi, à ce que je vois.

Il proposa les deux assiettes au petit groupe. Tous déclinèrent sauf Mars et Hel. Le premier choisit une saucisse, la huma, puis la grignota avec délicatesse.

— La première vraie nourriture que je mange depuis des millénaires.

Hel se pencha et ouvrit la bouche. Une longue langue noire en jaillit, s'enroula autour d'un gros hamburger et l'enfourna. Ses crocs saillants le déchiquetèrent ; le jus se mélangea avec les liquides noirs qui coulaient sur son menton.

— Je ne suis pas végétarienne, confia-t-elle avec le sourire à Sophie.

— J'avais deviné, répliqua celle-ci en détournant vite le regard et en ravalant la bile accumulée au fond de sa gorge.

— Je les ai cuits saignants rien que pour toi, remarqua Prométhée.

— Tu t'en es souvenu, grinça Hel.

— Si tu te rappelles, lors de notre dernière rencontre, tu prévoyais de me manger.

— Je comptais t'accommoder avant.

Odin saisit un sushi et une serviette. Il ôta le saumon et enveloppa le riz dans la serviette.

Black Hawk remercia Sophie tout en examinant l'assiette.

— Est-ce du thon épicé ?

— On dirait.

— Je m'en tiendrai au saumon. La nourriture épicée ne me convient pas.

Niten apparut avec deux autres assiettes de poisson cru.

— Fraîchement préparés, annonça-t-il. Je t'ai coupé des sashimis, annonça-t-il à Odin en désignant les tranches nettes rouges et blanches. Albacore et saumon. Pour Black Hawk, makis au thon et au concombre. Sans épices.

— Tu as une bonne mémoire, le complimenta l'Amérindien.

— Merci.

Mercredi 6 Juin

Sophie regarda Niten et Black Hawk. Elle s'étonnait que les deux immortels se connaissent.

– Dans quelles circonstances vous êtes-vous rencontrés ?

– Il y a un peu plus de cent trente ans, répondit le Japonais.

– Juste après la bataille de Greasy Grass[1], en 1876.

– Quelle journée ! murmura Niten. Le rêve des guerriers.

Sophie saisit un plateau de viande qu'elle proposa à Hel. L'Aînée la remercia par un signe de tête et s'empara de deux hamburgers (un dans chaque main) avant d'en happer un troisième avec la langue.

– Nous avons traversé plusieurs nexus pour venir jusqu'ici, expliqua-t-elle, la bouche pleine, crachotant des morceaux de viande à peine cuite autour d'elle. Tu sais ce que c'est : les voyages ouvrent l'appétit !

Sophie s'éloigna des convives et regagna la maison avec son plateau vide. Elle s'arrêta sur le seuil pour contempler cette scène plus qu'étrange : Niten s'entretenait avec Black Hawk, Mars Ultor et Prométhée discutaient à bâtons rompus pendant qu'Odin et Hel buvaient les paroles de Tsagaglalal. On aurait dit n'importe quel barbecue avec ses grillades, ses boissons, ses odeurs de cuisson... Et pourtant, certains invités avaient plus de dix mille ans et étaient loin d'être humains.

---

1. Bataille de Greasy Grass pour les Indiens, bataille de Little Big Horn pour les Américains. *(N.d.T.)*

Le traître

– Je rêve, marmonna-t-elle. Je vais bientôt me réveiller.

– Je pencherais plus pour un cauchemar, lui suggéra une voix féminine. Et non, tu ne rêves pas.

Sophie pivota et se retrouva face à face avec Nicolas et Pernelle.

– Content de te revoir, Sophie ! s'exclama Nicolas. J'ai une grosse dette envers toi, semble-t-il. Tu as contribué à me ramener à la vie.

La jeune fille hocha la tête, ne sachant que répondre.

– Euh... Ravie d'avoir pu vous être utile... Je me disais : quel étrange groupe que voilà. Odin et Hel sont ennemis. Prométhée et Mars ne se sont pas parlé depuis plusieurs milliers d'années, et j'ignorais que Niten et Black Hawk se connaissaient.

– Le plus bizarre, compléta Nicolas, c'est qu'ils se comportent en personnes civilisées et ne se sautent pas à la gorge !

– Pourquoi ?

À cet instant, Sophie remarqua que Nicolas portait une chemise et un pantalon treillis de son père. Quant à Pernelle, elle avait un jean un peu trop court et un chemisier à col officier et manches longues qui appartenaient sûrement à sa mère. Elle fut soudain en colère contre sa tante – non, pas sa tante, Tsagaglalal – qui avait donné les vêtements de ses parents.

Lentement, le groupe s'aperçut que Nicolas et Pernelle l'observaient du seuil de la cuisine. Les conversations s'interrompirent et tous firent face aux Flamel. L'Alchimiste accepta un verre d'eau de Pernelle et le leva.

Mercredi 6 Juin

— Je n'ai jamais cru aux coïncidences, déclara-t-il en s'avançant dans le jardin. Je suis donc obligé de penser que vous êtes réunis ici pour une bonne raison.

— Cette extraordinaire réunion n'est pas accidentelle ! s'exclama Prométhée.

— En effet, intervint Tsagaglalal, mon époux et Cronos l'avaient prévue il y a dix millénaires. De fait, Abraham m'a demandé de vous remettre quelque chose.

Elle ouvrit un carton posé sur la table et enleva la paille.

— Avec ma vie j'ai protégé ces tablettes en émeraude.

Elle sortit un à un les rectangles plats en pierre verte et les tendit aux intéressés.

— Prométhée, voici pour toi. Niten...

— Qu'est-ce ? demanda Sophie.

— Des lettres du passé, expliqua Tsagaglalal. Mon époux les a rédigées il y a dix mille ans.

— Il savait que ces personnes seraient réunies ici ? s'étonna Sophie.

— En effet.

Finalement, Tsagaglalal sortit une dernière tablette du carton et la lui présenta.

— Il avait également prévu que tu serais là, Sophie Newman.

CHAPITRE QUARANTE-DEUX

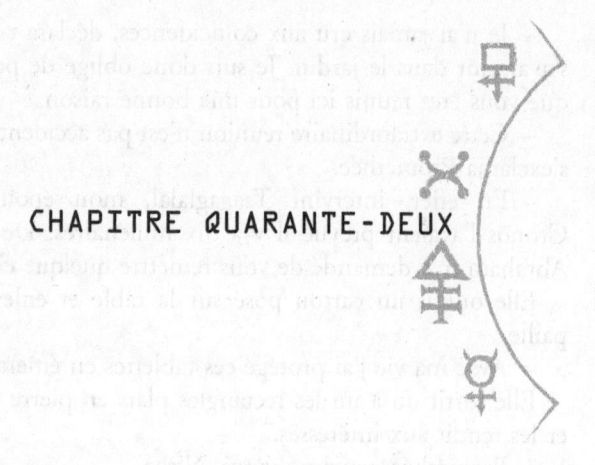

Sophie Newman examina la tablette en émeraude. Elle mesurait environ dix centimètres par vingt et la pierre était froide entre ses mains. Les deux côtés étaient couverts d'une écriture fine et étroite ne ressemblant à rien de ce qu'elle avait vu auparavant – triangles, demi-cercles, barres obliques, symboles vaguement mathématiques et points abstraits. Absolument inintelligible.

Elle tourna la tablette et effleura la surface lisse, suivit du doigt les lignes de texte horizontales. Des brins de son aura argentée zébrèrent la tablette, et Sophie retint sa respiration. Elle reconnut des caractères cunéiformes et des hiéroglyphes égyptiens, des glyphes aztèques, des symboles oghamiques celtes, des pictogrammes chinois, des volutes arabes, puis du grec et des runes nordiques... et enfin de l'anglais.

Mercredi 6 Juin

C'était une lettre.

Je suis Abraham de Danu Talis, parfois appelé le Juif, et j'adresse mes salutations à l'Argent.

J'en sais tant sur toi : ton nom, ton âge, ton sexe. J'ai suivi tes ancêtres pendant dix mille ans. Tu es une jeune femme remarquable, la dernière d'une lignée de femmes tout aussi remarquables.

Tu existes dans un monde qui m'est totalement incompréhensible, tout comme je vis dans une époque à laquelle tu ne peux rien comprendre. Mais nous sommes liés, toi et moi, par cette tablette que j'ai gravée de mes mains et que ma chère femme, je l'espère, t'a remise.

Je t'écris depuis une tour à la limite du monde connu, sur l'île de Danu Talis. L'histoire lui donnera d'autres noms, mais celui-ci est le premier, son vrai nom. Tu dois savoir que ton monde et le mien ne sont qu'un seul et même monde, bien que séparés par des millénaires. En outre, je t'assure qu'au fond de moi je ne veux que le meilleur pour nos deux mondes. Voilà pourquoi j'ai confié à ma bien-aimée Tsagaglalal le soin de t'apporter ce message par-delà les âges. Quand tu le liras, elle aura été la tutrice et la protectrice de ta mère, de ta grand-mère et de toutes les femmes de ton clan depuis sa création. Et son frère aura agi de même avec les hommes.

Il faut que tu saches une chose : ton monde commence à la mort du mien.

Tu apprendras aussi que, selon les lignes du temps, mon monde ne disparaît pas. Dans ces lignes, ton monde

Le traître

n'advient pas et d'autres formes de vie se présentent pour contrôler la planète.

Certaines lignes du temps voient des forces obscures prendre le pouvoir sur Danu Talis ; les humani restent des esclaves jusqu'à leur extermination et leur remplacement par une nouvelle race.

Dans d'autres lignes du temps, ton monde – moderne, de métal, de verre et de lumière, avec ses merveilles et ses armes terrifiantes – sombre dans le chaos et la nuit perpétuelle.

Il arrive aussi que ton monde n'existe simplement pas. Il n'est rien d'autre que poussière et roche là où ta planète et sa lune orbitent actuellement dans l'espace.

J'ai toujours su que le destin de nos mondes – le tien et le mien – était à la merci d'actes individuels. Oui, une seule personne peut changer le cours d'un monde et créer l'histoire.

Tu fais partie de ces individus.

Tu es puissante. Une Argent, d'une puissance inédite. Tu es courageuse, aussi. Cela ne fait aucun doute.

Tu as en toi la capacité de changer l'histoire, mais pour y parvenir, il faudra que tu me fasses confiance. Ce sera difficile parce que tu ne t'es jamais fiée à personne d'autre que ton jumeau et mes recherches m'indiquent que ton frère et toi êtes séparés. Si cela peut te consoler, vous serez réunis, brièvement. Je te demande de faire confiance à quelqu'un que tu n'as jamais rencontré, qui t'a écrit il y a dix mille ans, qui vit dans un monde qui te dépasse. Mais si tu m'accordes ta confiance et agis comme il se doit, si tu réussis, tu sauveras le monde. Non seulement le tien et le mien mais

Mercredi 6 Juin

tous les royaumes des Ombres invisibles et leurs habitants. Des milliards d'êtres doués de sensibilité te devront la vie.

Échoue et ces milliards de créatures mourront.

Maintenant, je suis obligé de te dire que ce succès a un prix. Un prix élevé. Ton cœur se brisera un millier de fois et tu maudiras mon nom à tout jamais.

À toi de choisir. Mille ans avant que je grave cette tablette, j'ai créé une prophétie qui se termine par ces mots : Les deux qui ne sont qu'un devront devenir celui qui est tout. L'un pour sauver le monde, l'autre pour le détruire.

Lequel es-tu, Sophie Newman ?

Lequel es-tu ?

CHAPITRE QUARANTE-TROIS

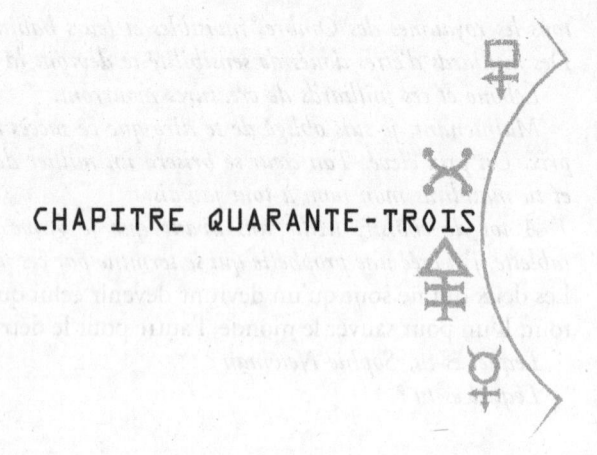

Josh Newman examina la flaque à ses pieds.
— Il ne se passe rien...

Et aussitôt, toute l'eau disparut. La petite créature verte se tortillait sur la plage tel un poisson hors de son élément. Josh plissa les yeux : elle avait l'air un peu plus grosse, non ? Le Lotan frémit, gratta le sable sale. Soudain, Josh s'aperçut qu'il grandissait, doublait de taille chaque fois qu'il se contorsionnait.

Passer de quelques centimètres à trente lui prit une seconde.

De trente centimètres à un mètre, une autre seconde.

Sa ressemblance avec un lézard s'accentuait, mais à chaque tressaillement, il s'apparentait plus à un dragon de Komodo. Une longue langue jaune et fourchue s'agitait dans chacune de ses sept bouches et, quand il levait

Mercredi 6 Juin

ses têtes vers le ciel, son haleine empestait la viande rance et les créatures du fond des mers mortes depuis longtemps.

Le Lotan se contorsionna, doubla à nouveau de taille, soit deux mètres de long...

– Il faut qu'on s'éloigne vite de là, grommela Billy qui soutenait encore Dee avec Virginia. Regardez-moi ces dents... Une bestiole pareille a besoin de viande et nous sommes son repas le plus proche.

Le Lotan trembla violemment ; ses os faisaient des bruits secs, ses muscles craquaient, sa peau s'étirait... Quatre mètres...

Les sept têtes – soit quatorze yeux impassibles – fixèrent les cinq humains. Soudain, il se précipita en avant.

– Filons ! hurla Billy.

– Non ! répliqua Dee.

Sous les yeux horrifiés de Josh, la créature eut un violent spasme. Huit mètres ! La longueur d'un des tramways qui sillonnaient San Francisco.

– Il va encore grossir ? demanda Billy.

– Je vais le ralentir, proposa Virginia.

Tout en tenant le Magicien, elle sortit sa flûte d'une main et l'apposa contre ses lèvres. Le son trop aigu pour l'oreille humaine ressemblait à un tremblotement dans l'air. Trois mouettes qui volaient par là dégringolèrent dans la mer sans que le Lotan soit affecté. Il s'approcha de la femme et lui montra ses multiples rangées de dents dans ses sept bouches. D'épais filets de bave pestilentiels coulèrent sur les rochers.

Le traître

Dee rit à en tousser, puis chuchota d'une voix exténuée :

— Il est sourd. Ta flûte magique ne sert à rien.

— J'avais cru comprendre, marmonna Virginia.

Des couleurs ondulaient sur la peau verte du Lotan, des vagues rouges et noires roulaient le long de son corps. Soudain, toutes les couleurs se réunirent sur les têtes. Chacune prit une teinte cramoisie différente sauf la tête centrale, deux fois plus grosse que les autres et noir de jais.

Josh serrait et desserrait les poings, si bien que ses gants auriques se reformèrent, remontèrent le long de ses bras.

Aussitôt, les sept têtes s'intéressèrent au jeune homme.

— Josh, le prévint calmement Machiavel sans quitter le Lotan des yeux, je te suggère d'arrêter cela tout de suite.

— Je me protégeais avec mon aura.

Dee, pour sa part, en profita pour se débarrasser de Dare et de Billy. Son visage livide rosit légèrement, mais ses yeux gardaient leurs cernes et il frotta sa main gauche enflée. Il s'avança vers la bestiole qui recula ses têtes comme pour attaquer ; tout à coup, toutes ses narines gluantes se dilatèrent et elle huma l'air avec ses langues. Dee lui tourna le dos.

— Le Lotan ne se nourrit pas seulement de chair. C'est une sorte de vampire qui suce l'aura des créatures vivantes. Machiavel ? As-tu le courage de tendre le bras ?

— Courageux, je le suis peut-être, mais pas fou.

Billy s'exécuta sans réfléchir et une odeur de piment

Mercredi 6 Juin

de Cayenne parfuma l'air. Une brume pourpre enveloppa la main de l'immortel.

Dans un frisson, le Lotan transféra son attention sur Billy qui se mit à grogner et à tituber. Son aura serpenta avant de quitter son corps pour rejoindre la créature. Les langues jaunes léchèrent la fine fumée rouge foncé.

– Arrête, Billy ! ordonna Machiavel.

L'Américain tenta en vain de baisser le bras. Son aura avait pris une couleur plus prononcée, tout comme les veines de sa main tendue, et le flux était clairement visible dans l'air. Il gémit de douleur quand ses ongles devinrent rouges, grenat, noirs, avant de craquer et de tomber.

Sans perdre une seconde, Josh se posta devant Billy et le gifla avec force. L'immortel poussa un grognement de surprise. Josh le saisit par sa chemise et lui fit une prise de taekwondo. Balayé au niveau des jambes, l'immortel tomba à genoux sur les rochers et son aura s'éteignit immédiatement.

– Merde, ça fait mal ! Tu m'as pété la rotule, grogna Billy.

Il tendit la main à Josh qui l'aida à se relever.

– Je n'aurais jamais cru remercier un jour quelqu'un qui m'a fait mal, mais merci. Je te suis redevable et je n'oublie jamais mes dettes.

Il plia la main gauche. Pâle, elle était parsemée de veinules éclatées et un liquide clair suintait au niveau de l'ovale de ses ongles tombés.

– Ça pique !
– C'était complètement idiot, gronda Virginia.
– Idiot est mon deuxième prénom, plaisanta Billy.

Le traître

– C'est la bête que tu comptes lâcher sur la ville ? demanda Machiavel à Dee. Un amateur de chair fraîche et un buveur d'aura ?

– La première d'une longue série ! rectifia le docteur.

Son rire se transforma en une toux bruyante qui le plia en deux.

– Laissons-le se promener dans les rues et festoyer un peu. Tu as les sortilèges : réveille les monstres et expédie-les en ville.

– Et ensuite ? s'enquit l'Italien.

– Notre travail ici est terminé. Nous avons exécuté les ordres donnés par nos maîtres respectifs. Tu peux prendre le prochain vol pour Paris... enfin, peut-être pas le prochain. L'aéroport risque de ne pas fonctionner pendant un certain temps.

Dee désigna les cellules d'un mouvement du menton et poursuivit :

– J'ai vu des vouivres en bas. Tu devrais les envoyer à l'aéroport !

– Et toi, docteur ? Que deviens-tu au retour des Aînés ?

– Ne t'inquiète pas pour moi.

– Je crois que j'aimerais savoir, insista Machiavel dont le sourire n'effleura pas les yeux. Nous sommes ensemble dans cette galère.

Dee croisa les bras sur sa poitrine et l'énorme Lotan se rapprocha de lui. Le lézard lui donna des coups de langues dans le dos et lui ébouriffa les cheveux. Dee repoussa les longs appendices d'un geste distrait.

Mercredi 6 Juin

— J'étudie mes options... Mais d'abord, lâchons la bébête.

— Non ! s'exclamèrent Billy et Machiavel à l'unisson.

— Non ? répéta Dee, interloqué. J'ai compris : vous voulez qu'on réveille une partie des créatures pour qu'elles attaquent ensemble ! C'est une idée... On les dépose en plusieurs endroits. Une sorte d'attaque multi-fronts.

Billy the Kid secoua la tête.

— Nous pensons...

— Il ne fallait pas vous fatiguer, se moqua Dee.

— Votre langue bien pendue vous jouera des tours un jour.

— Peut-être. Tes menaces ne me font pas peur, tu sais.

— Ça suffit ! hurla Machiavel. Ce que mon jeune ami impulsif veut dire, c'est que nous avons décidé de ne pas lâcher les monstres sur la ville.

Dee n'en crut pas ses oreilles.

— Ce ne serait pas bien, expliqua Billy.

— Pas bien ? s'esclaffa Dee. Vous plaisantez ! Virginia, ils plaisantent ?

Dare fit doucement non de la tête.

— Je ne pense pas, répondit-elle tout en s'écartant des immortels américain et italien.

Billy fit un quart de tour pour avoir Dee et Dare dans son champ de vision.

— Pourquoi, John ? demanda Machiavel. Cela ne te rapporte rien.

— Je gagne du temps, Niccolò. Nos maîtres attendent que les créatures dévastent la ville. Nous ne devons pas les décevoir.

Le traître

— Ou ils viendraient enquêter... et ils te trouveraient là.

— Précisément. Laissons-les contempler San Francisco depuis leurs royaumes des Ombres et se frotter les mains.

— Ce n'est qu'une diversion ? cracha Billy.

— Un tour de passe-passe digne d'un grand magicien. Ils seront focalisés sur la ville et ne s'occuperont pas de moi ici.

— Que complotes-tu, John ? l'interrogea Machiavel.

— Ce ne sont pas tes oignons.

L'Italien tapota la poche de sa veste. Il y eut un bruissement de papier.

— J'ai les sortilèges pour éveiller les créatures. Je ne le ferai pas. Par ailleurs, je vais contacter les Flamel et les prévenir de ce qui se trame ici. Nous savons tous les deux à quel point Pernelle peut être dangereuse. Elle interceptera le Lotan.

— Cela m'étonnerait, murmura Dee. Souviens-toi, cette créature boit les auras. Celle de l'Ensorceleuse doit avoir un goût sucré...

Il dévisagea tour à tour Billy et Machiavel.

— Et toi, tu es avec lui ?

L'Américain s'approcha de l'Italien.

— À cent pour cent.

— Dernière chance, aboya Dee.

— Ouh ! J'ai peur.

— Vous avez fini par trahir vos maîtres, conclut Dee dans un murmure à peine audible. Vous avez renié votre serment. *Waerlogas.*

— Tu peux parler ! répliqua Machiavel.

Mercredi 6 Juin

— Oui, mais votre décision compromet mes plans. Josh, dans quel camp es-tu ? Tu choisis l'Italien ou moi ?

Le regard vide, bouche bée, Josh fixa Dee puis Machiavel. Il ne voulait évidemment pas que les monstres attaquent San Francisco, ce n'était pas bien. Il ressentit une soudaine vague de chaleur au niveau de l'épaule et se décida à dégainer Clarent. Dès qu'il l'eut en main, la chaleur lui remonta le long du bras et quelque chose changea en lui. Ses doutes s'apaisèrent et furent remplacés par la certitude qu'il valait mieux libérer les monstres. C'était nécessaire. Il se souvint d'une phrase prononcée par son père lors d'une conférence à Brown University le Noël précédent. Il avait cité Charles Darwin : « Ce n'est pas le plus fort de l'espèce qui survit, ni le plus intelligent, mais celui qui s'adapte au changement. »

Un peu de mort et de destruction, d'hystérie et de peur serait bon pour l'humanité. Ce serait sûrement drôle de voir le Lotan semer la terreur sur l'Embarcadero. Plus il y pensait, plus il lui semblait nécessaire de libérer le Lotan. Cela ramènerait les Aînés et c'était tout ce qui comptait.

— Pense aux destructions, Josh, lui souffla Machiavel.

Des bâtiments s'effondrant, des gens qui couraient, hurlaient... L'épée palpitait à chaque image.

— Tu as vécu à San Francisco, Josh, enchaîna Billy. Tu ne veux pas qu'une chose pareille arrive ici.

Virginia fit un pas en avant et passa le bras sur les épaules de Josh.

— Josh sait dans quel camp il est, affirma-t-elle, ses

Le traître

yeux d'un gris acier rivés dans les siens. Le nôtre. Pas vrai, Josh ?

Écarlate, Josh cligna des yeux quand l'odeur de sauge musquée émise par l'aura de Dare le prit à la gorge. La décevoir était la dernière chose qu'il désirait.

– Euh... Oui... Je pense. Je n'en suis pas sûr...

La garde de Clarent devint plus chaude sous ses doigts crispés. Tout à coup, Josh eut une poussée de fièvre et manqua s'évanouir. Des images de destruction et de chaos dansaient aux frontières de sa conscience. Des flammes se déployaient et il était hypnotisé par leur beauté. Il entendit des cris qui lui parurent presque musicaux.

– Quel est ton camp ? répéta le Magicien.

– Prends le temps de réfléchir avant de répondre, lui conseilla Billy.

– Quelle générosité ! s'exclama Dee. Josh, tu es avec moi ou avec l'Italien ? Si tu t'associes à Machiavel, ajouta-t-il sur un ton méprisant, tu remarqueras qu'il vient de nous menacer de nous dénoncer aux Flamel. Ce personnage fera tout ce qui est en son pouvoir pour garder le contrôle, même si cela implique la condamnation d'un monde à une longue et lente destruction.

– Plus de huit cent mille personnes vivent à San Francisco, déclara Billy, en colère. Beaucoup... quasiment la plupart mourront. Ce n'est pas ce que tu veux, Josh ?

– Souviens-toi de notre conversation à Ojai, la semaine dernière, insista Dee. Souviens-toi quand je t'ai montré le monde tel qu'il pouvait être, tel qu'il serait si

Mercredi 6 Juin

les Aînés revenaient : l'air pur, l'eau claire, les mers non polluées...

En même temps, des images défilèrent devant les yeux de Josh :

... une île sous un ciel d'azur immaculé. Des champs de blé s'étendant à l'infini. Des arbres croulant sous les fruits exotiques.

... d'immenses dunes de sable verdoyant sous une herbe luxuriante.

... une cour d'hôpital déserte et des rangées de lits vides.

Josh hocha la tête, convaincu par ce qu'il avait vu.

– Un paradis.

– Un paradis, acquiesça Dee. Le contraire de ce que veulent l'Italien et le hors-la-loi. Ils ne veulent rien changer à ce monde sale et abîmé pour pouvoir travailler dans l'ombre.

– Josh, le sermonna Billy, ne l'écoute pas. C'est Dee, rappelle-toi, le prince des menteurs.

– Flamel t'a menti, lui aussi. Tu as vu ce que sa femme et lui ont fait à ta sœur !

– Ils l'ont montée contre toi, enchérit Virginia qui posa les doigts sur la main de Josh, par compassion. Et puis il y a une chose que moi seule peux t'apprendre, lui chuchota-t-elle à l'oreille. La magie de l'Air. La plus utile des magies.

La magie de l'Air ! Les mots captèrent son attention.

– Sophie connaît celles de l'Air, du Feu et de l'Eau. Je ne connais que l'Eau et le Feu.

Josh s'aperçut soudain que Dare était très près de lui. Clarent propageait sa chaleur dans tout son corps.

Il transpirait, mais le vent marin glaçait sa peau moite. Il tremblait.

– La magie de l'Air, répéta Virginia. Tu deviendrais l'égal de ta sœur. Et peut-être, un jour, seras-tu plus puissant qu'elle... ?

Josh se tourna alors vers Dee.

– Je suis avec vous.

– Tu as pris la bonne décision, Josh, approuva le Magicien.

– Tu commets là la plus grosse erreur de ta vie, commenta Niccolò Machiavelli sans élever la voix.

Josh ne parvenait plus à regarder Billy the Kid et lui dans les yeux.

Sans prévenir, Billy se jeta sur Dee pendant que Machiavel pivotait vers Dare, mais l'immortelle portait déjà sa flûte à ses lèvres.

– Trop lent, souffla-t-elle.

Dès que les mots se changèrent en musique, Niccolò Machiavelli et Billy the Kid perdirent connaissance et s'écroulèrent par terre.

Virginia fit rouler l'Italien avec son pied et prit une enveloppe dans la poche intérieure de sa veste. Elle la lança à Josh qui la remit au Magicien.

– Les instructions pour réveiller les monstres, annonça Dare.

Dee félicita Josh d'une grande claque sur l'épaule.

– Bon choix ! Maintenant, enfermons ces deux-là dans une cellule avant qu'ils ne se réveillent.

– Tu n'oublies rien ? demanda Virginia en désignant le Lotan.

Mercredi 6 Juin

Le regard fou, Dee sourit et agita les mains devant la créature.

– Allez, va manger !

Le Lotan se tourna vers la ville située à moins de deux kilomètres, se dandina sur les rochers et plongea dans l'eau. Les sept têtes se balancèrent au-dessus des vagues quelques secondes avant de s'enfoncer. Et enfin, une vague d'étrave ondulée se dirigea vers San Francisco.

– Je me demande comment vont réagir les touristes de l'Embarcadero, médita Dare.

– J'entends déjà leurs cris, se réjouit Dee qui tapait l'enveloppe sur sa cuisse avec impatience. Allons réveiller ces petites bêtes affamées.

Il considéra les deux hommes sans connaissance et contusionnés.

– Elles apprécieront une mise en bouche.

Puis il s'adressa à Josh qui contemplait le sillage laissé par le Lotan.

– Tu as pris la bonne décision, répéta-t-il.

Josh hocha la tête. Il l'espérait. Sincèrement. Dare lui souriait, ce qui le rassura. S'il ne faisait pas tout à fait confiance à Dee, il s'en remettait aveuglément à Virginia Dare.

CHAPITRE QUARANTE-QUATRE

La gorge sèche comme si elle avait hurlé à pleins poumons, Sophie leva des yeux pleins de larmes. Elle avait des dizaines de questions, mais aucune réponse. Même les connaissances de la Sorcière d'Endor ne lui étaient d'aucune aide, car elle ignorait comment Abraham avait pu voir tout cela.

Sophie examina le groupe. Personne ne parlait. Certains avaient fini de lire, d'autres étaient concentrés sur leur tablette. À en juger par leurs réactions, tous avaient reçu des messages très personnels rédigés par un homme – non, Abraham était plus qu'un homme – ayant vécu dix mille ans plus tôt.

Hel pleurait. Des larmes noires coulaient sur le bloc en émeraude, creusaient la pierre qui grésillait et dégageait une fumée grise. Elle souleva la tablette et l'embrassa.

Mercredi 6 Juin

Un instant, ses traits bestiaux laissèrent la place à ceux d'autrefois : jeunes et très beaux.

Pernelle posa la tablette verte qu'elle cacha avec ses mains. Elle regarda Sophie et hocha la tête. Ses yeux remplis de larmes avaient pris une couleur émeraude et une extrême tristesse habitait son visage.

Prométhée et Mars finirent en même temps leur lecture et, sans se parler, ils tombèrent dans les bras l'un de l'autre.

Un masque indéchiffrable couvrait le visage de Niten, mais Sophie remarqua qu'il ne cessait de dessiner des huit sur la pierre avec son index.

Odin fourra le bloc dans sa poche et tapota la main de sa nièce. Il lui chuchota quelques mots à l'oreille et elle sourit.

Black Hawk ne dévoila aucun sentiment, même si lui aussi tapait à un rythme irrégulier sur la tablette.

Nicolas la glissa dans une poche de son pantalon et saisit la main de Pernelle. Il la fixa avec une sorte de crainte, comme s'il la voyait pour la première fois.

— Je n'ai pas la moindre idée de ce que mon époux a pu vous écrire, déclara soudain Tsagaglalal. Chaque message est destiné à chacun de vous en fonction de votre ADN et de votre aura.

La vieille femme était assise au bout de la table de pique-nique. Elle pelait avec soin une pomme d'un vert intense avec un éclat triangulaire de pierre noire qui ressemblait à une pointe de flèche.

Sophie remarqua qu'elle avait découpé dans la peau des formes assez identiques aux mots gravés sur sa tablette au moment où elle l'avait eue en main. Elle fronça les sourcils. Ce geste lui rappelait quelqu'un... mais qui ? Où ? À moins que ce fût un souvenir de la Sorcière et non le sien ?

Tsagaglalal désigna les chaises vides.

— Installez-vous.

Un par un, tous s'assirent — Nicolas et Pernelle côte à côte, en face d'Odin et de Hel, pendant que Mars et Prométhée se faisaient face ainsi que Niten et Black Hawk. Sophie demeura seule à l'autre bout de la table.

— Certains d'entre vous connaissaient personnellement mon époux et, ajouta-t-elle en regardant Prométhée et Mars, comptaient parmi ses meilleurs amis.

Vint le tour d'Odin et de Hel.

— Bien que quelques-uns ne se soient jamais rangés de son côté, il aimait penser que vous le respectiez.

Tous firent oui de la tête.

— Avant la destruction de Danu Talis, notre monde se fragmentait déjà. Les Aînés étaient les maîtres du monde. Il n'y avait plus de Seigneurs de la Terre, les Anciens avaient disparu, les Archontes avaient été vaincus. Les nouvelles races, y compris les humani, étaient réduites en esclavage et, comme ils n'avaient plus d'ennemis, les Aînés se battaient entre eux.

— C'était une époque terrible, grogna Odin.

— Plusieurs étaient avec moi sur l'île lors de la catastrophe, continua Tsagaglalal. Vous savez ce que nous vivions alors. Eh bien aujourd'hui, le Dr John Dee veut s'assurer que cela n'arrive jamais.

Hel leva les yeux.

Mercredi 6 Juin

— Est-ce une si mauvaise chose ?

Puis elle comprit l'énormité de sa question et demanda :

— Où cela nous mène-t-il ?

— Ce monde, répondit Tsagaglalal, et les dix mille ans d'histoire qu'il a créés, cesseront simplement d'exister. Mais, plus important, si Danu Talis ne tombe pas, les Aînés belliqueux la détruiront. Ils n'anéantiront pas seulement l'île, ils anéantiront la planète entière.

— Il faut arrêter Dee, en déduisit Odin. Voilà pourquoi nous sommes ici, ma nièce et moi. Nous venons tuer Dee pour ses crimes.

— Ma mission est la même, ajouta Mars.

— Nous savons qu'il se trouve à Alcatraz, les informa Hel. Rendons-nous là-bas et finissons-en.

— Je peux vous emmener, proposa Black Hawk. J'ai un bateau.

— Je vous accompagne ! s'exclama Sophie. Josh est sur l'île, lui aussi.

— Non, tu restes ici, ordonna Tsagaglalal.

— Pas question.

Ce n'était pas une vieille femme — peu importait qui elle était — qui l'empêcherait de se rendre à Alcatraz.

— Si tu veux revoir ton frère, tu dois rester avec moi.

Prométhée se pencha en avant et tapa sur la tablette en émeraude qu'il tenait encore à la main.

— Moi aussi, on m'a dit de rester ici.

— Ainsi que moi, intervint Niten. Tsagaglalal, savez-vous pourquoi ?

La vieille femme fit non de la tête.

Le traître

– Moi je sais, chuchota Pernelle. Je n'avais pas de message du passé. Quand j'ai regardé la tablette, j'ai vu Alcatraz et le fantôme de Juan Manuel de Alaya, l'homme qui a baptisé l'île et qui en est à présent le gardien. Il m'a aidée à m'échapper quand Dee me retenait là-bas. De Alaya m'a parlé à travers le bloc, j'ai flotté au-dessus de l'île et j'ai vu avec ses yeux.

– Raconte, demanda Nicolas.

– J'ai aperçu Dee et Dare, Josh, Machiavel et Billy the Kid. Et le Lotan.

– Le Lotan ? grogna Odin, mal à l'aise. Il avait sa taille adulte ?

– Oui. J'ai perçu des dissensions entre les immortels, continua Pernelle. Je n'entendais pas leur conversation, je ne voyais que des images, mais apparemment, Machiavel et le Kid ne voulaient pas que le Lotan s'attaque à la ville. Il y a eu une dispute et Dare les a mis K.-O.

– Et le Lotan ? l'interrogea Odin. Je l'ai vu à l'œuvre. C'est une créature terrifiante.

– Dee l'a expédié dans notre direction. Voilà pourquoi Prométhée et Niten doivent rester ici. Ils se dresseront contre le monstre et protégeront la population. La créature se dirige vers l'Embarcadero. Elle débarquera dans une heure.

– Prenez ma voiture, proposa aussitôt Tsagaglalal. Elle est garée devant la maison.

Elle posa les clefs sur la table. Niten s'en empara. Il partait en courant quand Nicolas se leva.

– Nous t'accompagnons !

Mercredi 6 Juin

Et soudain, tout le monde s'agita. Prométhée se releva tant bien que mal, puis se pencha et embrassa Tsagaglalal sur la joue.

– Comme au bon vieux temps, hein ?

Elle posa la main sur la joue de l'Aîné.

– Sois prudent, chuchota-t-elle.

Mars fit le tour de la table et serra son ancien ennemi dans ses bras. Leurs auras grésillèrent et pétillèrent tandis que les deux guerriers apparaissaient dans leurs armures rouges exotiques assorties.

– Combats et vis, déclara Mars. Quand ce sera terminé, le temps sera venu pour d'autres aventures. Comme à la grande époque.

– Comme à la grande époque, confirma Prométhée en lui étreignant les épaules. Combats et vis.

– Je prends ma jeep, lança Black Hawk qui partit en sifflotant.

– Attendez ! s'écria Sophie. Pernelle, et Josh ? Et mon frère ?

Tout le monde se tourna vers l'Ensorceleuse et Sophie comprit alors le sens de son regard un peu plus tôt.

– Il a encore choisi Dee et Dare. Sophie, ton frère est perdu à jamais.

CHAPITRE QUARANTE-CINQ

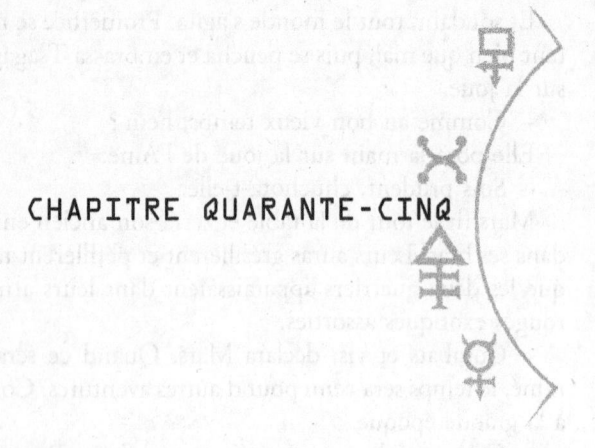

Le vimana triangulaire était si large qu'il bouchait quasiment le cratère du volcan. Il heurta deux petits vaisseaux quand il descendit. Le premier explosa dans une boule de feu. Le second s'écrasa contre l'à-pic et éclata dans un jet de flammes et de métal qui expédia des shrapnels incandescents dans toutes les directions.

Les prisonniers se réfugièrent au fond de leurs cellules tandis que les morceaux de métal ricochaient sur les parois. Seule Scathach resta à l'entrée de la sienne pour regarder le vimana Rukma. Elle se contenta d'esquiver un bout de fuselage embrasé aussi long que son bras. Un autre vimana reçut un coup oblique de la part du gros vaisseau et se rabattit trop près d'une saillie rocheuse. Quand l'appareil circulaire passa devant sa cellule, Scathach aperçut deux anpous qui essayaient désespérément

Mercredi 6 Juin

de le redresser ; en vain : il heurta la lave de plein fouet. Une énorme boule de feu ainsi qu'un panache de magma jaillirent. La roche en fusion gicla sur les murs avant de glisser doucement vers le bas.

Le large Rukma descendit lentement, son nez pointu et le bout de ses ailes frôlant les parois. L'Ombreuse hocha la tête : un pilote hors pair se trouvait aux commandes. Le vaisseau passa devant les cellules de Shakespeare et de Palamède.

Le petit vimana qui restait vola autour du vaisseau sans trop s'en approcher. Scathach fouilla dans sa mémoire. Elle possédait très peu d'informations sur ces machines. Elles ne devaient pas être armées ; l'une d'elles toutefois avait dû rejoindre la capitale et demander des renforts. De plus près, elle constata que le gros vimana était en cristal poli et en céramique brillante, et non en métal comme les autres. Il était quasiment transparent et l'on ne distinguait qu'une seule silhouette à l'intérieur.

Le moteur électromagnétique vibrait. Le gémissement aigu lui faisait grincer des dents et envoyait de l'électricité statique dans ses cheveux roux en épis. Les vibrations percutaient les murs noirs, creusant de minuscules fissures à leur surface. Soudain, un rocher se décrocha à ses pieds et dégringola. Scathach bondit en arrière lorsque le bord de sa cellule s'effrita.

Une aile du vimana pivota jusqu'à ce qu'elle soit pile au-dessus de la Guerrière. La lumière rouge à son extrémité se brisa quand elle érafla la paroi et fit pleuvoir des cailloux noirs sur la tête de Scatty. S'il descendait plus bas, le vaisseau se coincerait, pensa-t-elle. Elle s'accroupit, inspira une grande bouffée d'air sulfureux, toussa, puis se propulsa vers le haut au moment exact où les vibrations réduisaient sa cellule en poussière. Ses doigts se refermèrent sur les deux côtés de l'aile, mais sa main droite glissa sur la surface lisse. Elle batailla pour se rattraper avant que sa main gauche ne la retienne plus. Quand elle regarda entre ses jambes, elle se rendit compte qu'il n'y avait rien entre la lave visqueuse et elle. Le Rukma s'éleva peu à peu.

Du coin de l'œil, elle perçut du mouvement. Un petit vimana rond s'approchait. Il bourdonna aussi près d'elle que possible pour la déstabiliser davantage. Elle donna des coups de pieds en pure perte.

Pendant que le Rukma en cristal continuait son ascension, Scathach essayait de se hisser sur lui, mais sa surface était trop polie et elle n'allait pas tarder à lâcher prise. Elle se rappela soudain qu'on lui avait prédit une mort dans un endroit exotique. Qu'y avait-il de plus exotique que d'être suspendue à un vaisseau de guerre au-dessus de la gueule d'un volcan en activité ?

Le petit vimana revint à la charge et, cette fois, Scatty vit deux têtes de chien hilares derrière le dôme en cristal. Les anpous montrèrent les crocs et attaquèrent dans le but de la pulvériser.

Jeanne d'Arc choisit ce moment pour atterrir sur leur dôme. Elle sourit aux anpous médusés.

– Bonjour !

Le vimana oscilla, vira à gauche, vira à droite, sans parvenir à la déloger.

Mercredi 6 Juin

— Vous perdez votre temps ! leur cria-t-elle. J'ai brandi une épée toute ma vie. Je peux tenir des heures !

Quand le vaisseau passa sous elle, Scathach lâcha prise et se posa à côté de Jeanne qui éclata de rire.

— Je suis contente de te voir, tu...

— Pas de blagues avec le mot « tomber », s'il te plaît.

Le vimana plongea, pirouetta, mais les deux femmes se cramponnaient au dôme transparent.

— Tant qu'il ne s'approche pas trop de la lave, remarqua Scatty, on ne craint rien.

Les anpous choisirent ce moment pour descendre en piqué et vrombir au ras de la surface bouillonnante.

— Je crois qu'ils t'ont entendue, bredouilla Jeanne qui toussait à cause de l'air irrespirable.

Elle transpirait et l'extrémité de ses cheveux auburn grillait.

— J'ai les mains moites, admit-elle. Je ne sais pas si je tiendrai encore longtemps.

— Accroche-toi, marmonna Scathach.

Elle ferma le poing droit, plia le pouce sur son index et recula le bras.

— Quand il faut absolument que tu perces un trou dans quelque chose..., grogna la Guerrière tout en enfonçant le poing dans le verre avec une force colossale, choisis le jeet kune do.

Le dôme se fissura. Les deux anpous levèrent la tête, estomaqués.

— Indestructible ? Mon œil !

Scathach frappa à nouveau et le dôme tomba en miettes. De l'air chaud nauséabond pénétra dans

Le traître

l'habitacle, piqua les yeux des anpous qui toussèrent et aboyèrent en même temps. Le pilote monta en flèche, loin de la chaleur et des émanations mortelles.

– Il va trop vite ! cria Scathach. Nous allons heurter quelque chose.

Le bord du vimana érafla un rocher en saillie, le métal hurla quand il se froissa puis se déchira. Vacillant, le vaisseau manqua éjecter les deux femmes, mais il continua son ascension. Tout à coup, il heurta le bord du Rukma qui faisait du surplace. Le métal raya le verre et un gros morceau du petit appareil fut arraché. Cette fois, Jeanne et Scatty lâchèrent prise sous la force de l'impact. La première hurlait et la seconde poussait son cri de guerre par défi…

… lorsque des mains puissantes les interceptèrent une seconde avant que le vimana percute la paroi rocheuse et se fende comme une noix.

Palamède déposa délicatement les deux amies sur l'aile du vimana, à côté de Saint-Germain. Celui-ci s'empressa d'enlacer son épouse. Ni l'un ni l'autre ne purent parler.

– C'est moi qui te sauve la vie, d'habitude ! s'exclama Scatty qui serra le bras de Palamède.

– Je me suis dit qu'il était temps de te rendre la pareille, répondit le Chevalier sarrasin, la voix chevrotante. Il s'en est fallu d'un cheveu, l'Ombreuse.

– Je ne mourrai peut-être pas aujourd'hui, plaisanta Scatty.

– La journée n'est pas finie, rétorqua-t-il. Venez, entrons dans le Rukma.

Il désigna avec le pouce l'entrée du volcan.

Mercredi 6 Juin

— Nos amis à face de chien se rassemblent.

Ils pénétrèrent dans le vaisseau de guerre par une grande ouverture ovale sur le dessus.

— Comment êtes-vous montés sur l'appareil ?

— Quand l'aile s'est trouvée au niveau de ma cellule, je me suis avancé, c'est tout. Francis m'a imité.

Il sauta dans l'ouverture. L'Ombreuse voyait ses contours déformés sous la peau en cristal du Rukma. Elle attendit que Jeanne et Saint-Germain aient disparu à l'intérieur pour entrer à son tour.

— Il était venu nous sauver et non nous tuer, commenta Scatty.

Le pilote s'approcha d'eux.

— S'ils avaient simplement voulu vous tuer, gronda une voix grave, pourquoi envoyer un vaisseau de guerre ?

— Parce qu'ils savaient à qui ils avaient affaire ? Je suis Scathach, la Déesse Guerrière, l'Ombreuse, la Tueuse diabolique, la Faiseuse de Rois, la…

— Jamais entendu parler de vous.

Un grand guerrier aux cheveux roux vêtu d'une armure cramoisie s'avança et passa la main sur le bord de l'ouverture. Le dôme de verre se referma dans un sifflement.

— Mon oncle !

Dans un cri de joie, elle se jeta à son cou.

Le colosse l'intercepta avant qu'elle ne l'embrasse et la tint à bout de bras, les pieds pendant dans le vide.

— Je m'appelle Prométhée et je n'ai pas de nièce. J'ignore qui vous êtes. Je ne vous ai jamais rencontrée de ma vie.

Il la reposa avec soin sur le sol et recula d'un pas.

Le traître

Jeanne éclata de rire en voyant le visage de Scatty. Puis elle la prit par la main et l'entraîna à l'écart.

— Pardonnez à mon amie. Elle a oublié où elle était et surtout à quelle époque, ajouta-t-elle en insistant sur le dernier mot.

Scathach hocha la tête, la surprise lui transformant le visage.

— Vous me rappelez quelqu'un, expliqua-t-elle à Prométhée. Quelqu'un qui m'est très cher.

L'Aîné roux fit un léger signe de tête, puis tourna les talons. Le groupe le suivit le long d'un haut couloir jusqu'à une zone circulaire, au cœur du Rukma. Il s'installa dans un fauteuil moulé et posa les mains sur les accoudoirs. Aussitôt, la paroi en cristal devant lui s'illumina ; des cartes et des lignes de texte se superposèrent sur le verre. Des points rouges grouillaient sur le côté gauche ; Prométhée les désigna.

— Ce n'est pas bon. On doit vite partir d'ici. On dirait que la flotte entière de vimanas se dirige sur nous.

— Où nous emmenez-vous ? demanda Saint-Germain.

— Je vous conduis…

Une voix claire et d'un calme mortel résonna dans la salle de contrôle.

— Prométhée, mon ami, j'ai besoin de toi maintenant. La tour est attaquée.

En arrière-plan, une série d'explosions sourdes retentit.

— J'arrive ! brailla Prométhée.

— Et nos amis ? Sont-ils sains et saufs ?

— Oui. Ils étaient exactement où tu l'avais dit, dans les cellules de Huracan. Ils sont avec moi.

Mercredi 6 Juin

– Bien. Maintenant, dépêche-toi, mon vieil ami. Dépêche-toi.
– Qui était-ce ? s'enquit Scathach, bien qu'elle ait deviné la réponse, comme les autres.
– Votre sauveur : Abraham le Juif.

CHAPITRE QUARANTE-SIX

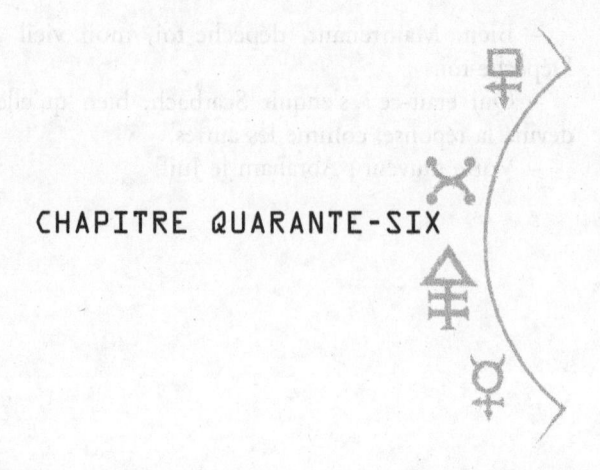

$\mathcal{S}$ophie Newman faisait les cent pas dans le jardin vide. Tout le monde était parti. Les Flamel, Prométhée et Niten se rendaient à l'Embarcadero, tandis que Black Hawk conduisait Mars, Odin et Hel à la marina.

Son estomac digérait mal le mélange d'odeurs auriques qu'elle avait inhalées et une migraine s'installait. Elle avait besoin de temps pour réfléchir, pour assimiler ce qu'elle venait d'apprendre. Tout avait changé et continuait de changer. Elle avait à nouveau des difficultés pour distinguer ses pensées des souvenirs de la Sorcière d'Endor. Celle-ci connaissait toutes les personnes présentes chez Tante Agnès – enfin, Tsagaglalal –, et elle avait une opinion sur chacune d'elles. Elle n'en appréciait aucune… et pourtant, Sophie n'était pas d'accord avec elle.

Mercredi 6 Juin

La jeune femme commençait à bien connaître la Sorcière. En vérité, depuis que ses souvenirs tourbillonnaient dans son cerveau, elle la connaissait mieux que n'importe qui.

Et elle ne l'aimait pas.

La Sorcière d'Endor était mesquine et vindicative, rancunière et amère, très coléreuse et jalouse. Elle enviait ses pouvoirs et sa force à Prométhée, son courage à Mars, elle craignait Niten et son association avec Aifé. Elle détestait Tsagaglalal à cause de sa grande proximité avec Abraham. Le seul point positif chez elle ? Elle s'inquiétait sincèrement pour le sort des humani et elle s'était battue sans relâche pour les soustraire aux griffes des Ténébreux les plus dangereux.

Sophie marchait sur les dalles irrégulières disposées dans l'herbe. La pente était raide et bientôt elle ne distingua plus que le toit de la maison derrière elle. Elle s'engagea sous un passage en bois couvert de lierre et de rosiers grimpants qui aboutissait dans la partie non entretenue du jardin, où l'herbe arrivait à la taille et où les fleurs sauvages poussaient en abondance.

Le coin préféré des jumeaux depuis toujours.

Enfants, ils avaient découvert un lieu caché au fond du jardin, coincé entre les haies, et ils en avaient fait leur repaire. La clairière ronde était entourée d'un enchevêtrement de ronces et de vieux pommiers qui ne donnaient jamais de fruits, malgré leurs nombreuses fleurs. Une souche de chêne usée et dure comme la pierre sortait du sol en son centre. Elle mesurait presque un mètre de diamètre et, un été, Sophie avait passé une semaine à compter ses cernes pour estimer son âge. Elle s'était arrêtée à deux cent trente. Les jumeaux appelaient cet endroit leur jardin secret, d'après le livre de Frances Hodgson Burnett que Sophie lisait à cette époque. Tous les étés, quand la famille Newman venait à San Francisco, Sophie se précipitait dans le jardin pour vérifier qu'il était toujours là et que les jardiniers de Tante Agnès ne l'avaient pas nettoyé et apprivoisé à la manière des rangées ordonnées qui coupaient en deux le reste de la propriété. Chaque année, l'herbe croissait davantage, les buissons s'épaississaient et le sentier se perdait dans le fouillis.

Lors de certaines visites, Sophie et Josh consacraient toutes leurs heures de la journée au jardin secret. Mais au fil des ans, il n'avait plus intéressé son jumeau : la clairière était trop éloignée de la maison pour capter un signal sans fil pour son ordinateur portable. Le jardin secret était donc devenu l'espace privé de Sophie, où elle pouvait lire et rêvasser, s'évader et réfléchir. Là, elle avait besoin d'être seule afin de passer en revue les derniers événements et penser à Josh. Comment allait-elle le ramener ? Que pouvait-elle faire ?

– Tout, murmura-t-elle. N'importe quoi.

Elle avait besoin de réfléchir à l'avenir, parce qu'il commençait à la terrifier, de prendre une décision. La plus importante de sa vie, sans aucun doute.

Au moins, elle serait seule, car personne n'était au courant de l'existence de son jardin secret.

Mercredi 6 Juin

Sophie écarta les branches et s'arrêta net. Tante Agnès – Tsagaglalal – était assise sur la souche, les yeux fermés, le visage tourné vers le soleil de cette fin d'après-midi.

La vieille femme ouvrit ses yeux gris et sourit.

– Quoi ? Tu pensais que je ne connaissais pas cet endroit ?

CHAPITRE QUARANTE-SEPT

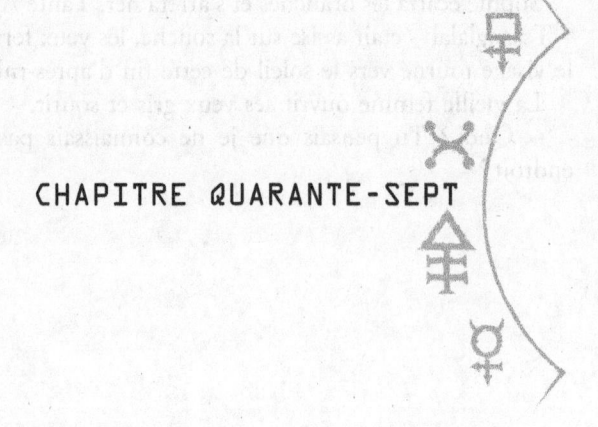

– Je l'ai toujours connu, déclara Tsagaglalal à Sophie. Viens t'asseoir près de moi.

Sophie secoua la tête.

– S'il te plaît... J'ai créé cet endroit pour toi et ton frère. Pourquoi penses-tu que les jardiniers ne sont jamais intervenus ici ?

Sophie traversa la clairière et s'assit par terre, le dos appuyé au tronc d'un pommier noueux, les jambes tendues devant elle.

– Je ne sais plus quoi penser, avoua-t-elle.

Immobile, Tsagaglalal fixait son visage. On n'entendait que le bourdonnement des abeilles et le ronronnement du trafic au loin.

– Dire qu'il y a une semaine aujourd'hui, poursuivit Sophie, je servais à *La Tasse de café* en attendant le week-end.

Mercredi 6 Juin

Josh était venu déjeuner au café ; nous avions partagé un sandwich et une part de tarte à la cerise. Je venais de parler au téléphone avec mon amie Ella de New York et j'étais excitée comme une puce à l'idée qu'elle vienne à San Francisco. Ma plus grosse inquiétude était de ne pas avoir assez de temps libre pour visiter la ville avec elle. C'était un jour ordinaire. Un jeudi comme un autre.

– Et maintenant ? chuchota Tsagaglalal.

– Une semaine plus tard, j'ai été éveillée, j'ai appris la magie, je suis allée en France, en Angleterre et je suis revenue sans prendre l'avion, mon frère a disparu et la fin du monde m'angoisse.

Elle éclata d'un rire aigu, un peu hystérique.

– Il y a une semaine, Sophie, tu étais une fillette. Tu as vécu une vie entière en sept jours. Tu as vu beaucoup de choses et tu en as réalisé plus encore.

– Plus que je ne l'aurais voulu, marmonna Sophie.

– Tu as grandi et mûri. Tu es une jeune femme extraordinaire, Sophie Newman. Tu es forte, bien informée et puissante… tellement, tellement puissante !

– Je le regrette, affirma Sophie en regardant ses mains ouvertes posées sur ses jambes, la droite sur la gauche.

De leur propre chef, des brins de son aura argentée s'étaient réunis dans les plis de ses paumes où ils formèrent une petite flaque brillante. L'aura liquide pénétra dans sa chair et des gants argentés en soie délicate au départ, en cuir piqué ensuite, en métal clouté à la fin, lui enveloppèrent les mains. Quand elle plia les doigts, les gants disparurent, mais ses ongles restèrent quelques instants des miroirs polis avant de revenir à la normale.

Le traître

— Tu ne peux pas échapper à ce que tu es, Sophie. Tu es une Argent. Tu as des responsabilités... et un destin. Le tien a été décidé il y a des millénaires. J'ai observé mon époux, Abraham, lorsqu'il travaillait avec Cronos. Celui-ci a consacré sa vie entière à la maîtrise du Temps. Cette tâche qui a failli le détruire a imposé à son corps une centaine de formes différentes. Il est devenu la créature la plus repoussante au monde... et pourtant mon époux l'appelait son ami et il ne fait aucun doute que le bien-être des humani et la survie de ce royaume des Ombres lui tenaient très à cœur.

— La Sorcière ne l'appréciait pas..., l'informa Sophie qui frissonna quand surgit la vraie forme de Cronos dans un coin de sa mémoire.

— Et il la méprisait pour ses actes.

— Qu'a-t-elle fait ? s'enquit Sophie, mais les images survinrent si vite qu'elles la secouèrent physiquement.

... un marteau de guerre s'écrasant sur un crâne en cristal, puis un autre et un autre...

... des livres en métal se liquéfiant et tombant des étagères d'une bibliothèque tandis que de l'acide fumant les dévorait...

... des aéronefs extraordinaires de céramique et de verre, délicats, beaux, complexes, circulaires, oblongs, triangulaires, qui basculaient du haut de falaises dans la mer...

— La Sorcière a détruit des millénaires d'objets fabriqués par les Seigneurs de la Terre, les Anciens et les Archontes, ce que mon époux appelait le savoir eldritch.

— Il était trop dangereux, répliqua Sophie du tac au tac, rapportant le point de vue de Dora.

Mercredi 6 Juin

— C'est l'opinion de la Sorcière, affirma Tsagaglalal, une tristesse indescriptible dans le regard. Ton ami, l'immortel William Shakespeare, a écrit un jour : « Rien n'est bon ni mauvais en soi ; tout dépend de ce que l'on en pense. »

— *Hamlet*. Nous avons joué la pièce à l'école l'année dernière.

— Jugeant le savoir eldritch dangereux, Zéphanie s'est octroyé le droit de le détruire. Or, souviens-toi que la connaissance en soi n'est jamais dangereuse, insista Tsagaglalal. C'est la façon de l'utiliser qui l'est. L'arrogance de la Sorcière a anéanti des millénaires de savoirs. Par conséquent, quand elle demandait une faveur à Cronos, il la lui faisait payer très cher. Peut-être essayait-il à sa manière de la freiner, bien qu'il fût probablement trop tard. Je me demande parfois : si nous avions accès à ces connaissances aujourd'hui, serions-nous où nous en sommes ?

Sophie entraperçut des bribes de technologie ancienne, des cités de verre, de vastes flottes composées de bateaux en métal, d'aéronefs en cristal zébrant le ciel. Soudain, les images s'obscurcirent ; la délicate et précieuse ville se liquéfia quand l'affreuse forme d'un champignon mortel germa en son centre. Elle prit une bouffée d'air qui la fit frissonner et revenir au présent, puis secoua la tête pour chasser les images. Les bruits quotidiens de cet après-midi à San Francisco – une trompe de bateau au loin, une alarme de voiture, la sirène d'une ambulance – l'assaillirent.

Le traître

— Non, nous aurions tout saccagé, murmura la jeune femme.

— Peut-être... La destruction de la terre et de toutes les créatures vivant à sa surface était une possibilité que mon époux et Cronos ont envisagée chaque jour. Je les regardais chercher dans les couloirs du temps infinis ces lignes qui garderaient en vie les humani et ce royaume aussi longtemps que possible. Ils les surnommaient les Bons Augures. Dès qu'ils en avaient isolé un, ils faisaient tout ce qui était en leur pouvoir pour s'assurer qu'il prospérerait.

Une brise fraîche à l'odeur de sel et de pot d'échappement se faufila entre les arbres et les buissons voisins. Les feuilles sifflèrent doucement et Sophie frissonna.

— Josh et moi nous trouvions dans un de ces Bons Augures ?

— Il y avait un garçon et une fille, oui. Des jumeaux. D'or et d'argent. Mon époux connaissait même vos prénoms.

Sophie effleura la tablette en émeraude coincée dans la ceinture de son jean. Il comportait ses nom et prénom.

— Il savait beaucoup de choses sur vous, mais pas tout. Les fils du temps ne sont pas toujours précis. Cependant, Abraham et Cronos étaient sûrs d'une chose : les jumeaux étaient indispensables à la survie de la race humani et du monde. Voilà pourquoi ils devaient protéger une paire parfaite de jumeaux, un Or et un Argent.

— Josh et moi ne sommes pas parfaits !

— Nul ne l'est. Mais vos auras sont pures. Nous savions

Mercredi 6 Juin

que les jumeaux auraient besoin de connaissances. Voilà pourquoi Abraham a créé le Codex, le Livre du Mage, qui contenait le savoir du monde entier en quelques pages.

La douleur fripa le visage de la vieille femme.

— Il mutait, à l'époque. Sais-tu ce qu'est la Mutation ?

Sophie faisait non de la tête quand la Sorcière d'Endor lui fournit la réponse.

— Une transformation. La plupart des Aînés très âgés se métamorphosaient en…

L'afflux d'images la choqua.

— … en monstres.

— Pas tous, rectifia Tsagaglalal. Certaines mutations étaient superbes. Mon époux pensait que la Mutation était due aux effets des radiations solaires sur les cellules incroyablement vieilles.

— Pourtant, tu n'as pas muté…

— Parce que je ne suis pas une Aînée ! Quand il a créé le Codex, Abraham a manipulé son essence afin que seuls les humani puissent le toucher. Il est toxique pour les Aînés. Des gardiens humani ont été choisis pour le protéger au fil des siècles.

— C'était ton rôle ?

— Non. D'autres ont été choisis pour conserver le Livre. Mes missions consistaient à préserver les tablettes en émeraude, à garder un œil sur les Ors et Argents et à être là à la fin quand ils auraient besoin de moi.

— Tsagaglalal, murmura Sophie. Celle qui Observe.

— Exact, je suis Celle qui Observe. Abraham s'est servi

de connaissances archontales interdites pour me rendre immortelle. Je devais prendre soin des jumeaux, veiller sur eux et les protéger. Pour prendre soin de moi, veiller sur moi et me protéger, mon époux a accordé le même don d'immortalité à mon jeune frère.

– Ton frère...

Tsagaglalal fixa le ciel.

– Ensemble, nous avons vécu sur cette Terre depuis plus de dix mille ans et nous nous sommes occupés de nombreuses générations de Newman. Quel arbre cela fait ! Mon frère et moi avons pris soin de rois et de mendiants, de maîtres et de domestiques. Nous avons vécu dans à peu près tous les pays que comporte cette planète. Nous avons attendu, attendu...

Des larmes gonflèrent soudain ses yeux.

– Il y a eu quelques Ors dans ta famille, des Argents aussi et même deux couples de jumeaux, mais ceux de la prophétie n'arrivaient pas et mon frère a commencé à perdre la tête avec le poids des années.

– Et les Flamel ? Pourquoi cherchaient-ils des jumeaux ?

– Une erreur, Sophie. Une mauvaise interprétation. Peut-être aussi un peu d'arrogance. Leur rôle se résumait à protéger le Livre. Mais à un certain point, les Flamel ont cru que leur tâche consistait à trouver les jumeaux de la légende.

Sophie en eut le souffle coupé.

– Tout ce qu'ils ont fait était... inutile ?

– Non, pas inutile. Cela les a rapprochés de cette ville,

Mercredi 6 Juin

de ce siècle, et finalement de vous. La prophétie ne disait pas qu'ils trouveraient les jumeaux, mais que les jumeaux les trouveraient. Nicolas et Pernelle devaient vous protéger et faire en sorte que vous soyez éveillés.

Sophie crut que sa tête allait exploser. Elle était terrifiée par l'idée que sa vie entière, dès sa naissance, avait été prévue dix mille ans plus tôt. Une pensée soudaine la frappa.

— Ton frère, où habite-t-il en ce moment ?

— Nous sommes allés en Angleterre quand nous avons appris que Scathach avait aidé un jeune homme nommé Arthur à monter sur le trône. Mon frère a vite été proche de lui et l'a considéré comme son fils. La mort d'Arthur l'a dévasté. Son esprit a commencé à se fragmenter ; il ne distinguait plus le passé du présent, la réalité de la fiction. Comme il croyait qu'Arthur reviendrait et aurait besoin de son aide, il n'a pas quitté l'Angleterre. Il a juré qu'il mourrait là-bas.

— Gilgamesh..., souffla Sophie.

— Le roi Gilgamesh, murmura Tsagaglalal. Même si, en Angleterre, on le connaissait sous un nom différent.

Des larmes coulaient sur ses joues ridées et une odeur de jasmin parfuma le jardin.

— Je l'ai perdu depuis très longtemps.

— Nous l'avons rencontré ! s'exclama Sophie.

La jeune femme se pencha en avant et lui toucha le bras. Son aura crépita.

— Il est en vie ! À Londres.

Elle chassa ses propres larmes tandis qu'elle se souvenait

du vieux vagabond en haillons, aux yeux d'un bleu incroyable, rencontré à l'arrière d'un taxi noir.

Le parfum de jasmin devint aigre, les larmes de Tsagaglalal amères.

— Oh, Sophie ! Je sais qu'il est encore en vie et réside à Londres. J'ai des amis là-bas qui gardent un œil sur lui pour moi. Ils s'assurent qu'il n'est jamais à court d'argent et mange à sa faim.

Elle pleurait à présent. Ses grosses larmes coulaient sur son menton et s'écrasaient dans le gazon. De petites fleurs de jasmin s'ouvraient, s'épanouissaient, puis se refermaient en l'espace d'un battement de cœur.

— Il ne se souvient plus de moi, chuchota Tsagaglalal. Non, c'est faux : il se souvient de sa jeune et belle sœur d'il y a dix mille ans.

— Il affirme qu'il écrit tout, continua Sophie en écrasant des larmes d'argent. Il m'a promis d'écrire sur moi, de se souvenir de moi.

Le vieil homme lui avait montré une épaisse liasse attachée par une ficelle. Elle contenait des bouts de carnets, des couvertures arrachées à des livres de poche, des articles de journaux, des menus et des serviettes de restaurant, du parchemin épais, même des morceaux de cuir et des plaques de cuivre très fines et de l'écorce. Tout avait à peu près la même dimension et était couvert de pattes de mouche.

— Cette immortalité est une malédiction ! s'exclama soudain Tsagaglalal, en colère. J'aimais mon mari, mais parfois, bien trop souvent, quand je le détestais pour ce

Mercredi 6 Juin

qu'il avait fait de mon frère et de moi, je maudissais son nom.

— Abraham a écrit que moi aussi je maudirais son nom maintenant et pour l'éternité.

— Si mon époux avait un défaut, c'était qu'il disait toujours la vérité. Et quelquefois, la vérité est dure à entendre.

Sophie avait des difficultés à respirer. Certains souvenirs de la Sorcière s'insinuaient dans son esprit. Ils concernaient quelque chose d'important mais n'avaient pour l'instant aucun sens.

— De quoi te souviens-tu, mon enfant ? Une autre information que la Sorcière possédait ?

— Non, un service qu'a demandé Gilgamesh à Josh.

— Lequel ?

— Il a fait promettre à mon frère que le jour où tout cela serait terminé – si nous survivions –, nous retournerions à Londres avec le Codex.

La vieille femme fronça les sourcils ; les rides se creusèrent sur son front.

— Pourquoi ?

— Gilgamesh était intéressé par un sortilège à la première page du Livre.

Elle chercha au fond de sa mémoire les mots exacts du roi.

— Il a dit… il a dit qu'il se tenait derrière Abraham et qu'il l'a vu le transcrire.

— Possible. Mon frère et Prométhée étaient toujours près de mon époux. Je me demande ce qu'il a vu.

— La formule qui confère l'immortalité. Quand Josh

Le traître

et moi avons voulu savoir à quoi elle lui servirait vu qu'il était déjà immortel...

— À inverser son effet. Cela pourrait fonctionner. Il redeviendrait mortel, récupérerait peut-être ses souvenirs et se souviendrait de moi. Nous serions à nouveau humains et nous mourrions en paix.

— Humains ? Tu as dit que tu n'étais pas une Aînée tout à l'heure. Tu n'es pas non plus une Archonte ni une Ancienne. Qu'es-tu ?

— À ton avis, pourquoi crois-tu que le Codex a été conçu de façon que seuls les humani puissent le manipuler, contrairement aux Aînés ? Gilgamesh et moi sommes humani. Nous faisons partie des tout premiers du Peuple Premier qui doivent la vie à l'aura de Prométhée dans la Cité sans Nom aux limites du monde. Aujourd'hui, le Peuple Premier n'existe plus. Il ne reste que Gilgamesh et moi. Et j'ai encore une tâche à accomplir.

Sophie s'adossa au pommier et croisa les bras. Elle savait ce que sa tante allait lui proposer.

— Puis-je refuser ?

La réponse de Tsagaglalal la surprit.

— Tu peux. Mais dans ce cas, des dizaines de milliers de personnes qui ont vécu et péri au fil des siècles pour vous protéger seront mortes en vain. Tout comme ceux qui ont gardé le Codex, les générations précédentes de jumeaux, les Aînés et ceux de la Génération Suivante qui se sont rangés au côté des humani.

— Et ce sera la fin du monde.

— En plus.

— Ton mari a vu cela ?

Mercredi 6 Juin

— Je l'ignore, répondit Tsagaglalal, qui avait les yeux bordés de rouge mais plus une larme à verser. La Mutation réclamait davantage son corps les derniers jours, le transformait en or massif. Il ne parvenait plus à parler. Je suis sûre qu'il aurait trouvé un moyen de me dire… mais la Bataille Finale a détruit Danu Talis.

Tsagaglalal détourna le regard. Elle observa un gros bourdon qui volait dans la clairière, se posait sur l'herbe où, quelques instants plus tôt, des fleurs de jasmin avaient éclos et fané.

— Abraham et Cronos ont distingué plusieurs lignes d'histoire et chacune était créée par des décisions individuelles. Souvent, il était impossible de dire – sauf dans un sens très large – qui avait fait quoi. Voilà pourquoi la prophétie d'origine est très floue : *L'un pour sauver le monde, l'autre pour le détruire.* Je ne sais pas lequel tu es, Sophie.

Elle montra la maison avec le menton.

— Il y a une autre tablette dans la boîte et elle est adressée à ton frère.

Sophie lâcha un cri de surprise quand elle comprit ce que cela signifiait.

— Oui, j'aurais très bien pu discuter avec Josh en ce moment même, alors que Sophie Newman serait aux côtés de Dee et Dare à Alcatraz. Bientôt, tu devras choisir. Et ce choix dictera l'avenir du monde et du nombre infini de royaumes des Ombres.

Quand elle vit le regard paniqué de Sophie, elle posa la paume sur sa joue.

Le traître

— Oublie ce que tu sais ou penses savoir. Fais confiance à ton instinct. Suis ton cœur. Ne te fie à personne.

— Mais Josh ? s'inquiéta Sophie. Je pourrai lui faire confiance ?

— Suis ton cœur, répéta Tsagaglalal. Maintenant, ferme les yeux et laisse-moi t'apprendre la magie de la Terre.

CHAPITRE QUARANTE-HUIT

Depuis les immenses marches de la cour de récréation de la prison d'Alcatraz, Virginia Dare contemplait la ville par-delà les hauts murs surmontés de barbelés. Josh était assis à côté d'elle.

— Je me demande où en est le Lotan.

— Difficile à dire, mais crois-moi, nous le saurons quand il débarquera à terre. J'imagine que nous entendrons les cris d'ici.

— Où pensez-vous qu'il émergera ?

— Aucune idée. Il est gros, néanmoins je ne pense pas qu'il soit très lourd. Les courants sont forts, par ici. C'est une des raisons pour lesquelles cette île a été choisie comme prison. Même si quelqu'un parvenait à sortir de sa cellule, il ne survivrait pas longtemps dans l'eau.

Elle désigna Bay Bridge.

Le traître

— J'imagine que le Lotan sera emporté vers le pont avant qu'il réussisse à gagner la rive.

— Provoquera-t-il beaucoup de dégâts d'ici l'arrivée des Aînés ? l'interrogea Josh.

Dare haussa les épaules. Ce mouvement fit onduler ses cheveux dans son dos.

— Cela dépend de leur rapidité d'intervention. Dans l'ancien temps, les gens priaient pour que les Aînés viennent ; à présent que personne ne croit plus en eux, on ne risque pas de les appeler à l'aide. Alors oui, ce sera le chaos. Le Lotan mangera toute la viande qui passera à sa portée... J'ignore s'il va encore grossir beaucoup. Il boira aussi l'aura des Aînés, des Générations Suivantes et des immortels qu'il croisera. Tu as vu ce qui est arrivé à Billy.

Josh frissonna.

— Si tu n'étais pas intervenu, il l'aurait sucé jusqu'à la moelle. Toutefois, le Lotan a une très brève durée de vie. Il disposait de trois heures quand on l'a lâché – quatre s'il continue à se nourrir – avant de commencer à rapetisser jusqu'à rentrer dans sa coquille.

Une odeur infecte balaya soudain les lieux.

Virginia agrippa le bras de Josh au moment où une créature tout droit sortie d'une légende traversait la cour d'exercice. Ses griffes cliquetaient sur les pierres. Il s'agissait d'un sphinx, un énorme lion aux ailes d'aigle et à la tête d'une belle femme. Le sphinx regarda Virginia et Josh ; une longue langue noire jaillit de sa bouche pour goûter l'air.

Mercredi 6 Juin

Josh plaça la main sur l'épée en pierre qu'il avait posée au sol pendant que Virginia portait doucement sa flûte à ses lèvres.

Le sphinx fit demi-tour sans demander son reste.

— Bon, continua Virginia comme si de rien n'était, tu aimerais apprendre la magie de l'Air ?

— Évidemment !

— Je dois t'avouer que je ne l'ai jamais enseignée. Mais j'ai vu d'autres le faire.

— Comment cela s'est-il passé ?

— Bien... en général.

— Pardon ?

— J'ai vu un immortel – ce devait être Saint-Germain – essayer d'apprendre à un autre immortel la magie du Feu.

Elle s'interrompit et secoua la tête.

— Qu'est-il arrivé ? demanda Josh.

— Disons qu'il y a eu un petit raté.

— Saint-Germain a enseigné la magie du Feu à Sophie.

— Et elle n'a pas été dévorée par les flammes ?

— Non.

— Il s'est amélioré, on dirait. Et toi, qui t'a appris ?

— Prométhée.

— Impressionnant, commenta Virginia qui remonta ses manches et reprit sa flûte. Bien ! Il existe des formules que l'on utilise quand on apprend les magies élémentaires, comme quoi chaque magie est plus forte que les autres, etc. J'ai peur de ne pas connaître ces mots, et de toute façon, je n'y crois pas. Tu dois te souvenir d'une chose, Josh : quel que soit ton professeur, la magie est aussi puissante que la volonté de son utilisateur et la force

Le traître

de son aura. Les grandes émotions telles que l'amour, la haine, la terreur intensifient n'importe quel acte de magie. Sois donc très prudent. Ces mêmes émotions qui se déchaînent dans ton corps peuvent aussi consumer ton aura. Et si ton aura disparaît, tu disparais avec elle.

Elle tapa brusquement dans les mains et toutes les mouettes s'envolèrent.

– Maintenant, regarde le ciel, lui ordonna-t-elle.

Josh se pencha en arrière, les coudes sur la marche derrière lui, et observa le soleil de l'après-midi.

– Que vois-tu ?
– Des nuages, des oiseaux, le sillage d'un avion.
– Choisis un nuage au hasard.

Ses mots vibrèrent dans sa flûte avec de petits sifflements. L'air sentait la sauge.

Josh se concentra sur un nuage qui ressemblait à un visage… ou à un chien… ou à une tête de chien…

– La magie est une question d'imagination. As-tu rencontré Albert Einstein ? Non, bien sûr que non. Tu étais trop jeune. C'était un homme remarquable. Nous sommes restés bons amis tout au long de sa vie. Il savait ce que j'étais. Un jour, il m'a avoué que mes aventures dans les royaumes des Ombres et mon immortalité avaient éveillé son intérêt pour le temps et la relativité.

– Il a toujours été un de mes héros.

– Alors tu sais ce qu'il disait à propos de l'imagination ? Qu'elle surpasse le savoir. En effet, le savoir est limité à ce que nous connaissons et comprenons aujourd'hui, tandis que l'imagination englobe le monde entier et tout ce qui reste à connaître et à comprendre.

Mercredi 6 Juin

Elle éclata de rire et sa flûte embellit ce son.
– Je lui ai proposé de trouver quelqu'un qui le rendrait immortel, mais il n'était pas intéressé.

La musique de Virginia changea, devint plus sauvage, plus dramatique, tel un orage en plein océan.

– Regarde ce nuage et dis-moi ce que tu vois.
– Un voilier !

La musique tonna, enfla.

– Des vagues passent par-dessus.

La musique s'arrêta.

– Il a disparu, s'étonna Josh.

– Je n'ai rien fait, déclara Virginia. C'est toi. La musique a implanté des images dans ton cerveau et tu as vu un bateau dans la tempête. Ton imagination a complété le tableau. Quand la musique a cessé, tu as imaginé que le voilier coulait. Tu vois ce nuage, là-bas ?

– Celui-là ?
– Oui. Regarde-le bien.

Virginia Dare porta sa flûte à ses lèvres et joua une longue et douce berceuse.

– Il ne se passe rien.

– Pas encore, Josh. Ce n'est pas ma faute ! Mais la tienne.

La berceuse résonnait encore et encore dans sa tête, les notes faisaient remonter des souvenirs, des fragments de chansons entendues par le passé, des bouts de dialogues de films et d'émissions de télé. Les sons l'enveloppèrent telle une couverture ; ses paupières s'alourdirent.

– Le nuage, Josh.
– Je veux dormir.

Le traître

– Regarde !

Le nuage moutonnait, se contorsionnait et Josh s'aperçut qu'il formait les images qui défilaient en lui – visages de stars du cinéma, de chanteurs, de personnages de jeux vidéo.

– C'est ton œuvre. Bon, concentre-toi. Pense à quelque chose que tu détestes.

Tout à coup, le nuage s'élargit, s'assombrit et, sans prévenir, tomba du ciel un long serpent frétillant.

Josh hurla et le nuage se dissipa.

– Encore ! commanda Virginia. Quelque chose que tu aimes.

La musique pirouetta, mugit.

Josh tenta de façonner le visage de sa sœur, mais il ne le voyait pas assez clairement et, pour finir, le nuage ressembla à un gros pâté. Il se concentra davantage et le pâté se transforma en orange, puis en balle dorée qui s'aplatit pour devenir une page couverte d'une minuscule écriture en bâtons sans cesse en mouvement…

– Très bien. Maintenant, regarde le mur de l'autre côté de la cour…

Josh se redressa et l'examina.

– Il est couvert de poussière, décrivit Virginia.

Elle prit une grande inspiration et un courant d'air siffla dans l'espace ouvert, puis souleva la poussière.

– Imagine quelque chose, ordonna-t-elle.

– Comme ?

– Un serpent.

– Je déteste les serpents.

Mercredi 6 Juin

— Tu ne devrais avoir aucun problème pour les visualiser en imagination. C'est plus facile de voir ce qu'on craint. Voilà pourquoi on a encore peur du noir.

Josh fixa la colonne de poussière tourbillonnante et aussitôt elle se changea en une corde épaisse de gravillons qui forma un serpent à motifs noirs et rouges. Josh avait vu le même au zoo de San Francisco et immédiatement le reptile prit l'apparence du logo du zoo avec son arbre et ses animaux.

— Il faut te concentrer ! gronda Virginia.

Josh obéit. Le logo prit la forme d'un serpent se mordant la queue. En face, dans la cour, le rond de poussière figurait un cercle parfait.

— Impressionnant. Allez, dis-moi quel est le plus grand secret de la magie de l'Air. Entre nous, je te parie que la Sorcière d'Endor ne l'a pas confié à ta sœur. Et ne dis pas au docteur que tu le connais.

— Pourquoi ?

Virginia tapota le torse du jeune homme. Le papier craqua.

— Nous avons tous nos petits secrets, Josh.

Déconcerté, il plaqua la main sur sa poitrine. Sous son tee-shirt, dans un sac en tissu attaché autour de son cou, il cachait les deux dernières pages du Codex. Il paniqua.

— Depuis quand êtes-vous au courant ?
— Un moment.
— Et vous n'en avez pas parlé à Dee ?
— Tu as certainement de très bonnes raisons pour te taire. Tu le lui diras quand le moment sera venu, pas vrai ?

Le traître

Josh hocha la tête. Il ne savait pas trop pourquoi il n'avait pas mentionné les pages manquantes à Dee. Il n'était simplement pas encore prêt. Il ignorait aussi pourquoi Dare ne l'avait pas trahi.

— Ferme les yeux, commanda-t-elle.

Josh obtempéra. La musique, plus douce, évoquait le vent bruissant dans les arbres par une belle journée d'été.

— Tu sais à quel point le vent peut être puissant, continua Dare. Assez pour renverser des immeubles. Tu as vu des ouragans dévaster des villes, des tornades pulvériser des cités entières. Voilà le pouvoir du vent. Et ces parachutistes qui surfent sur les courants d'air ? Tu as déjà utilisé des bombes d'air comprimé pour nettoyer le clavier de ton ordinateur ?

Les yeux fermés, Josh acquiesça.

— Nous parlons de pression de l'air.

La voix de Virginia lui parut soudain plus lointaine, comme si elle s'éloignait de lui.

— Si tu peux façonner et contrôler cette pression, tu peux tout faire, Josh. Ouvre les yeux.

Josh se tourna vers Virginia. Elle avait disparu ! Au moment où il se redressa, il leva les yeux au ciel et demeura bouche bée. Elle flottait à plus de trois mètres au-dessus du sol. Ses longs cheveux se déployaient derrière elle tel un éventail et elle écartait les bras.

— La pression de l'air, Josh. J'ai simplement visualisé une poche d'air comprimé sous moi.

— Je peux le faire ? Je peux voler ?

— Il te faudra beaucoup d'entraînement, mais oui, lui répondit-elle tout en descendant doucement. Flotter

Mercredi 6 Juin

d'abord, voler ensuite. Bon, il me reste une dernière chose à accomplir pour toi : te donner un déclencheur.

– Je sais ce que c'est ! Flamel et Sophie en ont un tatoué sur leur poignet.

Il lui montra sa main gauche. Sa paume brûlée comportait l'impression parfaite d'une pierre du soleil aztèque avec un visage en son centre.

– C'est Prométhée qui me l'a donné.

– Quelle banalité ! remarqua-t-elle en tapotant la flûte sur son menton. Tu as vu le film *Rencontres du troisième type* ?

– Bien sûr. Il passe à la télé chaque Noël et mon père l'a en DVD.

– Je m'en doutais. Tu connais l'air joué à la fin ?

– Pour communiquer avec le vaisseau spatial ?

Il sifflota les cinq notes célèbres.

– Exactement, répliqua Dare qui reprit les notes à la flûte, et Josh frissonna quand une bouffée d'air frais parfumé à la sauge l'enveloppa.

– Ce sera ton déclencheur. Chaque fois que tu auras besoin de la magie de l'Air, siffle !

Josh se tourna vers la cour et siffla le code musical. Une cannette de soda vide s'éleva soudain dans les airs et alla s'écraser contre un mur.

– C'est trop cool !

– Et souviens-toi : flotter avant de voler.

Josh grimaça. Il était sur le point de créer un coussin d'air sous ses pieds.

– Un conseil : commence par la position assise. Choisis un petit tapis et sers-t'en comme d'un aéroglisseur.

Le traître

D'où crois-tu que proviennent ces légendes sur les tapis volants ?

Tout à coup, un hurlement aigu à glacer le sang retentit au cœur de la prison.

– Dee ! s'écria Virginia.

Son sourire s'envola et, avant que Josh ne réagisse, elle filait déjà vers l'escalier.

Il s'empara de Clarent et courut à sa suite. L'épée flamboya dans sa main.

CHAPITRE QUARANTE-NEUF

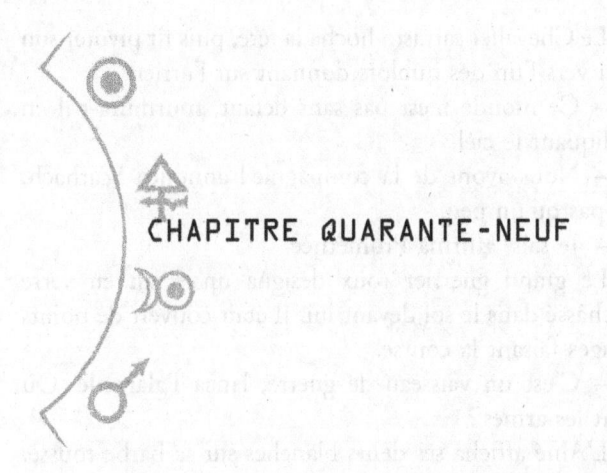

Le Rukma bourdonna au-dessus d'un paysage d'une extraordinaire beauté. Une vaste forêt s'étendait à perte de vue. Des rivières dessinaient des méandres entre les arbres et se jetaient dans des lacs gigantesques, aux eaux si cristallines qu'il était possible de voir très loin dans leurs profondeurs.

Ils survolèrent d'énormes troupeaux de mammouths, admirèrent des tigres à dents de sabre qui les guettaient dans les herbes hautes. Quand le vimana apparut, d'immenses ours noirs et bruns se dressèrent sur leurs membres postérieurs et des nuées de ptérosaures se dispersèrent.

– Un paysage vraiment magique, commenta Shakespeare. Ça me donne envie de réécrire *Le Songe d'une nuit d'été*.

Le traître

Le Chevalier sarrasin hocha la tête, puis fit pivoter son ami vers l'un des hublots donnant sur l'arrière.

— Ce monde n'est pas sans défaut, murmura-t-il en indiquant le ciel.

— Nous avons de la compagnie ! annonça Scathach. Et pas qu'un peu.

— Je sais, affirma Prométhée.

Le grand guerrier roux désigna un écran en verre enchâssé dans le sol devant lui. Il était couvert de points rouges faisant la course.

— C'est un vaisseau de guerre, lança Palamède. Où sont les armes ?

L'Aîné afficha ses dents blanches sur sa barbe rousse.

— Oh, il y en a une grande quantité.

— Mais ? murmura William Shakespeare, pessimiste.

— Mais elles ne fonctionnent pas, poursuivit Prométhée. Ces appareils sont vétustes. Aucun de nous, pas même Abraham, ne sait les réparer. La plupart d'entre eux volent tant bien que mal et, d'habitude, un ou deux tombent du ciel chaque jour.

Il montra du pouce un balluchon posé sur le siège derrière lui.

— Vous voulez peut-être vous armer ? J'ai pris la liberté de récupérer vos armes chez les anpous.

— Oh ! Comme je suis heureuse ! s'exclama Scathach qui glissa ses épées dans les gaines vides sur ses épaules.

Saint-Germain et Jeanne étaient assis côte à côte. Leurs têtes se touchaient et ils regardaient tous les deux par les hublots ronds.

Mercredi 6 Juin

— Ils nous rattrapent, les informa la Française. Je ne peux pas les compter tellement ils sont nombreux.

— Notre unique consolation, c'est que seule une minorité est armée.

Palamède se tourna vers Scatty.

— Quand vous dites « une minorité »...

— Quelques-uns, clarifia Prométhée.

— Ils arrivent ! hurla Saint-Germain. Deux d'entre eux ont lancé des missiles !

— Asseyez-vous et attachez vos ceintures, ordonna Prométhée.

Le groupe s'installa à tâtons.

— Nous sommes trop lents pour les semer et les plus petits se manœuvrent beaucoup plus facilement que celui-ci.

— Et la bonne nouvelle ? demanda la Guerrière.

— Je suis le meilleur pilote de Danu Talis.

— Venant de quelqu'un d'autre, je traiterais cette déclaration de fanfaronnade. Mais pas de toi, mon oncle.

Prométhée lui jeta un rapide coup d'œil.

— Combien de fois dois-je te répéter que je ne suis pas ton oncle !

— Pas encore, marmonna-t-elle.

— Tout le monde est attaché ?

Sans attendre la réponse, Prométhée monta en piqué, puis cabra l'appareil, si bien que le sol se trouvait au-dessus de leurs têtes et le ciel en dessous. Il reprit bientôt une position normale. Le ciel et la terre aussi.

— Je vais vomir, annonça Scatty.

Le traître

— Ce serait très fâcheux, l'informa Shakespeare. Parce que je suis assis pile derrière toi.

Jeanne prit la main de son amie.

— Concentre-toi sur autre chose, lui conseilla-t-elle en français.

— Comme quoi ? grommela Scatty, la main sur la bouche.

Jeanne lui montra et aussitôt les nausées de Scatty disparurent : une bonne centaine de vimanas leur faisaient face. S'il s'agissait en majorité de petits vaisseaux ronds semblables à ceux qu'ils connaissaient, d'autres avaient une forme oblongue et large. La Guerrière repéra deux vimanas Rukma.

Et Prométhée se dirigeait droit sur eux !

Incommodé, William Shakespeare remua dans son siège.

— Je n'ai jamais été un guerrier et je ne m'y connais guère en tactique, mais ne devrions-nous pas voler dans l'autre direction ?

Ils étaient si près qu'ils voyaient les yeux écarquillés de l'anpou à bord du vaisseau le plus proche.

— Dès que les missiles exploseront, lui confia Prométhée.

— Quels missiles ?

— Les deux qui nous suivent.

Prométhée tira sur le manche du vimana et, à nouveau, il s'éleva à la verticale, bascula en arrière et l'on entendit Scathach grogner.

Les deux missiles qui les talonnaient continuèrent leur route et heurtèrent deux vimanas qui explosèrent. Les

Mercredi 6 Juin

boules de feu et les jets de flammes ricochèrent sur trois appareils voisins ; deux autres se percutèrent.

— Moins sept ! annonça Palamède.

Le guerrier en lui avait repris le dessus et annonçait le nombre d'ennemis tombés à son commandant.

— Plus que quatre-vingt-treize, compléta Saint-Germain avec un clin d'œil à sa femme.

Jeanne lui saisit la main, la retourna et tapota le creux de son poignet où étaient tatoués une douzaine de petits papillons. Elle haussa un sourcil très fin en guise de question.

— J'ai une proposition, suggéra Saint-Germain à Prométhée. Je suis Maître du Feu. Et si j'ouvrais la porte et lançais un petit éclair ?

Prométhée étouffa un rire.

— Vas-y ! Essaie d'utiliser ton aura !

Saint-Germain claqua des doigts afin d'allumer son index. Rien ne se passa. Il frotta le déclencheur au creux de son poignet et recommença. Seule une légère fumée noire s'échappa de son ongle.

— Le système qui permet de faire voler les vimanas annihile ton aura, expliqua Prométhée. D'après Abraham, ils restent en l'air parce qu'ils puisent leur énergie dans l'aura du pilote.

— Je récapitule, grommela Saint-Germain, notre aura ne sert à rien, nous n'avons pas d'armes et nous ne pouvons pas les semer. Que fait-on ?

— On peut les distancer.

Le Rukma tomba comme une masse. Palamède et

Le traître

Saint-Germain crièrent de joie ; Shakespeare et Scathach crièrent tout court. Seule Jeanne demeura impassible.

Dix vimanas se détachèrent de la flotte et les suivirent. Prométhée décida de raser le sol. Au sens littéral : il étêta les fleurs et aplatit l'herbe. Un vimana se plaça si près d'eux qu'ils virent l'anpou charger son arme. Prométhée choisit de survoler un bouquet d'arbres et de foncer sur l'un des plus jeunes. Au dernier moment, il leva le nez, si bien que l'arbre ne cassa pas mais se courba… avant de reprendre sa position première, pile dans la trajectoire du vimana. Surpris, le pilote en perdit le contrôle. L'appareil vacillant alla labourer le sol.

– Un de moins ! s'exclama Palamède.

– Joli coup, le complimenta Saint-Germain. Dommage qu'on ne puisse pas le refaire.

Les neuf vimanas restants se rapprochaient dangereusement.

– Ils ont ouvert les toits, rapporta Saint-Germain. Ils y fixent des sortes de fusils.

– Des tonbogiri, expliqua Prométhée qui vira à gauche, puis à droite quand deux coups partirent. On les appelle aussi des trancheuses de libellule.

Le métal dépassa le Rukma en hurlant, puis il y eut un grand bang quand quelque chose perça un trou dans le flanc du vaisseau, non loin de Scathach. Une balle biscornue roula à ses pieds.

– Ne la touche pas ! ordonna Prométhée. Elles sont aiguisées comme des lames de rasoir. Si tu la poses dans ta main, elle s'enfoncera dans la chair et ressortira de l'autre côté sans que tu aies le temps de t'en apercevoir.

Mercredi 6 Juin

L'Aîné s'approcha d'un lac et plongea dedans. Une écume glacée jaillit derrière l'appareil et s'engouffra dans le toit ouvert du vimana le plus proche. Surpris, le pilote secoua le manche et fut percuté par le vimana derrière lui au moment où le sniper anpou tirait. La balle du tonbogiri transperça la boîte de commande et l'appareil sombra au milieu du lac.

– Plus que quatre-vingt-douze environ, commenta le Chevalier sarrasin.

Prométhée dessina un cercle parfait au-dessus du lac dont l'eau bouillonnait. Un vimana se posta à leur droite et leva son tonbogiri. Prométhée coupa le contact et le Rukma tomba comme une pierre, heurta l'eau dans une explosion de mousse et coula dans un nuage de bulles.

Aussitôt, l'eau s'infiltra par les joints des portes et des hublots, mais aussi par le trou créé par la balle de tonbogiri. L'Aîné lâcha un soupir de frustration.

– C'est une première. Dire qu'on volait dans l'espace avec.

Du métal se décrocha du toit et ils purent voir l'ombre d'un vimana rond au-dessus d'eux. Un deuxième, un troisième surgirent. Les balles de tonbogiri se mirent à fuser autour d'eux, créant des sillons de bulles sur leur passage, mais perdant aussi de leur vélocité dans l'eau. Lentement, ils tombèrent en spirale ; certains se posaient avec un léger bruit sur le toit, d'autres finissaient au fond du lac.

Soudain, il y eut un pop et un panneau du sol se souleva. De l'eau glacée mouilla les pieds de Jeanne.

Le traître

— On a une fuite !
— Remontons ! hurla le Chevalier sarrasin. Remontons avant que nous ne soyons trop lourds.
— Dans une minute, répliqua Prométhée qui désigna l'écran par terre.

Deux points rouges fonçaient sur eux.

— Comment se retrouvent-ils derrière nous ? l'interrogea Saint-Germain.
— Sous nous, corrigea Prométhée. Et ce ne sont pas les anpous. Nous avons réveillé quelque chose des profondeurs.
— C'était délibéré ! l'accusa Scathach. Voilà à quoi rimait ce manège !
— Quoi que ce soit, cette chose va vite... très vite, remarqua Palamède. Et il en arrive davantage.
— J'aperçois une silhouette dans l'eau, s'affola Saint-Germain. C'est...

Pour une fois, le comte demeura muet.

— Énorme... Avec des dents... des dizaines de dents.

Prométhée redressa brusquement le manche et le Rukma jaillit des eaux, suivi par deux gigantesques créatures à l'allure de requin. La première percuta deux vimanas qui s'abîmèrent en tournoyant dans le lac pendant que la seconde happait le troisième appareil qui se fendit quasiment en deux et l'entraînait avec elle dans les profondeurs.

Trois autres monstres apparurent à la surface, toutes dents dehors.

— Des requins ! souffla Scatty.

Mercredi 6 Juin

— Des mégalodons, rectifia Prométhée qui prenait de l'altitude, des petites fontaines d'eau giclant de toutes parts.

— Ils mesurent au moins dix mètres de long ! s'exclama la Guerrière.

— Je sais, rétorqua l'Aîné. Des nourrissons.

CHAPITRE CINQUANTE

— *I* l y a ceux qui te diront, commença Tsagaglalal, que la magie du Feu est la plus puissante de toutes, ou bien celle de l'Eau ou celle de l'Air. D'autres ne seront pas d'accord et diront que la magie de la Terre les surpasse toutes. Ils se trompent.

Sophie était encore assise dos au pommier, les mains sur l'herbe.

— En vérité, soupira Tsagaglalal, je pense que toutes se valent. Une vie entière d'étude m'a amenée à cette conclusion.

— Mais les quatre éléments sont différents !

— Oui. Cependant, ce sont des forces identiques qui les contrôlent. Tu utilises la même énergie pour maîtriser le feu, façonner l'eau et l'air.

Elle tapota le sol.

Mercredi 6 Juin

— La terre aussi. Cette énergie vient de l'intérieur : c'est le pouvoir de ton aura.

Le jardin embauma le jasmin tandis que Tsagaglalal frottait sa paume sur la pelouse. Quelques pâquerettes très colorées apparurent.

— Appelles-tu cela la magie de la Terre ?
— Oui…, répondit Sophie d'un ton hésitant.
— Tu en es sûre ? C'est la magie de l'Eau, car ces plantes en ont besoin pour survivre. À moins que ce soit celle de l'Air : il leur faut aussi de l'oxygène.
— Et le feu ? la taquina Sophie.
— De la chaleur pour croître.
— Je n'y comprends plus rien. Qu'est-ce que la magie de la Terre, alors ? Elle n'existe pas ?
— Bien au contraire. Je t'explique que les magies individuelles n'ont pas lieu d'être.

Sophie demeura bouche bée.

— Laisse-moi te confier le secret que m'a révélé mon époux.

La vieille femme se pencha en avant et enveloppa Sophie dans le parfum doux de son aura.

— La magie n'existe pas. Ce n'est qu'un mot stupide, absurde et galvaudé. Il n'y a que ton aura… Les Chinois ont trouvé une meilleure dénomination : le qi. Une force, une énergie vitale, qui circule en chacun de nous. Elle peut être façonnée, modelée, dirigée.

Elle cueillit un brin d'herbe et le tint entre le pouce et l'index.

— Que vois-tu ?
— Un brin d'herbe.

Le traître

— Et puis ?
— Il est... vert.
— Regarde mieux. Plus en profondeur.

Sophie fixa le brin, remarqua le pâle dessin en dessous, le bout pointu qui fonçait...

— Sers-toi de ton aura, Sophie. Observe cette herbe.

Sophie laissa son aura s'enrouler autour de son index, comme le doigt d'un gant argenté.

— Regarde à l'intérieur... Que vois-tu ?

Sophie effleura le brin... et aussitôt, elle vit...

... sa structure. Elle grossit, se déplia comme un jardin entier... La couche externe se souleva pour révéler des veines et des fils... lesquels se dissipèrent pour laisser la place à des cellules, puis à des molécules, puis à des atomes...

Soudain, elle eut l'impression de tomber. Vers le haut ou vers le bas ? Volait-elle dans l'espace ou plongeait-elle dans les profondeurs de...

... protons de la taille de planètes... neutrons et électrons semblables à des lunes en orbite... et, plus petits encore, des quarks et des leptons qui surgissaient telles des comètes.

— Je ne peux pas t'enseigner la magie de la Terre, annonça Tsagaglalal d'une voix lointaine.

Et soudain Sophie se pressa vers le son, vit tout à rebours ; le microscopique devint minuscule, le minuscule devint petit... jusqu'à ce qu'elle contemple à nouveau le brin d'herbe. Un instant, il lui parut aussi gros qu'un gratte-ciel, puis Tsagaglalal l'éloigna de son visage et il reprit sa taille normale.

— Tu as vu ce qui nous façonne les uns et les autres. Même moi, qui ai été créée à partir de la poussière et

Mercredi 6 Juin

animée par l'aura de Prométhée, j'ai la même structure au fond de moi.

Sophie avait la tête qui tournait, si bien qu'elle posa les doigts sur ses tempes. Alors qu'elle croyait avoir tout vu, elle était frappée par quelque chose de nouveau, et là, c'en était trop pour elle.

— Si tu veux pratiquer la magie de l'Eau, il te suffit de modeler les atomes d'hydrogène et d'oxygène avec ton imagination et de leur imposer ensuite ta volonté.

Tsagaglalal prit les mains de Sophie dans les siennes.

— La magie n'est rien de plus qu'une affaire d'imagination. Regarde par terre.

Sophie fixa le sol entre ses jambes tendues.

— Visualise une terre couverte de fleurs bleues…

Sophie secouait la tête quand Tsagaglalal lui serra les doigts avec force.

— Maintenant.

La jeune fille peinait à créer l'image de fleurs bleues dans son esprit.

Deux petites campanules apparurent.

— Excellent, la félicita Tsagaglalal. Recommence. Visualise-les clairement. Imagine qu'elles existent vraiment.

Sophie se concentra sur ces fleurs qu'elle connaissait bien.

— À présent, imagine que l'herbe se transforme en campanules. Oblige-la à changer dans ta tête. Crois qu'elle change ! Il faut y croire, Sophie Newman ! Tu auras besoin de croire pour survivre.

Le traître

La jeune fille hocha le menton. Elle croyait fermement que l'herbe s'était métamorphosée en campanules.

Quand elle ouvrit les yeux, tel fut le cas.

Enchantée, Tsagaglalal l'applaudit.

— Tu vois. Il suffit juste d'avoir la foi.

— Est-ce la magie de la Terre ?

— C'est le secret de toute magie ! Si tu peux l'imaginer, le voir clairement, si ton aura ou ton qi est assez fort, tu réussiras n'importe quoi.

Quand Tsagaglalal essaya de se relever, Sophie bondit sur ses pieds et l'aida.

— Cours à la maison te changer. Mets un jean, des brodequins et un haut chaud.

— Je vais où ?

— Voir ton frère.

Sophie considéra cela comme une bonne nouvelle. Elle embrassa vite sa tante sur la joue avant de partir en courant.

— Ma pauvre, ce ne seront pas de joyeuses retrouvailles, murmura Tsagaglalal.

CHAPITRE CINQUANTE ET UN

*P*rométhée désigna devant eux une tour luisante en cristal qui s'élevait dans la mer.

– C'est notre destination.

Palamède se tourna pour regarder la flotte de vimanas qui les suivait de loin. Leurs ennemis se montraient plus prudents depuis que trois vaisseaux avaient été détruits par des mégalodons, et ils restaient donc à une distance raisonnable.

– La tour est attaquée, remarqua Scathach qui se pencha pour mieux voir.

Un Rukma triangulaire planait au-dessus de l'édifice. De longues cordes descendaient jusqu'à une plate-forme près de son sommet, où un seul guerrier armé d'une épée et d'une hache de guerre gardait une porte ouverte. Il affrontait une douzaine d'anpous hurlants qui l'attaquaient

Le traître

avec des lances dentelées et des khépesh mortels. Au moins dix anpous gisaient autour de lui et, dans une rafale d'acier, il en envoya un autre par-dessus la plate-forme. L'anpou s'écrasa dans les vagues furieuses en contrebas. Tandis que les armes du guerrier étaient noircies par le sang des anpous, son armure grise, craquelée et brisée, était rouge de sang. Un anpou surgit à la porte du Rukma et tira un tonbogiri dans sa direction. Il s'accroupit et les balles métalliques heurtèrent le mur en cristal dans une pluie d'étincelles. Le sol autour de lui fut balafré de zébrures blanches et creuses.

– Ça, c'est un guerrier ! commenta Palamède, admiratif.

– Il n'y en a pas de meilleur, lui accorda Prométhée. Accroche-toi, mon vieil ami, nous arrivons.

Un immense anpou armé d'un énorme khépesh frappa le guerrier en gris au niveau de la tête. Son casque voltigea dans les airs.

Il fallut un moment aux passagers humains et immortels du Rukma pour le reconnaître. Quand ils l'avaient rencontré, il était vieux, vêtu de haillons, perdu et fou. Là, ils le voyaient dans toute sa gloire... Gilgamesh le Roi, hurlant de rire, les lèvres retroussées, ensanglanté tandis qu'il se battait contre l'impossible. D'autres anpous sortaient en rappel du Rukma.

Scathach se souleva de son siège.

– On y va !

– Je fais de mon mieux, marmonna Prométhée.

Derrière eux, la flotte arrivait.

Mercredi 6 Juin

— Rapproche-toi pour que je saute, ordonna l'Ombreuse tout en sortant ses deux courtes épées de leur étui dans son dos.

— Non, répliqua le Chevalier sarrasin qui lui montra le gros Rukma. Mets-toi au-dessus. On descend par les cordes, comme eux.

Shakespeare défit ses attaches.

— Je ne suis pas un guerrier, déclara-t-il à Prométhée. Toi, si. Montre-moi comment piloter cet engin et j'essaierai de le maintenir en l'air.

Prométhée se plaça quasiment au-dessus du Rukma qui survolait la tour. Avant qu'il ne l'ait positionné correctement, Scatty avait déjà ouvert la porte et sauté les trois mètres qui l'en séparaient. Elle s'écrasa sur la carlingue et fit un roulé-boulé. Intrigué par le bruit, le sniper anpou passa la tête par l'ouverture ; Scathach le saisit à la gorge, le souleva hors de l'habitacle et le jeta par-dessus bord. Il tomba dans la mer en hurlant.

— Ils ne sont pas tous muets, en fin de compte, marmonna-t-elle.

Elle s'empara d'une corde qui pendait, l'enroula autour d'une jambe et d'un bras avant de se laisser glisser sur la plate-forme, atterrissant au milieu des anpous abasourdis.

— Je suis Scathach, mugit-elle, fendant l'air avec ses épées. On m'appelait la Tueuse diabolique, la Faiseuse de Rois.

Trois anpous l'attaquèrent. Elle se pencha, trancha le premier en deux, poussa l'autre contre l'arme de son compagnon et accula le troisième au bord de la plate-forme.

Le traître

— On m'appelait la Déesse Guerrière et l'Ombreuse.

Elle se battait avec ses pieds et ses poings ; ses épées hurlantes faisaient office d'extensions de ses bras.

— Aujourd'hui, j'ajoute la Liquidatrice d'Anpous à ma liste.

L'anpou, choqué, bascula en arrière, laissant Scathach seule avec Gilgamesh.

— Quel plaisir de te revoir, mon vieil ami ! Tu étais magnifique.

Le guerrier la scruta avec de grands yeux bleus étonnés.

— On se connaît ?

Une vague d'anpous passèrent à l'attaque en poussant leur terrifiant cri de guerre.

— Ils ne doivent pas entrer, lui indiqua Gilgamesh qui grogna quand un khépesh fracassa son plastron. Abraham termine le Livre.

Les épées de Scathach fracassèrent un khépesh, puis estourbirent le guerrier qui le maniait. L'anpou culbuta en criant.

— Tu es venue seule ? demanda Gilgamesh.

À cet instant, quatre silhouettes dégringolèrent du ciel.

— J'ai amené quelques amis !

Prométhée saisit deux anpous – un dans chaque main – et les jeta par-dessus bord pendant que l'épée ultrarapide de Jeanne en expédiait un autre à leur suite. Saint-Germain se battait avec deux longues dagues ; sa vitesse et son agilité rendaient impossible la moindre parade. Prométhée se servit de ses poings gros comme des marteaux pour se frayer un passage jusqu'à Gilgamesh.

— Mon ami ! Es-tu blessé ?

Mercredi 6 Juin

— Ce sont juste des égratignures.

Scathach balança le dernier anpou dans le vide.

— Éloignons-nous d'ici et...

Prométhée la prit par la taille et la plaqua au sol. Trois balles de tonbogiri leur sifflèrent aux oreilles et se fichèrent dans le mur en cristal au-dessus de sa tête.

— ... entrons, acheva-t-elle.

Tandis que les balles de tonbogiri fusaient de toutes parts sur la plate-forme, ils se rendirent à quatre pattes dans la tour.

Une belle jeune femme vêtue d'une armure en céramique blanche et armée de deux khépesh montait la garde à l'intérieur. Elle se mit en position de combat quand elle vit les étrangers sur le seuil, mais se détendit lorsque Prométhée et Gilgamesh apparurent.

— Laissez-moi vous présenter ma sœur, Tsagaglalal, annonça fièrement Gilgamesh. La dernière ligne de défense d'Abraham.

— Je savais que tu viendrais, Prométhée, déclara la jeune femme aux grands yeux.

Elle lui caressa la joue.

— Contente que tu sois sain et sauf, chuchota-t-elle.

— Désolé d'avoir été retardé.

Il montra la porte latérale du menton.

— Il a bientôt fini ?

— Encore quelques lignes, l'informa Tsagaglalal.

Scatty risqua un coup d'œil à l'extérieur.

— Shakespeare constitue une cible facile.

Pendant qu'ils se battaient contre les anpous, la flotte de vimanas s'était rapprochée. Le Rukma que pilotait

Le traître

William essuyait des tirs nourris. L'appareil présentait de nombreux points d'impact et, soudain, il y eut un énorme bang. De la fumée noire s'échappa de l'aile gauche, ce qui fit dangereusement pencher le vaisseau.

– Nous devons le...

Palamède se précipitait à l'extérieur quand il fut intercepté par Prométhée et Saint-Germain. Des balles de tonbogiri truffèrent la porte derrière laquelle il se tenait une seconde plus tôt et la réduisirent en copeaux.

Ils perçurent du mouvement sur le Rukma. Shakespeare apparut au milieu du dôme. Malgré les balles de tonbogiri qui arrachaient des morceaux de vimana autour de lui, il rampa sur l'aile triangulaire penchée, puis il se laissa glisser et atterrit sur le Rukma pile en dessous du sien. Il se faufila par l'ouverture et réapparut au même endroit un peu plus tard, le tonbogiri du sniper à la main.

– Il ne s'est jamais servi d'un fusil de sa vie, remarqua Palamède. Il déteste les armes.

À cet instant, William épaula le tonbogiri et tira trois coups.

Deux anpous ennemis perdirent le contrôle de leurs vimanas, qui entraînèrent deux autres appareils dans leur chute. Les quatre engins en flammes tombèrent en chandelle dans la mer.

– Mais ce garçon est plein de surprises, ajouta Palamède.

Shakespeare visa et détruisit deux autres appareils. L'un d'eux s'écrasa contre la tour de cristal qui résonna telle une cloche.

Mercredi 6 Juin

Malheureusement, des renforts arrivaient tandis que les gros vaisseaux de guerre Rukma et le vimana oblong se plaçaient en tête.

— Ils seront armés, les informa Palamède. Ils le descendront dans le ciel avant de s'attaquer à nous.

— On pourrait courir jusqu'aux cordes, grimper à bord du vimana et s'en aller…, proposa Scatty.

— Ils nous cueilleront avant qu'on soit montés. Et puis Abraham ne peut pas grimper.

Saint-Germain risqua un œil au-dehors. Shakespeare avait repoussé les snipers.

— Les ennuis continuent…

Ils se massèrent à la porte et scrutèrent le crépuscule. Un autre vimana venait d'arriver. Cet appareil en cristal plus fuselé paraissait neuf. Le soleil couchant peignait un de ses flancs en or, tandis que l'autre demeurait quasiment transparent.

— Qui est-ce ? Le commandant de la flotte ? demanda Scathach.

Prométhée fronça les sourcils.

— Je n'ai jamais vu un tel vaisseau. Il ne peut appartenir qu'à un membre de l'un des Clans Souverains – Aton, peut-être Isis. Aton ne s'opposerait pas à Abraham. Mais les anpous sont des créatures d'Anubis et ce monstre à tête de chien obéit au doigt et à l'œil à sa mère. Qui que ce soit… ça m'étonnerait qu'il apporte de bonnes nouvelles.

Une série de petits points clignota sur le rebord du vaisseau de cristal et une douzaine de vimanas, y compris un des Rukma, explosa.

Le traître

— À moins que je me trompe.

Le vimana de cristal passa devant eux et tous distinguèrent le pilote. Marethyu les salua avec son crochet avant de foncer au cœur de la flotte. Quelques instants plus tard, une dizaine de vaisseaux s'enflamma et la flotte se dispersa dans le chaos le plus total. Les uns percutaient les autres dans leur fuite ; les quelques engins dotés d'armes essayaient de descendre le vimana de cristal, mais ce dernier était trop rapide et, au final, ils abattaient leurs propres camarades.

Marethyu fit plusieurs passages parmi les vaisseaux et parvint à toucher le Rukma et le vimana oblong, qui s'écrasèrent en flammes dans la mer.

Lorsqu'elle s'éparpilla enfin, la flotte ne comptait plus qu'une petite moitié de ses effectifs. Aucun des gros vimanas ne volait plus ; la mer et les rochers qui entouraient la tour de cristal étaient couverts de métal luisant et de débris sombres.

Enfin, Marethyu se posa sur la plate-forme.

Scathach fut la première à sortir. Elle se fraya un chemin parmi les bouts de métal et de céramique du Rukma abattu. Quand elle atteignit le vimana de cristal, elle regarda à l'intérieur, hocha la tête et pivota. Encore assis, Marethyu se couvrait les yeux avec la main droite. Ses épaules tremblaient. Il pleurait sur la mort et la destruction qu'il avait provoquées. Un mal nécessaire, car il leur avait sauvé la vie. Au moment précis où elle le vit pleurer, la Guerrière lui fit davantage confiance que jamais par le passé. Peu importait ce qu'il était et qui il était, il n'avait pas perdu sa part d'humanité.

CHAPITRE CINQUANTE-DEUX

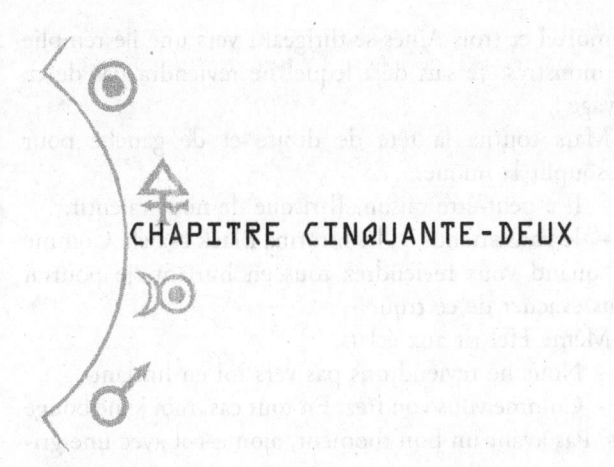

*B*lack Hawk approcha le bateau du quai et, d'une main experte, lança un lasso autour d'un pilier en bois. Il fit un signe de tête en direction de la coûteuse vedette que Dee et Josh avaient utilisée pour se rendre sur l'île. Elle s'était détachée de son mouillage et ne tarderait pas à dériver.

— On sait au moins qu'ils sont encore là.

Mars sauta à terre et tendit la main à Hel. Celle-ci hésita, comme surprise, avant de la saisir.

— Merci, marmonna-t-elle.

Odin descendit à son tour, puis se tourna vers l'immortel.

— Tu viens ?

Black Hawk éclata de rire.

— Tu n'es pas fou ? Tu crois que je le suis, alors ! Un

Le traître

immortel et trois Aînés se dirigeant vers une île remplie de monstres. Je sais déjà lequel ne reviendra pas de ce voyage !

Mars tourna la tête de droite et de gauche pour s'assouplir la nuque.

– Il a peut-être raison. Il risque de nous ralentir.

– Je vous attends là, les informa Black Hawk. Comme ça, quand vous reviendrez tous en hurlant, je pourrai vous évacuer de ce trou.

Même Hel rit aux éclats.

– Nous ne reviendrons pas vers toi en hurlant.

– Comme vous voudrez. En tout cas, moi je ne bouge pas. Pas avant un bon moment, ajouta-t-il avec une grimace.

– Tu ne voulais pas sauver ton ami Billy ? s'enquit Mars.

– Crois-moi, répondit Black Hawk avec un grand sourire, on ne sauve pas Billy the Kid. C'est lui qui vous sauve.

CHAPITRE CINQUANTE-TROIS

Le Dr John Dee hurlait de rage au milieu des cellules. Derrière lui, un sphinx pouilleux le regardait avec dégoût.

Virginia et Josh arrivèrent en courant dans le bâtiment et Dee pivota pour les accueillir, le visage déformé par la colère.

– Inutile ! criait-il. Inutile, inutile, inutile !

Il jeta en l'air la liasse de papiers qui retomba en une pluie de confettis.

– Que se passe-t-il ? s'enquit Virginia, la voix calme, les yeux rivés sur le sphinx.

Quand la créature agita la langue dans sa direction, Dare toucha sa flûte. La langue disparut.

Josh ramassa deux morceaux d'une page déchirée et les assembla.

– On dirait qu'ils sortent d'un tombeau égyptien,

Le traître

remarqua-t-il. Ça me dit quelque chose. Je crois que mon père a des photos identiques sur les murs de son bureau.

— Ils proviennent de la pyramide d'Ounas. Ce souverain a régné sur l'Égypte il y a plus de quatre mille ans, l'informa Machiavel du fond de sa cellule, pile derrière Dee. On les appelait les Textes des Pyramides, mais aujourd'hui on les nomme...

— ... le Livre des Morts, finit Josh. Mon père a ces images. Elles allaient vous permettre de réveiller les créatures ?

Les mains cramponnées aux barreaux, Machiavel sourit sans mot dire.

Virginia se campa devant Dee et le regarda droit dans les yeux. Elle se servait de toute sa volonté pour le calmer.

— Tu as donc essayé. Qu'est-il arrivé ?

Dee lui montra la cellule la plus proche. Vide, mis à part un tas de poussière blanche dans un coin.

— Je ne sais même pas ce qu'il y avait à l'intérieur. Une sorte de monstruosité ailée. Une chauve-souris vampire géante, je suppose. J'ai prononcé la formule, la créature a ouvert les yeux et a aussitôt été réduite en poussière.

— Tu as mal prononcé un mot, suggéra Virginia qui arracha un bout de papier des mains de Josh. Ça n'a pas l'air évident.

— Je parle couramment cette langue.

— C'est vrai, intervint Machiavel. On ne peut pas le nier. Il a aussi un très bon accent, même s'il n'est pas aussi bon que le mien.

Dee fit face à Machiavel.

— Dis-moi ce qui n'allait pas !

Mercredi 6 Juin

Machiavel réfléchit, puis secoua la tête.
— Pas question.
— En ce moment même, le sphinx absorbe ton aura et s'assure que tu n'utiliseras aucun sortilège contre moi. Mais il sera heureux de te dévorer. Pas vrai ? demanda-t-il à la créature au visage de femme.
— J'adore manger italien !
Puis le sphinx s'éloigna de Dee et tendit le cou pour mieux voir la cellule d'en face où croupissait Billy.
— Donne-moi celui-là. J'ai un petit creux.
Sa longue langue noire oscilla devant le hors-la-loi qui la saisit au vol, la tira vers lui et la lâcha tel un élastique. Le sphinx cria, toussa et rouspéta en même temps.
Billy sourit.
— Je prendrai soin de t'étouffer au passage.
— Ce sera difficile si tu n'as plus de bras, grommela le sphinx, la voix pâteuse, remuant la langue d'avant en arrière.
— Alors compte sur moi pour te donner une indigestion.
— Machiavel ! tempêta Dee. Dis-moi ou je livre ton jeune ami à la bête.
— Ne lui dites rien ! hurla Billy.
— C'est en ces occasions-là que je suis d'accord avec le Kid. Je resterai muet.
— Que t'est-il arrivé ? lui demanda le Magicien. Tu étais l'un des meilleurs agents des Ténébreux dans ce royaume des Ombres. À côté de toi, je faisais parfois figure d'amateur.

Le traître

— John, tu as toujours été un amateur. Regarde dans quel pétrin tu es aujourd'hui.

— Pétrin ? Quel pétrin ? Je ne suis pas dans le pétrin.

Les yeux de Dee entamèrent une danse folle ; un gloussement jaillit du fond de sa gorge.

— Tu n'as aucune idée de ce que j'ai prévu. C'est, à vrai dire, magistral.

— Ton arrogance causera ta perte, John, lui prédit l'Italien qui s'allongea sur le lit étroit.

— Je vais tuer le hors-la-loi, décida soudain Dee. Il servira de repas au sphinx.

Les yeux rivés au plafond, Machiavel ne bougea pas.

— Tu veux que je le fasse ? hurla Dee. Tu veux que je tue Billy the Kid ? Quoi ? Pas de tentative de dernière minute pour sauver ton nouvel ami ?

— Je pourrais sauver Billy et condamner à mort des milliers d'Américains. Ou bien je pourrais condamner Billy et sauver des milliers de vies... Billy ? l'interpella Machiavel. Je fais quoi ?

Le hors-la-loi s'approcha des barreaux.

— Quand j'allais à l'école – et j'y suis resté quelque temps –, on nous a appris une maxime qui m'a marqué : « Mieux vaut sacrifier un homme plutôt qu'une nation entière. »

— Ça me plaît, répliqua Niccolò Machiavelli. Oui, ça me plaît beaucoup. Dee, tu as ta réponse.

— Sphinx, il est à toi, asséna Dee.

La langue noire de la créature claqua avant de s'enrouler autour de la gorge de Billy et de le plaquer contre les barreaux.

Mercredi 6 Juin

— À table ! grinça le sphinx.

Tout à coup, une note de musique cristalline résonna dans le bâtiment et le sphinx s'effondra comme une masse sur le sol.

— Non, ordonna Virginia.

Billy bascula en arrière, les deux mains autour de son cou marbré de rouge. Il peinait à reprendre son souffle.

Dee en demeura muet de colère. Il ne cessait d'ouvrir et de fermer la bouche sans qu'aucun son en sorte, excepté un sifflement.

— Sois raisonnable, John. Je connais Billy depuis très longtemps. Je le considère quasiment comme un ami. Quand il mourra, ce qui arrivera tôt ou tard car il peut se montrer fort stupide parfois, ce sera avec une certaine dignité. Je refuse qu'il soit donné en pâture à cette... cette chose.

— Merci, haleta Billy.

— Je t'en prie. À charge de revanche.

— Je m'en souviendrai.

— Passons un marché, proposa Virginia à Dee.

— Annonce.

— L'enjeu sera la vie de Billy.

— Tu oublies avec qui tu traites, grogna Dee.

— Pas toi ?

Le Dr John Dee inspira à pleins poumons, heurta le gros sphinx en reculant et s'affala à ses pieds. D'infects relents musqués tourbillonnaient autour de lui.

— Un marché..., dit-il en toussant.

— Un marché.

— Que m'offres-tu ?

Le traître

Virginia fit tournoyer sa flûte entre ses doigts ; le mouvement créa quatre notes de musique qui alourdirent l'atmosphère.

Et tout à coup, toutes les cellules s'animèrent.

Dee bondit sur ses pieds, se rua de cellule en cellule. Les créatures se réveillaient une à une.

— Tu es capable de ça !?

La flûte continua de pirouetter.

— Bien entendu ! J'ai plus l'habitude d'endormir, mais la même mélodie jouée à l'envers réveille. Ce n'est qu'un simple sortilège de Somnus.

Josh jeta un coup d'œil dans une cellule. Une bestiole couverte de fourrure, de plumes et d'écailles était recroquevillée sur elle-même. Soudain, un frisson la parcourut.

— Virginia ! s'exclama le Kid. Ne fais pas ça.

— La ferme, Billy.

— Pense aux habitants de San Francisco.

— Je n'en connais aucun. Attends... si. Mais je ne les aime pas. Par contre, toi, Billy, je t'aime beaucoup et je ne te laisserai pas finir dans le ventre d'une espèce de lion déplumé.

— Un sphinx, corrigea Machiavel qui s'était relevé. Maîtresse Dare, je vous applaudis pour ce geste envers notre jeune ami, mais je vous prierais d'envisager la situation sur une plus grande échelle.

— Oh, mais tu te trompes, l'Italien ! intervint Dee. Virginia voit les choses en grand ! Pas vrai, ma chère ?

— Le docteur m'a promis le monde, expliqua-t-elle. En fait, il m'a promis tous les mondes.

Mercredi 6 Juin

Elle posa la flûte contre ses lèvres ; le parfum de la sauge investit le bâtiment à mesure qu'une belle mélodie, délicate et éthérée, ricochait sur les murs.

Clarent se mit à vibrer en même temps que le rythme antique. Puis Durandal, encore attachée dans le dos de Josh, palpita tel un cœur contre sa peau.

Josh ressentit soudain une faim terrible, accompagnée d'une rage féroce. Elle prit possession de son corps tandis qu'une brume rouge voilait ses yeux. Désormais, il voyait le monde derrière un filtre cramoisi. Son aura flamboya, l'or se para de rayures rouge sang. Des étincelles crépitèrent contre les barreaux des cellules dont le métal crachait et sifflait en accord avec la musique eldritch de Virginia.

Plus aucune créature ne dormait, à présent.

CHAPITRE CINQUANTE-QUATRE

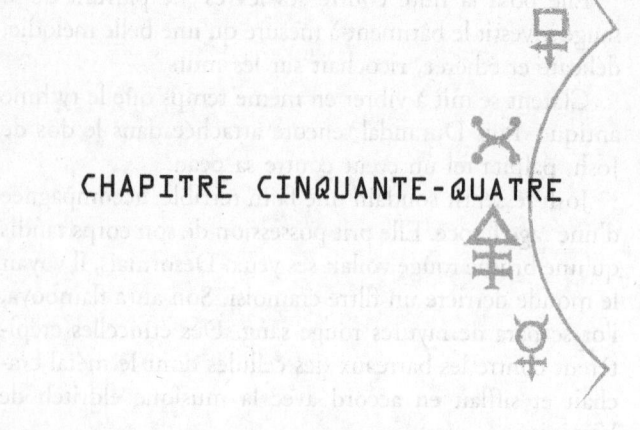

Le vent qui fouettait la tour de cristal était glacial et chargé de la puanteur de la bataille et du métal brisé. Cependant, aucun membre du groupe réuni sur la plateforme sanglante ne frissonnait.

Abraham le Juif, un être d'or plus que de chair, apparut sur le seuil de la porte endommagée, serrant un livre à la reliure de cuir contre sa poitrine avec la main droite. La gauche, en or massif, pendait le long de son corps. Tsagaglalal le soutenait. Quand il sourit, seule une moitié de son visage s'anima et un liquide jaune pâle coula de son unique œil gris.

— Mes amis, déclara-t-il malgré la douleur évidente. Je me permets de vous appeler ainsi. Même si c'est la première fois que je vois certains d'entre vous en chair et en os, je vous ai tous suivis au cours des siècles, dans

Mercredi 6 Juin

le présent et dans vos avenirs. Je sais quels tours du destin et concours de circonstances vous ont conduits jusqu'ici. Et à vrai dire, j'en suis responsable en partie.

Il prit une profonde inspiration saccadée ; sa poitrine se soulevait doucement.

— Prométhée, mon plus vieil ami : tu m'as apporté tant de précieux cadeaux, y compris ma chère épouse, Tsagaglalal, et son frère Gilgamesh. Je vous considère tous les deux comme mes frères, la famille que je n'ai jamais eue. Vous savez ce qu'il faut faire maintenant.

Les deux hommes s'inclinèrent sans se préoccuper des larmes sur leurs visages.

La moitié du visage d'Abraham sourit.

— Je vous en suis reconnaissant pour l'éternité.

Alors que son cou demeurait raide, ses yeux bougèrent.

— Jeanne d'Arc... quelle histoire et quelle vie !

La Française baissa à peine la tête, les yeux rivés sur Abraham.

— Il te faudra bientôt combattre pour ce que tu as de plus cher et tu seras obligée de faire un choix cornélien. Suis ton cœur, Jeanne. Sois forte, comme tu l'as toujours été.

Jeanne broya la main de son époux dans la sienne.

— Et toi, Saint-Germain ? Quand je me suis aperçu que ta vie croisait celle de Jeanne, j'ai cru à une erreur. Pendant un mois, j'ai vérifié et revérifié mes résultats sans trouver la moindre irrégularité. Dans ton cœur, tu es un homme simple, Saint-Germain, et un gredin. Mais ça, je ne te l'apprends pas. En tout cas, je sais avec certitude que tu as toujours aimé Jeanne de toute ton âme.

Saint-Germain hocha la tête ; Jeanne lui lança un regard en coin et lui étreignit de nouveau la main.

— Tu sauras quoi faire le moment venu. N'hésite surtout pas. Palamède le Chevalier sarrasin et William Shakespeare le Barde. Encore une paire improbable et à nouveau j'ai cru m'être trompé. Après vérification, j'ai découvert que vous cherchiez tous les deux la même chose – une famille – et j'ai su que j'avais tout bon. Vous êtes ici aujourd'hui parce que bientôt nous aurons besoin de vos talents spéciaux : ton imagination, Barde, et toi, Palamède, tu devras le protéger. Je sais que tu donnerais ta vie pour lui.

Abraham leva légèrement la tête vers le Rukma qui volait encore.

— Comme il est prêt à sacrifier la sienne pour toi.

Shakespeare baissa la tête et enleva ses lunettes qu'il frotta avec frénésie pour que personne ne voie le rouge de ses joues.

— Et toi, Scathach. L'Ombreuse. Pendant dix mille ans, je t'ai observée. Je pourrais remplir une bibliothèque avec tes aventures et une autre avec tes bêtises. Tu es sans aucun doute la personne la plus exaspérante, irresponsable, dangereuse, loyale et courageuse que j'aie jamais rencontrée. Le monde serait bien triste sans toi. Tu as donné sans compter aux humani alors qu'ils ne t'ont jamais rendu ce que tu méritais. Moi, j'ai un cadeau pour toi. Il est en deux parties. Je t'offre la première maintenant. Pour la seconde, tu devras attendre un autre moment dans un

Mercredi 6 Juin

autre endroit. Voici mon présent : ta sœur est vivante. Elle est emprisonnée dans un royaume des Ombres avec l'Archonte Coatlicue. Sache qu'elle s'y est rendue de son plein gré. Elle s'est sacrifiée pour te protéger.

La Guerrière avala sa salive, ouvrit et ferma les poings plusieurs fois. Elle avait la peau crayeuse et le vert de ses yeux flamboyait.

— Toi seule peux la sauver. Souviens-t'en. Quand tu croiras que tout est perdu, accroche-toi à cette pensée. Tu dois vivre.

Scathach hocha la tête.

— Maintenant partez, termina Abraham. Retournez à Danu Talis et détruisez ce monde.

Puis, aussi discrètement qu'il était apparu, il retourna dans la tour de cristal, flanqué de Tsagaglalal et de Gilgamesh.

Sans un mot, Prométhée se hissa à la corde dans le Rukma. Celui-ci vibra et descendit jusqu'à atteindre le bord de la plate-forme. Un par un, les quatre immortels humani avancèrent sur l'aile et pénétrèrent dans l'appareil.

Restait Scathach. Elle contemplait le sud où les lumières de la lointaine cité de Danu Talis éclairaient les nuages. Son Clan, celui des Vampires, était censé ne ressentir aucune émotion et ne versait donc pas de larmes. Alors quel était ce liquide sur ses joues ? Les embruns, très certainement. Elle les écrasa avant de longer l'aile et de grimper à bord.

— Allons-y, décréta-t-elle tout en s'attachant. Qu'on en termine une bonne fois pour toutes. J'ai une sœur à sauver.

CHAPITRE CINQUANTE-CINQ

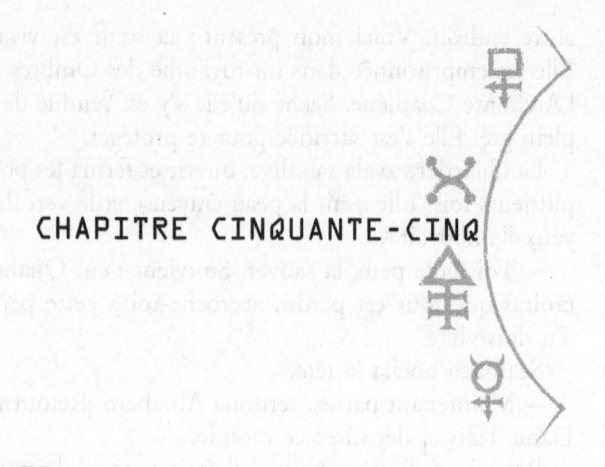

– Je ne suis jamais venu ici, avoua Nicolas Flamel.

Il s'arrêta pour regarder le panneau au-dessus de sa tête.

QUAI 14.

– Nicolas ! Combien de fois t'ai-je dit de sortir un peu de ta librairie ?

Pernelle passa le bras sous le sien tandis qu'ils franchissaient l'entrée grise et massive du nouveau quai.

– Il est ouvert depuis presque un an et c'est un de mes endroits préférés.

– Tu ne me l'avais jamais dit ! s'étonna Nicolas.

– Après toutes ces années, on se surprend encore, le taquina-t-elle.

Il déposa un rapide baiser sur sa joue.

– Oui, après toutes ces années..., soupira-t-il. Dis-moi, combien de fois par semaine tu viens ici ?

Mercredi 6 Juin

— Cinq ou six fois.

— Autant ?

— Tous les matins, quand je quitte la boutique, je me rends à pied à l'Embarcadero, je flâne sur la promenade et j'atterris souvent au bout de ce quai. Où croyais-tu que j'étais pendant cette heure-là ?

— En face pour boire un café.

— Un thé, Nicolas, rectifia Pernelle en français. Je bois du thé. Tu sais que je déteste le café.

— Depuis quand ?

— À peu près quatre-vingts ans.

Nicolas cligna des yeux. Leur pâleur reflétait le bleu de la mer.

— Je le savais. Je crois...

— Tu me taquines.

— Peut-être, admit-il. Ce quai est joli. Long, aussi.

— Quatre mètres cinquante sur deux cents mètres depuis la rive.

— Ah ! Il faut arrêter le Lotan avant qu'il débarque.

— Oui, car s'il débarque, nous sommes perdus, confirma Pernelle.

Elle désigna leur gauche et Alcatraz qui était cachée par la courbe de la baie.

— Les courants sont très forts autour de l'île. Tout ce qui nage là-bas sera emporté par ici, dans la baie. Je n'imagine pas une seconde qu'il émerge plus loin sur la côte.

— Que ferons-nous ?

— On s'en occupera, décréta Pernelle.

Puis elle sourit pour atténuer son ton un peu sec.

Le traître

— Si le courant le pousse au-delà du pont, il y a des chances qu'il termine de l'autre côté de la baie, à Alameda peut-être. Il nous faudra du temps pour nous rendre là-bas à cette heure-ci de l'après-midi avec le trafic. Il causera des dégâts énormes avant notre arrivée.

— Nous devons nous assurer que sa course s'arrête ici, conclut Nicolas.

— Exactement. Bien, tu m'as demandé de nous approcher le plus possible de l'eau. Tu as un plan ?

— Mon amour, j'ai toujours un plan.

Des bruits de pas cliquetèrent derrière eux. Ils se retournèrent. Prométhée et Niten s'approchaient à la hâte. Tous deux portaient des cannes à pêche sur l'épaule. Le Japonais svelte leur sourit.

— Ne lui demandez surtout pas combien coûte la location de ces machins !

— Combien ? s'enquit l'Alchimiste.

— Trop, répondit Prométhée sur un ton furieux. J'aurais pu m'offrir un bateau de pêche ou au moins un très bon dîner de poissons au resto pour le prix de ces deux heures de location. Sans oublier la caution si nous ne les rapportons pas !

— Quel est le plan ? les interrogea Niten en montrant son seau vide. On ne peut pas aller pêcher : on n'a pas d'appât.

— Bien au contraire, s'exclama Nicolas. C'est vous, l'appât !

Côte à côte, Niten et Prométhée étaient accoudés sur la rambarde du point de vue en demi-cercle au bout du

Mercredi 6 Juin

quai 14. Avec leurs cannes en position, ils ressemblaient à n'importe quels pêcheurs papotant tranquillement sans se préoccuper du spectacle de la ville, du pont, de Treasure Island et de l'Embarcadero.

Nicolas et Pernelle étaient assis derrière eux. L'Alchimiste avait découvert que les sièges pivotaient et s'amusait à se balancer d'avant en arrière. Son fauteuil couinait à chaque tour. Finalement, Prométhée fit volte-face et foudroya l'immortel du regard.

– Tu recommences encore une fois et je me fais un plaisir de te jeter au Lotan.

– Je veux bien t'aider, proposa Niten.

Pernelle se leva d'un bond.

– Quelque chose arrive.

– Je ne vois rien…, commença Nicolas.

Et là, il aperçut la vague sombre et irrégulière dans les eaux de la baie. Il se tourna vers l'Aîné et l'Escrimeur.

– Vous savez ce qu'il vous reste à faire.

Ils hochèrent la tête et retournèrent à leurs cannes à pêche.

– Pernelle, continua Nicolas.

Adossée à la rambarde, elle regarda les passants. Il y avait des touristes (les appareils photo les trahissaient toujours), une mère qui promenait son enfant dans une poussette, deux pêcheurs d'âge moyen collés à la rambarde, trois jeunes hommes qui s'entraînaient à jongler avec des oranges et des pommes.

Pernelle se concentra. Ses cheveux se chargèrent d'électricité statique.

Le traître

Les deux pêcheurs remballèrent leurs affaires sans demander leur reste. Les touristes perdirent soudain tout intérêt pour le paysage et le bambin pressé de rentrer chez lui se mit à hurler. Seuls les trois jongleurs demeurèrent.

— Ils sont concentrés sur leurs tours d'adresse, marmonna Nicolas. Voilà pourquoi tu ne peux pas les influencer.

— Bien entendu ! s'esclaffa Pernelle. Je réfléchis moins vite avec l'âge.

Une mouette fondit sur les garçons et leur chipa une pomme au passage. Une deuxième transperça une orange, et soudain quatre gros oiseaux assaillirent les jongleurs, leur donnèrent des coups de bec, les couvrirent de fientes nauséabondes. Les jeunes lancèrent leurs fruits dans la mer et remontèrent le quai à toute allure.

— Bien joué, la complimenta Nicolas. Maintenant, assure-toi que personne n'approche... Prométhée, Niten ! C'est l'heure.

L'air s'emplit d'une douce odeur de thé vert, puis d'un parfum anisé plus âpre. Une lueur rouge se forma autour des mains de Prométhée avant de s'enrouler autour de sa canne à pêche. Elle grésilla, crépita et s'enfonça dans l'eau en sifflant.

L'aura bleu roi de Niten courut le long de ses mains tel un tatouage. Elle enveloppa la canne en fibre de carbone et colora l'eau sous le quai en bleu marine.

La silhouette sombre changea tout à coup de direction.

— Le Lotan est attiré par vos auras, expliqua Nicolas. Il les repérera dans l'eau à la manière des requins qui

Mercredi 6 Juin

sentent le sang. Il doit s'approcher le plus près possible de vous, mais attention : il ne faut pas qu'il vous consume.

— Le voilà ! les prévint Niten.

Sa langue, le blanc de ses yeux et ses dents avaient bleui.

— Prêt, affirma Prométhée.

Nicolas Flamel toucha le scarabée vert qu'il portait autour du cou et attendit qu'il chauffe dans sa main. Le sortilège était des plus simples. L'Alchimiste l'avait employé un millier de fois auparavant, mais jamais à une aussi grande échelle.

Une tête à la peau rouge brisa la surface de l'eau... suivie par une deuxième... une troisième... une quatrième, noire et deux fois plus large que les autres. Soudain, sept têtes filèrent dans leur direction.

— Espérons que personne ne les filme, murmura Niten.

— Qui le croira ? demanda Prométhée. Les monstres à sept têtes n'existent pas. On dira merci à Photoshop.

— Je le sens, annonça Niten. Il absorbe mon aura.

— Moi aussi, enchérit Prométhée.

— Laissons-le s'approcher, marmonna Nicolas.

Il posa une main sur leurs épaules et leur aura se teinta de vert.

— Alchimiste..., gémit l'Escrimeur.

— Encore quelques mètres. Le plus près sera le mieux.

— Nicolas..., s'inquiéta Pernelle.

Les taches rouges et bleues dans l'eau s'écoulaient vers la créature telle de la limaille de fer attirée par un aimant. Le long corps épais du Lotan remonta peu à peu à la surface.

Le traître

— Il va bondir ! cria Prométhée.

Niten grinça des dents.

Après avoir aspiré une dernière bouffée de leurs auras, le Lotan jaillit hors de l'eau. Dressé sur sa queue, il ouvrait en grand ses sept gueules munies de centaines de dents féroces sur le point de...

Un parfum de menthe satura l'air. Lourd et épais, écœurant.

Il y eut un pop... suivi d'une explosion verte, rouge et bleue qui nimba les trois compagnons d'une brume colorée et odorante.

Nicolas tendit la main et rattrapa un petit œuf veiné de bleu.

Prométhée et Niten partirent en arrière et s'affalèrent contre le garde-fou en métal. Tous deux avaient le souffle coupé et de nouvelles rides sur le visage. Les sourcils noirs de Niten étaient parsemés de gris. Nicolas Flamel tenait l'œuf entre le pouce et l'index.

— Contemplez le Lotan !

— Impressionnant, haleta Prométhée. Comment as-tu fait ?

— Quand vos auras l'ont attiré jusqu'ici, je l'ai laissé ingérer un peu de la mienne. Ensuite, j'ai simplement utilisé un sortilège de Transmutation qui convertit un élément en un autre. C'est l'un des principes de base de l'alchimie ! J'ai ainsi pu rendre au Lotan sa forme première.

— Un œuf ! s'étonna Prométhée.

— Où nous commençons tous, commenta Flamel.

Il jeta l'œuf bleuté en l'air... Une mouette le happa au vol, bascula la tête en arrière et le goba.

CHAPITRE CINQUANTE-SIX

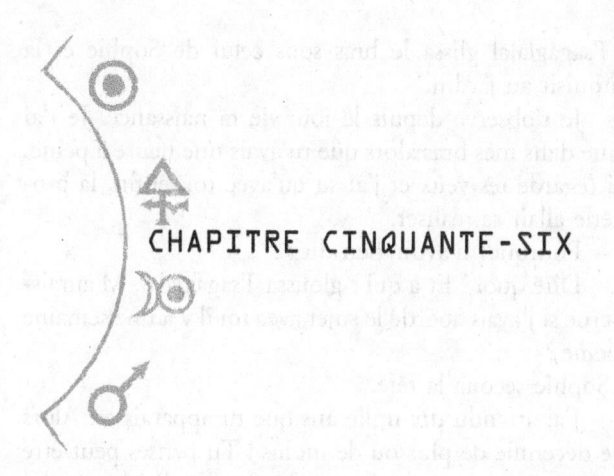

*C*omme convenu, Sophie enfila un jean, des brodequins et une polaire rouge à capuche avant de descendre à la cuisine. Tsagaglalal remplissait le lave-vaisselle.

– Ça ira ?

Sa tante l'examina de la tête aux pieds.

– Parfait pour l'endroit où tu vas.

– Quelqu'un va venir me chercher ? demanda Sophie.

La vieille dame ignora sa question.

– Il est possible que je ne te revoie jamais.

Cette annonce choqua Sophie qui ouvrit la bouche pour protester. Tsagaglalal leva la main. La jeune femme remarqua que l'extrémité de ses doigts était lisse, sans empreintes.

– Sache que je suis fière de toi. Et de ton frère aussi. J'ai toujours su qu'il choisirait la voie la plus difficile.

Le traître

Tsagaglalal glissa le bras sous celui de Sophie et la conduisit au jardin.

— Je t'observe depuis le jour de ta naissance. Je t'ai tenue dans mes bras alors que tu avais une heure à peine. J'ai regardé tes yeux et j'ai su qu'avec toi, enfin, la prophétie allait se réaliser.

— Pourquoi n'avoir rien dit ?

— Dire quoi ? Et à qui ? gloussa Tsagaglalal. M'aurais-tu crue si j'avais abordé le sujet avec toi il y a une semaine à peine ?

Sophie secoua la tête.

— J'ai attendu dix mille ans que tu apparaisses. Alors une décennie de plus ou de moins ! Tu penses peut-être que ton voyage se termine, mais, Sophie, j'ai bien peur que ce ne soit que le commencement. Toutes ces leçons, toutes ces expériences t'ont préparée à l'étape suivante.

— Vais-je pouvoir parler à Josh ?

— Oui, je te le garantis.

— Quand est-ce que je pars ?

— As-tu la tablette en émeraude sur toi ?

Sophie défit la fermeture Éclair de la poche de sa polaire et la sortit. Elle la tendit à Tsagaglalal qui fit non de la tête.

— Elle n'est que pour toi. Si je voulais la consulter, je ne pourrais pas la déchiffrer.

Sophie effleura la tablette lisse. Les mots, les pictogrammes et les hiéroglyphes avaient disparu, ne laissant qu'un miroir frais et poli.

— Que vois-tu ?

— Mon reflet, répondit Sophie.

Mercredi 6 Juin

— Regarde mieux.

Souriante, Sophie fixa la tablette. Elle voyait son visage, les arbres en arrière-plan, le toit de la maison…

Dee !

Virginia Dare, flûte aux lèvres, doigts en mouvement.

Le monde bougea, se contorsionna, tourna et Sophie comprit qu'elle regardait au travers des yeux de Josh.

Des créatures remuaient dans leurs cellules, s'étiraient, se réveillaient. Des griffes dépassaient entre les barreaux…

Le monde pivota à nouveau.

Mars, superbe dans son armure rouge. Odin en gris et noir, suivi de Hel vêtue d'une encombrante cotte de mailles qui lui donnait un air encore plus bestial. Ils couraient vers les créatures, armes au poing…

Il se déplaça.

Une porte de cellule s'ouvrit et une énorme bête aussi pataude qu'un ours apparut. Mars l'assomma d'un coup de poing.

Josh marchait vite, ce qui dérangeait l'estomac de Sophie.

… Il ouvrait porte après porte, laissait les monstres sortir en courant dans les couloirs. Certains étaient si effrayants qu'ils la rendaient encore plus malade.

Un sphinx arriva et aussitôt Mars, Odin et Hel reculèrent. Une par une, les créatures monstrueuses libérées portèrent leur attention sur les trois Aînés.

L'extraordinaire collection de monstres chargea. Les Aînés tournèrent les talons et se ruèrent dans le couloir.

Le monde changea encore. Quelque chose tomba de la poche de Mars… sa tablette en émeraude. Sophie vit son frère…

Le traître

... se précipiter vers l'Aîné en évitant les tas d'excréments afin de la récupérer.

Dès qu'il l'eut ramassée, il l'examina, la tourna dans tous les sens, le visage à quelques centimètres du sien. C'est là qu'elle vit les changements : les lignes sévères autour de ses yeux, sa moue cruelle. Le Josh qu'elle connaissait n'avait jamais ressemblé à ça.

— Oh, Josh ! geignit-elle. Qu'as-tu fait ?

Josh Newman sortit en courant afin de respirer de l'air frais à pleins poumons.

— Toutes les créatures sont libres à cet étage...

Dee et Dare se trouvaient au beau milieu de la cour. L'Anglais avait installé deux des quatre Épées du Pouvoir en L inversé sur le sol.

— Donne-moi tes épées, lui ordonna-t-il.

Si Josh lui jeta Durandal sans la moindre hésitation, il rechigna à lui remettre Clarent.

Le Magicien ajouta la troisième lame au motif par terre. Seul manquait un côté du rectangle. Dee tendit la main.

Clarent palpitait dans celle de Josh.

— Vite ! s'écria Dee, et Josh comprit que l'immortel était terrifié. C'était Mars, Odin et Hel. Trois ennemis jurés devenus associés.

— Apparemment, ils ont mis de côté leurs différends pour te traquer, indiqua Dare.

— Vous ne craignez rien, le rassura Josh. La dernière fois que je les ai vus, ils étaient pourchassés dans un couloir par le sphinx et ses pareils.

Mercredi 6 Juin

Au même moment, la porte derrière eux s'ouvrit avec fracas et Mars surgit. Quand il aperçut Dee, il poussa son terrible cri de guerre et se rua sur lui. Il brandissait un sabre aussi grand que lui, dont l'extrémité crachait des étincelles dès qu'elle frottait sur les dalles.

— Ton épée, Josh !

Le jeune homme la lança au Magicien qui l'attrapa au vol et compléta le long rectangle.

Le mouvement soudain fit tomber la tablette en émeraude de la poche de Josh.

De son côté, Dee déversa sa formidable aura entre les quatre épées qui s'animèrent une à une.

— Va, Sophie.
— Où dois-je aller ?
— La tablette agit comme un nexus. Va là-bas. Rejoins ton frère.
— Comment ?
— Que t'ai-je appris ?
— Imagination et volonté.
— Tu veux rejoindre ton frère ?
— Oui.
— Plus que tout au monde ?
— Oui.
— Alors pars !

Sophie Newman serra les bords de la tablette. Une onde argentée troubla la surface qui se transforma en un miroir parfait...

Le traître

Pendant ce temps sur Alcatraz, la tablette en émeraude devint argentée ; l'odeur unique de la vanille imprégna l'air.

— Sophie ?

Josh pivota à l'instant où sa sœur prit forme derrière lui. Il la fixa, complètement abasourdi.

Un trou se creusa dans le sol : l'intérieur du rectangle délimité par les quatre épées en flammes ne contenait rien d'autre qu'une obscurité mouvante, comme du goudron en ébullition.

— Josh ! hurla Dee une microseconde avant de sauter.

Josh s'apprêtait à le suivre quand Sophie le supplia de ne pas partir.

— Josh ! l'interpella Dare qui plongea avec délicatesse dans le trou et fut aussitôt avalée.

— Je dois y aller, affirma Josh tandis que les feux émis par les épées perdaient déjà de leur puissance.

— Non !

Josh mettait un pied dans la nuit d'encre lorsque Sophie lui saisit la main et le tira en arrière. Un masque d'une grande laideur recouvrit le visage de son frère qui essayait de se dégager.

— Je ne reviendrai pas. J'ai vu ce qu'ils t'ont fait.

— Josh, ils se sont joués de toi. Ils t'utilisent.

— Ce n'est pas moi qu'on utilise ! aboya-t-il. Ouvre les yeux. Les Flamel se servent de toi, comme ils se sont servis de tous les autres. Je pars. Dee et Virginia ont besoin de moi. Pas toi.

— Tu te trompes ! Je t'accompagne.

Mercredi 6 Juin

Au lieu de tirer sur son bras, elle le poussa et tous deux basculèrent dans le vide.

Aucune sensation de mouvement.
Rien.
Le seul point fixe dans ce néant était la main chaude de son frère dans la sienne.

Sophie était aveugle malgré ses yeux grands ouverts, sourde alors qu'elle hurlait de terreur.

Cette traversée sembla durer une éternité ou bien une seconde.

Elle aperçut un point lumineux.
Minuscule.
Une tête d'épingle devant eux. Tombaient-ils vers elle ou se précipitait-elle à leur rencontre ?

Elle y voyait à présent.
Elle distingua le visage terrorisé de Josh – le miroir du sien. Quand il la regarda, elle reconnut son frère, mais ses traits se durcirent et il tourna la tête. Cependant, il ne lui lâcha pas la main.

La lumière les engloutit.

Les sensations revinrent – vue douloureuse, ouïe endolorie, les gravillons et les cailloux sous leurs pieds, l'odeur musquée des animaux, un goût exotique dans la bouche.

Sophie ouvrit les yeux. Sur l'herbe étaient écrasées contre sa joue des fleurs qui ne poussaient pas sur la terre qu'elle connaissait, petites créations en verre filé et résine durcie.

Quand elle roula sur le dos, elle découvrit qu'ils avaient de la compagnie. Elle donna un coup de coude à son jumeau.

Le traître

– Réveille-toi.

Il entrouvrit un œil, grogna... Dès que l'image entraperçue atteignit son cerveau, il se redressa.

– C'est une...

– ... soucoupe volante, compléta Sophie.

– Un vimana, corrigea Dee. Jamais je n'aurais pensé en voir un de mon vivant.

Agenouillé dans l'herbe, il le contemplait avec un respect admiratif. Assise en tailleur à côté de lui, Virginia Dare tenait négligemment sa flûte entre ses mains.

Le vimana descendit dans un bourdonnement subsonique ; le toit s'ouvrit et un couple apparut. Ils portaient une armure en céramique blanche, couverte de motifs et de hiéroglyphes qui ressemblaient à des caractères latins. Grands et minces, ils avaient une peau très bronzée qui contrastait avec leur armure. La femme avait les cheveux coupés court tandis que le crâne de l'homme était rasé de près. Leurs yeux étaient bleu vif.

Dee se ramassa sur le sol, tentant de se faire le plus petit possible.

– Maîtres, pardonnez-moi.

Le couple l'ignora, trop intéressé par les jumeaux.

– Sophie, dit l'homme.

– Josh, ajouta la femme.

– Maman... Papa..., s'exclamèrent les jumeaux à l'unisson.

Le couple s'inclina.

– Ici on nous appelle Isis et Osiris. Bienvenue sur Danu Talis, les enfants. Bienvenue à la maison.

NOTE DE L'AUTEUR
LES VIMANAS ET LE VOL

Comme tous les autres éléments de cette série, les vimanas puisent leur origine dans la mythologie, et particulièrement dans les anciens textes mythologiques de l'Inde. Dans le *Mahabharata*, poème épique sanskrit (qui a au moins deux mille cinq cents ans), on trouve une description détaillée d'un vimana qui mesurait douze coudées de circonférence et possédait quatre grosses roues. (Une coudée est une ancienne mesure de longueur, définie comme la distance du coude à l'extrémité du majeur.) Le plus célèbre vimana dans les légendes indiennes se nomme le Pushpaka vimana ou chariot volant du dieu Kubera. Il ressemblait à un « nuage étincelant ».

Bien que les chariots, les roues et les tapis volants soient décrits dans les mythes et les légendes du monde entier, les détails dans les épopées indiennes sont à la fois

Le traître

spécifiques et extraordinaires. Dans un autre récit, le *Ramayana* (également écrit il y a environ deux mille cinq cents ans), les vimanas sont fréquents. Le poème relate des combats aériens entre des dieux ou des héros et d'autres vimanas, des attaques de villes. On donne même la longueur, la hauteur et le poids des appareils.

Il existait de nombreuses variantes des quatre types de vimana de base : Rukma, Sundara, Tripura et Shakuna. Les descriptions des vaisseaux diffèrent. Certains sont en bois, d'autres sont fabriqués dans un mystérieux métal rouge et blanc. Les uns sont triangulaires à trois roues, les autres ronds ou ovales. Ils mesurent parfois trois étages de haut.

À l'évidence, cela ne prouve pas que des engins volaient par le passé, mais ces récits indiquent que depuis l'aube de l'humanité l'homme rêve de voler.

Ce rêve est inhérent à l'histoire humaine et remonte bien plus loin qu'on ne le pense. On admet généralement que les frères Wright se sont envolés en décembre 1903 à bord du premier appareil plus léger que l'air, contrôlé et motorisé. Mais des recherches récentes suggèrent une autre histoire. Hiram Maxim aurait brièvement décollé du sol en 1894 avec un engin pesant trois tonnes et Samuel Langley aurait envoyé dans les airs un engin inhabité à mille mètres en 1896.

Au cours du XIXe siècle, des planeurs et des ballons se sont élevés dans les cieux américain, européen, indien et sud-africain. On rapporte qu'en 1895 par exemple un engin conçu par Shivkar Bapuji Talpade se serait envolé de Bombay et qu'en 1871 Goodman Household aurait

Note de l'auteur

lancé un planeur du haut d'une falaise de cent mètres dans la province du Natal, en Afrique du Sud. Cependant, le premier vol motorisé d'une machine plus lourde que l'air enregistré a eu lieu en Angleterre en 1848, quand John Stringfellow a réussi à faire décoller un monoplan de trois mètres. Il possédait un moteur à vapeur.

Si le XIXe siècle a été l'ère du planeur, le XVIIIe demeurera celle du ballon. Les expériences ont culminé quand Étienne Montgolfier s'est envolé pendant l'hiver 1783 dans un ballon à air chaud de dix-neuf mètres de haut et de quinze mètres de diamètre à la décoration spectaculaire.

Mais remontons l'histoire : Léonard de Vinci est aussi célèbre pour avoir dessiné ce qui est clairement le prototype de l'hélicoptère. Ses carnets sont remplis de croquis de machines volantes, de planeurs et d'ailes artificielles. Dans son Journal de l'année 1483, il a dessiné le premier parachute. (Le 26 juin 2000, une réplique de ce parachute fabriqué à l'aide d'outils, de tissus et de matériaux que Vinci aurait pu trouver à son époque a réussi à ramener un homme sur Terre depuis une hauteur de trois mille mètres.)

Encore plus tôt, au IXe siècle, on raconte que le grand inventeur et poète berbère Abbas Ibn Firnas s'est attaché des ailes dans le dos et a plané. Cinq cents ans auparavant, les Chinois décrivaient des engins volants faits de bambou et de cuir.

En reculant dans le temps pour arriver à ce moment où l'histoire et la mythologie se confondent, nous trouvons de fréquentes mentions de machines volantes. Voler est très courant dans les mythes. La plupart des dieux volent, sans aide extérieure. Dans certaines traditions anciennes, les divinités se servent d'ailes et ces images apparaissent sur des gravures rupestres ou des peintures dans des temples à travers le monde entier. Néanmoins, dans les mythes et légendes, apparaissent aussi des moyens de voler artificiels et des machines volantes.

Le roi perse Kay Kâ'ûs a fait fixer aux coins de son trône quatre hauts poteaux, au sommet desquels étaient enchaînés des aigles. Quand ils volaient, les oiseaux transportaient le trône dans les airs avec eux. Le terme « chariot volant » est apparu dans l'Antiquité chinoise et il existe de nombreuses histoires sur le premier empereur Shun. Un jour, il se serait échappé d'un bâtiment en flammes en se servant de son chapeau comme parachute.

Le mythe d'Icare est peut-être le plus célèbre récit d'entre tous. Son père, Dédale, lui avait fabriqué une paire d'ailes. On doit à ce sculpteur et architecte de génie des créations prodigieuses, tel le Labyrinthe construit pour le roi Minos de Cnossos. Les détails de cette construction sont intéressants : Dédale rejette la soie parce qu'elle est trop légère, la toile utilisée sur les navires parce qu'elle est trop lourde. Finalement, il choisit un cadre en bois couvert de plumes d'oiseaux maintenues par de la cire d'abeille. Comme tout inventeur ou scientifique qui se respecte, Dédale a fait des recherches. Il a donné à son fils des instructions très claires : ne pas voler à trop haute altitude, ne pas planer au-dessus de la mer où les embruns salés humidifieraient les ailes et les abîmeraient. Icare s'est élevé dans le ciel, mais bien trop haut. Le chaud

Note de l'auteur

soleil de Méditerranée a fait fondre la cire d'abeille. Malheureusement, Dédale n'avait pas inventé le parachute.

Étant donné le niveau des détails, on peut se demander si, comme dans beaucoup de mythes, il n'y aurait pas plus qu'une parcelle de vérité dans ces récits. N'oublions pas non plus que ce que nous tenons aujourd'hui pour banal était considéré autrefois comme de la magie pure.

Découvrez un extrait du Livre VI :

L'ENCHANTERESSE

Les secrets de l'immortel
NICOLAS FLAMEL

Je suis une légende.

À une époque, j'aimais dire que la mort n'avait aucun droit sur moi, que la maladie ne pouvait pas me toucher. Ce n'est plus vrai. Désormais, je connais la date de ma mort, celle de ma femme également, et c'est aujourd'hui.

Je suis né en l'an de grâce 1330, il y a plus de six cent soixante-dix ans. J'ai eu une belle et longue vie, j'ai pratiqué de nombreux métiers : médecin, cuisinier, libraire, soldat, professeur de langues et de chimie, homme de loi et voleur à la fois.

Mais surtout j'étais l'Alchimiste.

Immortels – était-ce un don ou une malédiction ? –, Pernelle et moi avons combattu les maléfiques Ténébreux et sommes parvenus à les tenir à distance pendant que nous cherchions les jumeaux de la légende, l'Or et l'Argent. Nous avons toujours pensé qu'ils nous aideraient à défendre cette planète.

Nous nous trompions.

Voici que la fin approche et les jumeaux se sont volatilisés. Ils sont partis dix mille ans en arrière, sur l'île de Danu Talis, où tout a commencé.

Aujourd'hui, le monde s'achève.
Aujourd'hui, Pernelle et moi mourrons.
Mais je ne partirai pas sans me battre.
Car je suis l'immortel Nicolas Flamel.

*Extrait du journal de Nicolas Flamel, Alchimiste
Rédigé en ce jeudi 7 juin,
à San Francisco, ma ville d'adoption*

REMERCIEMENTS

Aucun texte n'est rédigé en vase clos. Autour de l'écrivain gravite un réseau de personnes qui, de multiples manières, permettent sa mise en œuvre. J'aimerais remercier en particulier Beverly Horowitz, Krista Marino et Colleen Fellingham, ainsi que toute l'extraordinaire équipe de Delacorte Press.

Un remerciement spécial, comme toujours, à Barry Krost et à Richard Thompson.

Sans oublier Alfred Molina et Jill Gascoine chez qui je me sens comme chez moi.

Un merci sincère à Michael Carroll, Patrick Kavanagh, Colette Freedman, Julie Blewett Grant et Jeffrey Smith, Brooks Almy et Maurizio Papalia, Sonia Schormann et surtout Vincent Perfitt.

Et, cela va de soi, un grand merci à Melanie Rose et à Claudette Sutherland.

Ouvrage composé par
PCA, 44400 Rezé

Imprimé en France par
CPI Bussière
en juin 2021
N° d'impression : 2057900
S25566/06

L'éditeur de cet ouvrage s'engage dans une démarche de certification FSC® qui contribue à la préservation des forêts pour les générations futures.

Pour en savoir plus :
www.editis.com/engagement-rse/

PKJ • POCKET JEUNESSE
www.pocketjeunesse.fr

92, avenue de France - 75013 PARIS

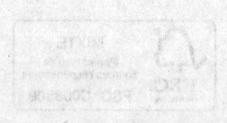